剑河苗族情歌

主 编：杨 茂　　副主编：杨秀勇

贵州大学出版社
Guizhou University Press

图书在版编目（CIP）数据

剑河苗族情歌 / 杨茂主编 ； 杨秀勇副主编. -- 贵阳：贵州大学出版社，2023.4
ISBN 978-7-5691-0719-7

Ⅰ．①剑… Ⅱ．①杨… ②杨… Ⅲ．①苗族－民歌－作品集－剑河县 Ⅳ．①I276.291.6

中国国家版本馆CIP数据核字(2023)第060635号

剑河苗族情歌

主　　编：杨　茂
副 主 编：杨秀勇

....

出 版 人：闵　军
责任编辑：高雪蓉
校　　对：唐光硕　邰秋妹　方　康
封面设计：杨秀勇

....

出版发行：贵州大学出版社有限责任公司
　　　　　地址：贵阳市花溪区贵州大学北校区出版大楼
　　　　　邮编：550025　电话：0851-88291180
印　　刷：深圳市和谐印刷有限公司
开　　本：787 毫米×1092 毫米　1/16
印　　张：25.5
字　　数：390 千字
版　　次：2023 年 4 月第 1 版
印　　次：2023 年 4 月第 1 次印刷

....

书　　号：ISBN 978-7-5691-0719-7
定　　价：118.00 元

版权所有　违权必究
本书若出现印装质量问题，请与出版社联系调换
电话：0851-85987328

《剑河苗族情歌》编委会

主　　任：张昌国　杨文艳
副 主 任：王　芹　吴　光
主　　编：杨　茂
副 主 编：杨秀勇
收集整理：吴滌清　张德彪　方照洲

主管单位：剑河县文体广电旅游局
保护单位：剑河县非物质文化遗产保护中心

前 言

苗族是一个能歌善舞的民族,在我国许多地方,如贵州省,特别是黔东南苗族侗族自治州剑河、台江等县,许多苗族聚居的村寨千百年来还依然保存着古老的原生态音乐文化,其中苗族情歌是最具代表性的一种。苗族情歌在我国民族音乐史上有着非常重要的地位。它是苗族青年在游方(谈情说爱)时演唱的一种民间传统歌曲,也是苗族未婚男女青年在本村本寨或其他村寨游方时追求真爱的一种独特表达方式。每一个苗寨都设有"游方场"或"游方坡",它们是苗族年轻小伙子与可以通婚的各村寨姑娘们进行约会的场所。小伙子和姑娘用歌声来认识、了解、试探、谈情、定情,他们所唱的歌则被称为"苗族情歌",又被称为"苗族游方歌"。对歌时,一般是男方先唱,女方对答,形成生动、和谐的"一唱一答",也有"两唱两答""三唱三答"或"多人唱答"的形式,歌词抒情达意、歌声悦耳动听。苗族男女青年就这样你来我往地相互对歌,双方相互认识、相互了解、相互爱慕,直至喜结良缘、组建新的家庭。

改革开放以来,随着社会经济的高速发展、信息时代的到来、网络文化等新思潮新观念的产生,各民族之间的文化、生活实现交往与融合,部分民族文化习俗也随之改变。电视、录像、KTV 以及微信、QQ、抖音、快手等,使部分悠久的历史民族文化、口传文学受到了极大的冲击,濒临消失与失传的危险境地。

苗族情歌是祖先留下来的珍贵的文化遗产,不仅具有极高的历史价值、社会价值、艺术价值和审美价值,而且具有极高的指导性、针对性、欣赏性和传承性。苗族情歌文化博大精深，源远流长，是中华民族艺术宝库中的珍品之一，是人类宝贵精神财富的重要组成部分。因此，我们非常有必要、有责任、有义务把苗族情歌继承好、传承好、传唱好，让它继续发扬光大。

笔者到黔东南苗族侗族自治州的剑河县、台江县、雷山县等地苗族人口聚居最为密集的苗族村寨进行实地调查，获取了海量的苗族情歌资料，现以苗文和汉语言文字对照翻译的方式将其整理成册。在剑河县文体广电旅游局党组、领导班子的高度重视和关心下，将部分苗族情歌公开出版发行，以纸质方式永久保存下来，以期丰富贵州省、黔东南苗族侗族自治州非物质文化遗产的资料，本书亦可作为剑河县群众文化艺术培训的辅导教材，对剑河县民族文化传承保护、赋能乡村振兴、促进文旅融合发展具有重要的意义。

杨　茂

2022 年 11 月 10 日

苗族情歌广泛流传的苗族传统村落（摄影：杨茂）

中央广播电视总台著名节目主持人朱迅（从左到右第四位）到剑河县录制苗族情歌相关节目，与部分情歌传承人合影（摄影：杨茂）

在节日里，久仰镇苗族群众身穿苗族盛装演唱苗族情歌（摄影：杨茂）

观么镇高雍地区的群众开展唱苗族情歌比赛现场（摄影：杨秀勇）

观么镇高雍地区三月三"情歌对唱"现场（摄影：张林）

省级传承人张晓梅在户外教唱苗族情歌（摄影：杨秀勇）

苗族姑娘交流苗族情歌的唱法（摄影：杨秀勇）

省级传承人杨开员正在开展传承工作（摄影：杨茂）

省级传承人刘礼洪正在家门口开展传承工作（摄影：杨茂）

久仰镇巫交村苗族情歌歌师正在教孩子学唱苗族情歌（摄影：杨秀勇）

久仰镇青年在游方场上唱情歌（摄影：万文杰）

革东镇苗族青年在游方场上唱情歌、诉衷情

苗族情歌传承人教唱苗族情歌（摄影：杨茂）

久仰镇苗族青年正在唱情歌（摄影：杨茂）

久仰镇苗族情歌队参加比赛（摄影：杨秀勇）

州领导、县领导分别给苗族情歌、飞歌、古歌一等奖获得者颁奖

Ghab Mes
目　录

HXAK XIK NAS　相问歌..001

HXAK GHAB NIUX LAOT　即兴歌..................................010

HXAK HENT　赞美歌..052

HXAK NIEL JEL　陪伴歌..072

HXAK XIK KHAB　互换信物歌..083

HXAK SENL SANGT　成双歌...097

HXAK AT NIANGS SENL SANGT　私奔歌......................136

HXAK DAOL MONGL　夜深歌..163

HXAK XIK HLIB　相思歌...174

HXAK MAX HVIB　恩爱歌...223

HXAK DAOL DIUT　疏远失恋歌......................................255

HXAK JEL OT　单身歌...308

HXAK XIK NAS

相问歌

Gef:	女：
Diongl had dees bongx eub?	哪沟冒出的泉水？
Bel had dees dax hnab?	哪山升起的太阳？
Gangl had dees dax khab?	哪寨来的好哥郎？
Xangs dlaol at nangx fangb,	跟妹讲来把名传，
At jel kent vux vob,	做只竹篮把菜装，
Deed mel hot neux hnab,	得菜煮来做午餐，
Ghad dangl hniut max hniongb.	一年半载不会忘。
Dieel:	男：
Dieel gangl hvib max hvib,	阿哥来自不高不矮的山上，
Dieel gangb daob max daob,	阿哥来自不深不浅的沟旁，
Dieel gangl ghab sangx eub,	阿哥来自依山傍水茅草坪，
Tieed sad ghab nangx dongb,	芦苇建的茅草房，
Vob hvid at nex diongb,	用蒿秆来做中柱，
Ghaib langl at meex qangb,	茅草叶来做穿枋，

Bel daot nias ghax ab, 还没碰到就倾斜，

Dieel niut xangs niangx xenb, 阿哥不愿跟妹讲，

Bal bet yous naix jub. 坏哥名声好羞惭。

Gef: 女：

Max diongl hangb max lix, 有山沟就有农田，

Max vangl hangb max naix, 有村就会有人住，

Gangl had dees dax liex? 哪里来的好哥郎？

Dieel daot dios bix wix, 阿哥不会从天掉，

Ghaok dieel gangl fangb wix dax? 还是哥从天上来？

Hangd dieel gangl fangb wix dax, 若阿哥从天上来，

Dail nid ghab dlioux jangx, 这人就是鬼变的，

Dail xid deus ongx yex? 谁敢和你去游方？

Dieel: 男：

Eub diangd dangl nas gongb lix, 沟水还要问笕槽，

Khab diangd dangl nas xenb niangx, 阿哥反问阿妹你，

Hsob diangd dangl nas hxeeb lieex, 蓑衣倒问棕榈树，

Ib dail not xous linx? 一棵出叶多少片？

Ib langl not xous jox? 一片棕丝多少根？

Dail mais xid yis ongx? 哪个母亲生养你？

Gangl laib sad dees dax? 你从哪家来的呢？

Ongx xangs wil xangs ongx, 你讲我才跟你讲，

Daot xangs ghal nongs niox! 不讲也就算了啊！

Gef: 女：

Wil sad niangb bongt gongt, 我家住在山林边，

Wil nal ghal bet hlat, 我家娘就叫母亲，

Dail dlaol wil bet mait, 姑娘我叫阿妹呢，

Wil bet dail dlangt ot, 我的名字叫单身，

Xangs dax wil hxat bongt, 讲来我会很忧愁，

Xangs liex dieel daot hsent. 阿哥可能不相信。

Dieel: 男：

Diongs bangx dlaol bet mait, 姑娘你名叫阿妹，

Dail dieel wil bet xongt, 男儿我名叫阿哥，

Wil bet dail dlangt out, 名字就叫单身汉，

Dal at yel at yit, 我还天天在游逛，

Dal at yel diot hlat. 做年轻人陪爹娘。

Gef: 女：

Liex dieel niut xangs niux, 阿哥不跟阿妹说，

Wil nangl nangl nas liex, 我仍要问阿哥你，

Eub gangl had dee bongx? 泉水从哪沟冒出？

Khab gangl had dees dax? 阿哥哪寨来的呢？

Liex dieel nongt xangs niux, 阿哥一定跟妹讲，

003

Xangs dail mait lob longx,　　　　　　　跟阿妹讲妹才来，

Xenb hangb hlongt laol ob yex,　　　　　妹才来和你游方，

Ob sangt liangl hvib naix,　　　　　　　我俩婚配把心放，

Ob daot mel hxoub youx.　　　　　　　　 不为单身再犯愁。

Dieel:　　　　　　　　　　　　　　　　 男：

Gongx liongl maib ghait dlangs,　　　　 虎杖①要用木槌敲，

Naix niul maib laot nas,　　　　　　　　陌生人用嘴巴问，

Dax niel ib hxout lias,　　　　　　　　 来陪一会就熟识，

Maib ghait dlangs gongx liongl,　　　　 用木槌来敲虎杖，

Maib laot nas naix niul,　　　　　　　　用嘴巴问陌生人，

Diongs mait nongs dax niel,　　　　　　 阿妹试来作陪伴，

Ib hxot lias dax yel.　　　　　　　　　 一会你我便熟识。

Gef:　　　　　　　　　　　　　　　　　 女：

Maib ghait dlangs gongx liongl,　　　　 用木槌来敲虎杖，

Maib laot nas liex dieel,　　　　　　　 用嘴巴问陌生人，

Diongs xongt bet ghaix xil?　　　　　　 阿哥名字叫什么？

Khab nongt xangs bangx dlaol,　　　　　 阿哥要跟阿妹说，

Xangs mait hangb diex laol,　　　　　　 跟阿妹说我才来，

Ob hxet ob dangx bongl,　　　　　　　　我俩游玩成伴侣，

Ob daot hxoub youx yel.　　　　　　　　 不为单身再犯愁。

相问歌

Dieel:

Dail dieel wil bet khab,

Wil bet nangl bet neus,

Xangs dlaol bab daot boub,

Xangs bal dieel hxut hseeb,

Wil diangd dangl haot xenb,

Bangx dlaol bet at dees?

Xangs wil dot bet dlens,

Hsangb niongl dieel daot hniongb.

Gef:

Bangx dlaol khad laot nas,

Dail dieel haot bet khab,

Boub liex dieel niut xangs,

Wil sax ngail daot nas,

Bangx dlaol wil bet "Xenb"[②],

Ongx dail hsent daot khab?

Dieel:

Hangd bangx dlaol bet "xenb"[③],

Wil nangl nangl bet "nios",

Wil bet dail dlangt langs,

Dax ob niel hvat xenb,

男：

男儿我就叫阿哥，

我的名字叫鼠雀，

告诉阿妹你不知，

挑明会使我心伤，

我反转来问姑娘，

阿妹芳名叫什么？

得知你名得怀念，

千年万载永不忘。

女：

阿妹开口问哥郎，

你说男的叫阿哥，

知道阿哥不愿讲，

我也懒得再问了，

妹妹我名就叫"馨"，

不知阿哥信不信？

男：

如果阿妹名叫"馨"，

哥名仍然还叫"咔"，

意思就是单身汉，

快来我俩相陪伴，

005

Dax niel ib hxot lias.　　　　　　　　　　游方一会就熟识。

Gef:　　　　　　　　　　　　　　　　　　女：

Bangx dlaol nas dliangx khab,　　　　　妹曾开口问阿哥，

Liex dieel bab max xangs,　　　　　　　阿哥不肯说真名，

Xangs nenk houl dliangx khab,　　　　　但愿阿哥跟妹讲，

Xangs dlaol at nangx fangb,　　　　　　妹得面子把名传，

At jel kent vux vob,　　　　　　　　　　像得竹篮把菜装，

Deed mel hot neux hnab,　　　　　　　　打菜煮来做午餐，

Ghad dangl hniut max hniongb.　　　　　一年半载不会忘。

Dieel:　　　　　　　　　　　　　　　　 男：

Diees diees wil dlab ongx,　　　　　　 每次我都在骗你，

Diees nongd wil xangs daix,　　　　　　这次我可讲真的，

Liex dieel bet daib Mangx④,　　　　　　阿哥真名叫作满⑤，

Xangs dlaol hfent hvib yex,　　　　　　阿妹放心来游方，

Deus dieel hxet ib gangx,　　　　　　　跟阿哥来玩一会，

Diangd sad beet dab dangx.　　　　　　 哥郎回家睡才香。

Gef:　　　　　　　　　　　　　　　　　　女：

Dot ghaok bel dliangx khab?　　　　　　结伴了没，好哥郎？

Dot vob mel neux vob,　　　　　　　　　买得好菜去品尝，

Dot dinb mel dangx dinb,　　　　　　　 若娶了妻快去陪，

Xek dlab dlaol youx hxoub. 莫来哄妹朝暮想。

Dieel: 男：

Wil bel sangt laix dinb, 我还没娶啊姑娘，
Jel dal dlangt doux naib, 单身陪在妈身边，
Soul nal taot liex gheub, 和妈上坡薅土忙，
Nal dal tat dliangx khab, 经常被妈骂偷懒，
Bal liul wat niangx zenb. 哥我真的好悲伤。

Gef: 女：

Gil daot gil lix eub? 试问水田要开干？
Yangl daot yangl dliangx khab? 你我成双敢不敢？
Daot yangl xangs niangx xenb, 不敢快跟妹妹讲，
Vut mel vangs laix hvib, 我好另找他人伴，
Dot dail daos jox hvib, 只求找到合意郎，
Seet bal bab sax bangs, 人丑陋点没关系，
Ghaot loul dis ghax niob. 白头偕老不后悔。

Dieel: 男：

Lix eub bend haot gil, 水田本想要开干，
Dliangx khab bend haot yangl, 阿哥本要接姑娘，
Niangx xenb diangd niut mel, 阿妹却不愿意了，
Hangb jangx laib khangd qout daol. 我俩才疏远分散。

Gef:

Eub dlod bol ghal bol,

Hvib daid dlinl ghal dlinl,

Hxot nongd yangl sax heul,

Hxot nongd yangl sax mel.

Dieel:

Jus daix ghaok dlab lol,

Jus daix nongt xangs dieel,

Xangs liex vut xangs yel,

Xangs yel diangd xangs nal,

Xangs nal qet hvib dangl.

Gef:

Senl ghal hmangt nongd sangt,

Daol ghal hmangt nongd diut,

Dangl mel hxot xid lait?

Dangl mel beb fal deet,

Bub fal nongs bul seet,

Nongs bul dinb mel ghaot,

Nongs bul vob mel hot,

Dlius ongx hveet wil wat.

女：

瀑布急下砰砰响，

情绪来到急得慌，

现在你接也同意，

现在接也跟哥郎。

男：

说的是真还是假，

真的就要跟哥讲，

阿哥好对小弟讲，

小弟回家把讯报，

父母高兴做准备。

女：

要想成亲现在结，

若要疏远今晚散，

还要等待到何时？

若要等到明晚上，

明日就是他人妻，

各是别人的侣伴，

他人的菜别人煮，

不能成双会遗憾。

注释：

①虎杖：蓼科，虎杖属多年生草本植物，根入药，有活血、散瘀、通经、镇咳等功效。苗族妇女常将其采挖来，用木槌捶打或切片煎煮，制成染料染布。

② Xenb：女人名，音译为"馨"。

③ xenb：苗语对姑娘的称谓。

④ Mangx：苗语中 mangx 是"你们"的意思，这里 Mangx 则专指男人的名字。

⑤满：男人名，是 Mangx 的音译。

以上词句，据口述者说，她实名叫 Xenb（馨），她如实说出自己的名字，而男方则认为她在用"姑娘"的称谓开玩笑；下句的 Mangx，也是男方的真名，开始她也认为他在用 mangx（你们）来开玩笑。后来双方都知道真相后、再相会时，两人哈哈大笑。

HXAK GHAB NIUX LAOT
即兴歌

Dieel:

Hmangt nongd khab laol lait,

Max doux bib laol sangt,

Sax doux bib laol hxet,

Bex liex gheub longl dout,

Khab dliangx hangb liangl hxut.

Gef:

Ongx daos dail dlaol daot?

Hangd ongx daos ghal laol hxet,

Max hveb ghal laol hmeet,

Max hvib ghal laol sangt,

Bangs jangx hangb liangl hxut,

Ob max diel xil hxat.

男：

今晚阿哥已来到，

不和我们来婚配，

也和我们玩一会，

补偿来的活路工，

阿哥满意把家回。

女：

哥郎喜欢阿妹不？

喜欢就来玩一玩，

有心里话就来讲，

有感情就来结伴，

结成侣伴把心放，

我俩再不会惆怅。

Dieel:　　　　　　　　　　　　　　　　男：

Daix daib nongd died wat,　　　　　　这个男儿太笨了，

Dax niangb bud diud ngangt,　　　　　来了坐着瞪眼看，

Sax boub ged eud seet,　　　　　　　只想要个好伴侣，

Max boub ged eud laot,　　　　　　　嘴拙不会把歌唱，

Dax niangb xangd ghongd wat.　　　　坐着无聊真闷倦。

Gef:　　　　　　　　　　　　　　　　女：

Eub bid diongl laf hfut,　　　　　　　河沟水满往外溢，

Hveb baix laol nongf khongt,　　　　　话说多了也是空，

Hvib baix laol yef dot,　　　　　　　真心真意才重要，

Yes jangx dieel bangf seet,　　　　　才成阿哥的伴侣，

Yes jangx dlaol bangf seet.　　　　　才成阿妹的伴侣。

Dieel:　　　　　　　　　　　　　　　男：

dieel daos bangx dlaol bongt,　　　　阿哥确实喜欢妹，

Dieel hlib bangx dlaol wat,　　　　　时时刻刻挂念你，

Hlib ongx vob laol hot,　　　　　　　盼你如菜来下锅，

Hlib ongx dinb laol ghaot,　　　　　希望和你结成伴，

Bangs jangx khab ghal hfent,　　　　结成伴侣把心放，

Khab max dliangb xil hxat.　　　　　阿哥再也不惆怅。

011

Gef:

Jas vob ghax saod liol,

Jas dinb ghax saod bangl,

Xek tab lax dad yel,

Xongt tab lax dad mel,

Xongt tab lax hxat dlaol,

Mait daot jangx ged yel.

Dieel:

Daos liex dieel daot mait?

Daos jangx ghal hlongt dout,

Deus liex dieel at seet,

Bangs jangx ghal hfent hxut,

Ob max xil hxat not.

Gef:

Jas vob ghal laol hot,

Jas dinb ghal laol ghaot,

Hsenx vob diot bel pangt,

Hsenx xenb diot dlangl hxet,

Hsenx xenb hveet dlaol wat.

女：

见到好菜早点氽，

找到好伴早成双，

不要再拖长久了，

阿哥若再久拖长，

拖久使妹好犯愁，

阿妹愁得不成样。

男：

阿妹喜欢阿哥不？

若喜欢就快快走，

来和阿哥结成伴，

结成伴侣把心放，

我俩不再犯忧愁。

女：

找到好菜快煮了，

找到娇妻快结伴，

菜在荒坡无人管，

妹在场①上无人看，

不管不看害姑娘。

Dieel:

Beet sot neux vob niul,

Yous hxat yex fangb daol,

Ib deet jex laib diongl,

Ib hmangt jex laib vangl,

Xees diot jox fangb nal,

Qout qout sax bees jul,

Daot ghaot niangx xenb tangl,

Hxat wat daix ghab moul?

Gef:

Ghad laib dlangl fangb dab,

Ngangt ib menl daib khab,

Dongt dongs sail xob dinb,

Mait jus dail niangb hseeb,

Hxat daix yel ob daib.

Dieel:

Dongx fangb vangl nongs dot,

Dal liex dieel hangb dlangt,

Jus daix wil yes haot,

Dlab ongx wil mais tat,

Naib niox lioul khab wat,

男：

瘦弱猪儿吃生菜，

窝囊男子游方远，

一早走过九条沟，

一晚跑遍九村寨，

整片地方来回转，

处处阿哥都走遍，

受够阿妹们鄙夷，

情妹可知我悲哀？

女：

整个天下各地方，

看看一群好哥郎，

大家都已有侣伴，

唯独阿妹还单身，

真愁死啊好哥儿。

男：

村里人人有侣伴，

只剩阿哥单身汉，

哥我只会讲真话，

骗你妈妈会骂我，

妈妈要把我折腾，

Niangb max cenl ib hxot. 一会儿也坐不成。

Gef: 女：

Hveb max bongl hveb dlot, 有伴的话全骗人，

Dlab bangx dlaol gos hxut, 哄阿妹我倾了心，

Deus liex mel jus diut, 痴心跟去一辈子，

Hxub max laol saos qout? 何时收回此痴心？

Dieel: 男：

Jus daix at nid deel, 阿哥真是单身汉，

Dlab ongx at xid dlaol, 确实没骗姑娘你，

Dlab ongx liuk dlab nal, 骗你犹如骗爹娘，

Liuk dlab hlat jus diel, 就像骗妈妈一样，

Dlab hlat nal bib gongl, 骗妈父亲敲磕拽②，

Niangb daot cenl lab dlaol. 坐不成啊好姑娘。

Gef: 女：

Jus daix dlaol yes hlongt, 是真阿妹我才来，

Deus liex niel ib hxot, 陪阿哥你坐一会，

Deus niel xek xangs seet, 阿哥莫跟你妻说，

Xangs ongx bongl veeb mait, 说了她会骂阿妹，

Veeb bangx dlaol xis hxut. 骂妹灰心又惭愧。

Dieel:

Jus daix daot xob bongl,

Xangs ongx haot dlab lol,

Max hsoux haot dees yel!

Gef:

jus daix ghal vangs seet,

Vangs laix laol deus xongt,

Ob laix mel gheub at,

Hvib naix liangl jus diut,

Hvib max liangl nongs dlot.

Dieel:

Qangb gangb diongx nent nel,

Qangb hsangb laix diot bul,

Qangb ib laix diot dieel,

Eub xik deed jet nel,

Ob xik deed ghaot bongl,

Jenx niangb nongd at xil?

Jenx niangb nongd hveet dieel.

Gef:

eud ghal dot,

男：

我真的没有伴侣，

讲真还说是骗你，

不知咋说才好啊！

女：

阿妹真的找侣伴，

找个好郎嫁给他，

两个同去把活干，

一辈子都把心安，

若不安心是谎话。

男：

穿个肛虫③去钓鱼，

介绍十个给别人，

介绍一个给哥郎，

同条河让鱼同上，

我俩一起结侣伴，

老是在这干什么？

老在这可怜哥郎。

女：

若阿哥想一定得，

015

Tind ghal dlangt,

Dieel sad nongs mal niut,

Mal eud yes mal dot.

只怕挑剔才单身，

阿哥自己不愿意，

不愿意才没有得。

Dieel:

Eub mel ged dees jet?

Vob mel ged dees wit?

Khab mel ged dees dot?

Deus dail xid vangs seet?

Vangs bongl xad vangs wat.

男：

泉水要去哪里挑？

白菜要到哪里掰？

阿哥我去哪里得？

去和哪个结伴侣？

伴侣无法轻易得。

Gef:

Xek hxat yel dliangx khab,

Hxat not bal ngax wab,

Xek hxot mel dangx hlieb,

Pait daot laol naix jub.

女：

阿哥不要忧愁多，

愁多脸上起皱纹，

到时哥去大场合，

哥会配不上别人。

Dieel:

Hxat wat yel niangx xenb!

Hxat wat mel vangx hvib,

Dait hleet laol hfix dlangb,

Dait bongt mel ghax niob,

Dait bongt dieel ghax hniongb.

男：

我真忧愁啊阿妹！

忧愁多就上高山，

扯根野藤来吊颈，

让我窒息各了断，

如断了气百事忘。

Gef:

Hxat kheut vangs kheut nangl,

Hxat seet vangs seet bangl,

Dot seet nongs vut yel.

Dieel:

Vangs max jas kheut nangl,

Vangs max jas seet bangl,

Das daix yes mait liel!

Das jangx nongs hfent mel,

Khab max hongb hxat yel.

Gef:

Hxat vob mel neux vob,

Hxat dinb mel dangx dinb,

Dot bens dieel ghax hniongb,

Xek deus dlaol youx hxoub.

Dieel:

Bangx dlaol jus vut laot,

Dlab liex dieel haot dlangt,

Liex dieel jus hxent mait,

Yangl bangx dlaol lait qout.

女：

忧愁裤子找裤穿，

忧愁妻子找妻伴，

找到伴侣忧愁忘。

男：

我找不到裤子穿，

我也找不到侣伴，

真的要死了阿妹！

死了就会把心放，

永远也不会惆怅。

女：

愁菜去找菜来吃，

愁妻就找妻来伴，

找到妻子哥就忘，

莫和阿妹再游荡。

男：

阿妹嘴巴真是甜，

哄哥说你是单身，

阿哥也真相信妹，

把妹引到哥村里。

Ongx bongl hangb hsent lait,	你的伴侣一听到，
Ongx bongl vangs deut dlent,	找根武棍急赶来，
Dieeb dieel niox ghuet tiet,	在庭院里把哥打，
Dot bangx dlaol meek bet,	得阿妹来是虚名，
Das liex wil hfent hxut.	阿哥死也放心了。

Gef:　　　　　　　　　　　　　　女：
Xek ghangt daix eub niel,	莫要去把浑水挑，
Xek hmeet daix hveb gal,	莫说低三下四话，
Xongt ghangt daix eub niel,	阿哥去把浑水挑，
Xongt hmeet daix hveb gal,	哥说低三下四话，
Mait daot hsoux fenb yel.	阿妹有嘴说不清。

Dieel:　　　　　　　　　　　　　男：
Hangd mait jus wangx yel,	如果阿妹真单身，
Ongx daos daot daos bangx dlaol?	不知阿妹可愿意？
Daos yangt deus liex mel,	愿意就跟阿哥走，
Houf kheut ob ghax nangl,	裤子合身我俩穿，
Houf seet ob ghax bangl,	若合意就成侣伴，
Ob ghaot ob dangx liul,	结成伴侣把心放，
Ob hxat dliangb ghaix xil?	我俩还忧愁什么？

Gef:

Wlil hnangd dol bul haot,

Dol bul xangs dail mait,

Haot liex dieel dot seet,

Xob laix bongl dangt vangt,

Bes hxex yel gheut tiet,

Hnab nongd dieel hlongt dout,

Dlab bangx dlaol dlangt out,

Wil das jangx dail ak kat,

Veeb dieel ib hniut hniut.

Dieel:

Bul haot khab dliangx senl,

Khab dot bens niox dlaol,

Yis vangt bab dax lol,

Dlab mait niangb dangx nal.

Hangd xongt jus daix xol,

Gheut haob niangb wix mal,

Haob xangt xongs dax lioul,

Das beet wos sax heul,

Das ghat mis niax nioul,

Bab daot veeb bangx dlaol.

女：

阿妹听到别人说，

别人来跟妹妹讲，

说是哥已结侣伴，

结得侣伴生了娃，

抱娃在庭院里玩，

今天阿哥来游方，

骗妹说是单身汉，

我死变成只乌鸦，

一年到头把哥咒。

男：

别人说哥已结亲，

已有侣伴在家里，

有娃还来骗阿妹，

还在游方场诓妹。

若是阿哥已结婚，

有雷公公在天上，

他放钢钎下来戳，

死上百次也心甘，

死了阿哥也瞑目，

哥也不把妹妹骂。

Gef:

Eub bid laol lait ongt,

Hveb bid laol lait laot,

Laib nend dlaol hsout hmeet,

Kaib ongx nenk houl haot,

Kaib ongx xek bel tat,

Xek bel veeb dlaol wat!

Dieel:

Hlib daot dlaol,

Xek hmeet daix hveb yel,

Hlib nongt senl,

Xek dlab khab qit doul,

Hangd mait dlab khab qit doul,

Xongt toub xenb sait mel,

Mait niangb max daot cenl.

Gef:

Ged ged dlaol daot daos,

Ged nend dlaol hsat daos,

Soul vob geed hlat xongs,

Vob geed xenl hangt hxub,

Bab daid ngangl diot niangs.

女：

水满缸了往外溢，

话到嘴边就要说，

这话阿妹我错讲，

这话有点亏阿哥，

即使亏也莫忙骂，

莫忙把妹来骂啊！

男：

阿妹若是想阿哥，

莫要再说这些了，

若想咱俩就结婚，

莫骗阿哥发脾气，

若是骗哥哥来气，

阿哥就会拖你去，

叫妹你坐不成哩。

女：

别样事情妹不敢，

这种好事最合心，

犹如七月的饭菜，

七月饭菜还嫌少，

巴不得全吞肚里。

即兴歌

Dieel:

Eub baix at nend jet,

Hveb baix at nend hmeet,

Bou daix at nend daot?

Gef:

Eub ment niel boux loux,

Xenb nongt mel daix daix,

Khab daot yangl ghax niox,

Xenb daik ngail wox mangx.

Dieel:

Jus daix ghaok dlab lol?

Jus daix nongt xangs dieel,

Dieel hangb vut xangs nal,

Xangs nal qet hvib dangl,

Yangl xenb lait khab dlangl,

Laix naib vut hvib dlinl.

Gef:

Ghab daib lix xangt nel,

Ghab daib naix at bongl,

Daos xenb niangx daot dieel?

男：

泉水只是这么舀，

话也只是这么说，

不知是真还是假？

女：

山泉喷涌水浑浊，

阿妹欲走急匆匆，

阿哥不引也罢了，

妹不相劝不挽留。

男：

真的？还是在说谎？

若是真心跟哥讲，

阿哥才好跟妈说，

安慰父母等姑娘，

把妹引到哥家里，

父母心情好欢畅。

女：

小小的田放鱼儿，

小的人也要成双，

阿哥喜欢不喜欢？

Daos xenb ghax hlongt laol, 若喜欢妹你快来，
Yangl bib daix hxat houl, 来接我们苦命人，
Bangl bab sax hfent liul. 结成夫妻把心放。

Dieel: 男：
Jox hvib nongt eud bongl, 如果有心结侣伴，
Lox ghab hxit diod doul, 烧火要拆木棚栏，
Vux vob at ged liol, 把菜集中一起氽，
Vux dinb at sad bangl, 结成侣伴要成双，
Naix jub haot xad houl, 别人虽说很艰难，
Ongx ob dot hved bangl, 只要我俩结成双，
Dangx ob hfent hnid mel, 结成伴侣把心放，
Max hongb hxat nongd yel. 从此我们不忧愁。

Gef: 女：
Jet dlinf hvib vangx bel, 爬上高高的山岗，
Ngangt dlinf laib mangx vangl, 看看你们这寨上，
Xongt bangf ghab diux diel, 阿哥房门很豪华，
Diot fangf hlieb meex nongl, 门栏横枋如仓枋，
Xongt bangf wangb sax niul, 阿哥穿着很漂亮，
Xongt bangf hveb sax leel, 说话甜似蜂蜜糖，
Vut nangs vut xix xol, 我的命运这么好，
Vut nangs dot ongx niel, 好运得你来陪伴，

At dees dot ongx senl? 怎会得你做侣伴？

Dieel: 男：

Saib xongt jox nangs gal, 恨阿哥的命太苦，

Nangs hxut sax gos niel, 只能得妹来陪伴，

Nangs hxut max gos senl, 没福和妹来成双，

Niangb at laox genb houl, 陪坐一会交朋友，

Ib hxot liex bab liangl. 即使一会也心甘。

Gef: 女：

Deut ghab vangx houd bel, 松树长在山岗上，

Sait ghab beet niad nioul, 青松常青绿油油，

Hleet ghab beex diod doul, 砍下老枝当柴烧，

Mait bens jox ged senl, 阿妹准备要成婚，

Xongt bens jox ged daol, 阿哥却准备离散，

Tak wees lax ged mel, 阿哥退走去他方，

Hveet dees niux dlod yel. 可怜阿妹来陪哥。

Dieel: 男：

Nongs dios niangx nongd dlaol, 各是当今年代妹，

Liuk laib niangx qid al, 若像过去的年岁，

Mel seet vangb pat nangl, 去巴水岩④那悬崖，

Liouk dot qeb hlongt laol, 采得迷药才赶来，

Dlab mait maib at niongl,

Maib at niongl diot dieel.

Gef:

Ongx deed qeb lol mait,

Ongx diangd qeb mel hvat,

Max diangd xenb laol jet,

Ongx kheud ghab yel xongt.

Dieel:

Eub baix at nend jet,

Hveb baix at nend hmeet,

Max diel qeb xid mait,

Dlius daix hveb nid yat,

Dax doux khab eud seet,

Jangx bongl nongs songd vut,

Max diel dliangb xid hxat?

Gef:

Jenx niangb sad loul wat,

Neux vob geed jul not,

Dangx laib sad sail tat,

Ninl veeb ghax ninl hxat,

决意诓得妹痴迷，

让妹一定爱上哥。

女：

你用迷药迷阿妹，

你快快把迷药退，

不退阿妹上门来，

叫你倾家又荡产。

男：

泉水只是这么舀，

话也只是这么说，

哪有迷药迷阿妹，

这些闲话都丢掉，

来和阿哥把婚配，

成了伴侣会美满，

还有什么忧愁呢？

女：

老住家里太老啦，

饭菜吃下很多了，

全家人都骂姑娘，

越骂阿妹越忧愁，

Sail xangs ongx mel xongt,

Ongx dal hveet bangx dlaol daot?

Hveet ghax bangs dail mait,

Ghaot jangx xenb ghal hfent,

Daot jenx niangb nal hxat.

Dieel:

Jul eub ghangt dif diel,

Jul yenb keet houf dlinl,

Dal hveb daot gef liel?

Dal hveb hmeet couf laol,

Linl hveb lait xangf xil?

Linl hveb hveet liangl dangl,

Jul dis ghaot saik yel.

Gef:

Saod laod jas bangx taob,

Saod niel jas ngax wab,

Dangl laol saos niangx ghangb,

Ob loul liuk laix naib,

Diet mangl jet vangx hniangb,

Niongl al haot dax niangb,

Niongl al hxet max mangs.

这些全告诉哥郎，

你还可怜阿妹吗？

可怜妹就把婚完，

结了婚妹把心放，

老住在家忧愁缠。

男：

水完必须去挑水，

烟盒无烟成空盒，

还有话没，好姑娘？

有话你就快来讲，

还要留话何时谈？

留话害哥等得慌，

这辈就成单身郎。

女：

摘花要趁花鲜艳，

谈情说爱趁年轻，

待到晚年岁月过，

我俩都如老双亲，

额头全都有皱纹，

那时才说坐一坐，

那时来坐不合适。

Dieel:

Lix eub but bangf diongl,

Naix sangb but bangf mel,

Gangx hsangb beet yaf houl,

Sax nongs but bangf mel,

Daot max xongt bangf soul,

Liex nongs dot gef niel,

Max hongb dot gef senl,

Youx hxoub wat gef liel.

Gef:

Max daix vob nend hot,

Max daix dinb nend ghaot,

Max hsoux niangb sad hlat,

Dax gux hxab kheud wat.

Dieel:

Eub hxed pat dees gal,

Eub dlod pat dees mel,

Xenb hxed pat dees niul,

Xenb hxoud pat dees niel,

Dlius hlaod pat ghangb gol,

男：

水田由别的水灌，

漂亮的是别人伴，

千儿八百好姑娘，

也是别人的侣伴，

哥的没有在里面，

阿哥虽得妹陪玩，

没能娶来做侣伴，

妹啊！哥心在飘荡。

女：

若有这样的菜煮，

若有夫君来相伴，

不如坐在父母家，

出门在外怕贫寒。

男：

河水它看哪头低，

就往低的那头淌，

妹看哪个长得帅，

妹就和他去做伴，

抛哥在后面空喊，

Gef:

Jas doul niul daot maf,

Jas bul wil daot laf,

Jas liex dieel hlongt dlouf,

Hlib liex dieel bongt naif,

Deus liex dieel laot laf.

Dieel:

Neux nel hniongb ghangb kut,

Dangx bongl hniub ghangb xongt,

Wangx yel hnab hnab hsent,

Nenx dlaol jus laib laot.

Gef:

Dliangx khab vut bel laot,

Dax dlab mait dal hxut,

Ongx peeb doul nongt laol ghangt,

Dax niangb nongt laol hxet,

Peeb jangx daot laol hxet,

Niangb jangx daot laol sangt,

Dlab niux hxat liul wat.

女：

碰到生柴我不砍，

遇见别人我不谈，

遇见阿哥你来到，

实在想念好哥郎，

才和阿哥把话谈。

男：

把鱼吃了忘记篓，

有了夫君忘哥郎，

单身郎儿天天想，

想妹甜甜的嘴儿。

女：

阿哥嘴巴真是甜，

诓得阿妹丢了魂，

你劈了柴要来挑，

来坐就要把婚配，

你劈了柴不来挑，

来坐却不把婚配，

诓妹忧愁好心伤。

Dieel:

Gangx niangb haot wil seet,

Hxoux wix hleet bel hliat,

Jangx ghaob hleet jel deut,

Jangx diob hleet wangle ment,

Dax niangb at xil mait?

Dax niangb hveet dieel wat.

Gef:

Khab gongb diot lix gil,

Jeb hvib diot mangx vangl,

Laib hveb haot mangx vangl,

Jeb hvib diot ongx dail,

Boub xob ghaok max xol,

Max xob hveet bangx dlaol,

Hveet diongs mait wangx yel,

Wangx yeb at nad mel,

Jangx daib at xid yel.

Dieel:

Hangd bangx dlaol couf liul,

Deed niux mel bouf dieel,

Khait dax val vef pail,

男：

坐时说是我侣伴，

起来离开弃哥郎，

犹如斑鸠弃树枝，

犹如螃蟹弃池塘，

妹妹来这做什么？

空坐可怜了哥郎。

女：

开沟引水灌旱田，

妹本指望着你村，

口头说是你们村，

其实指望你哥郎，

不知结好不结好，

不结可怜我姑娘，

可怜阿妹打单身，

长此这样单身去，

阿妹忧愁不成样。

男：

若是阿妹出真心，

得妹和哥结成双，

客来急忙去相陪，

Jet diux val vef dangl, 站在门栏上等待，

Mait max liangl liangf liangl, 妹不满意哥满意，

Xongt sax liangl diuf mel, 哥满意了心也安，

Daot nenx bul bangf soul. 不把他人来想念。

Gef: 女：

Jus daix wil yes haot, 确是真的我才讲，

Dlab ongx wil nongs dliot, 骗你是我在说谎，

Dlab ongx dlab wil seet, 骗你是骗我伴侣，

Dlab wil ghab moul ghaot, 是骗我的好情郎，

Dlab ongx at xil mait? 我骗阿哥做哪样？

Dieel: 男：

Wil hxet bees dol jox fangb, 我走遍千山万水，

Hxangt jas dail dongx wangb, 遇到漂亮的姑娘，

Daot jas dail dongx hvib, 没有遇到合心人，

Yangt sais laol niux fangb, 跑到阿妹这地方，

Ngangt ib menl niangx xenb, 看了一群好姑娘，

Mait jus dail dongx hvib, 阿妹才合我心意，

At dees wil sax bangs. 无论如何也婚配。

Gef: 女：

Lix daob dab jil hsent, 肥沃的田可栽蒜，

Naix fangb hlieb leel laot,
Dax dlab xenb jel out,
Wangx yeb xenb liel wat.

大地方人嘴巴甜，
来骗阿妹成单身，
单身阿妹愁死人。

Dieel:

Xenb daot max vob liol,
Xenb daot max dinb bangl,
Xenb hlongt dax ob niel,
Ob hxet jangx ob senl,
Ob ghaot jangx ob liangl,
Ob daot yongx hlib bul,
Hlib but ghax nongs dlongl.

男：

妹找不到菜来佘，
妹妹你仍没侣伴，
就来陪哥玩一玩，
玩了我俩把婚结，
我俩结了心才安，
不会嫉妒其他人，
再想他人是憨才。

Gef:

Dot liex niel ib wos,
Dangf jex mal ib xees,
Dangf dangx bongl ib diees,
Liouf niux mel nins khab,
Hsent liex mel ib dis.

女：

得哥陪伴坐一茬，
犹如骑马兜一程，
就像结了婚一回，
背后妹去把哥念，
念哥一生都不忘。

Dieel:

Dot vob jex laif wil,
Dot xenb niangx bouf dieel,

男：

得到窝久[5]煮酸汤，
得妹来和哥成双，

Ghaot bab sax nongf liangl,

Daot hlib maix bangf yel.

Gef:

Hlib vob ghax laol laif,

Hlib dinb ghax laol bouf,

Hsenx vob dol bul laif,

Hsenx xenb dol bul bouf,

Hveet dees dail dlaol niuf.

Dieel:

Hlib vob max dot liol,

Hlib dinb max dot bangl,

Hlib xenb niangx laot leel,

Dieeb hveb ghax hsent mel.

Gef:

Niangx xenb dongf ged senl,

Dliangx khab dongf ged daol,

Tat wenf lax ged mel,

Daot xenf daix xid yel!

我俩婚配就心安，

再不去把他人想。

女：

想吃菜就来下汤，

想成伴侣就来结，

拿菜去给他人煮，

弃妹和他人成双，

害妹真心跟你好。

男：

想菜不得来氽煮，

想妹不得来成双，

想妹嘴甜又漂亮，

摆话闲谈也心甘。

女：

阿妹讲的是成双，

阿哥却说分离话，

两个分开各去各，

真的不值啊！哥郎！

Dieel:

Liex dieel kheud saos dab,

Dax dlaol sad ghab fangb,

Vangs ib dail deus khab,

Wil liuk hfat dleet eub vob,

Dot dent geed diub hnaib.

Gef:

Mait dongf laib dangx bongl,

Xongt souk hsangb diex mel,

Dleet gef niangb nangx nal,

Ghaot deef xenb wangx yel.

Dieel:

Hxat not xil niangx xenb,

Hxat not bal ngax wab,

Jet lait dol dangx hlieb,

Pait daot laol naix jub.

Gef:

Daot hxat jens ghaix xil,

Hxat nenk gongb dangx bongl,

Dot seet xenb ghax liangl.

男：

阿哥家境真贫寒，

来到阿妹的家乡，

想找一个跟哥郎，

犹如叫化讨酸汤，

只想得顿午饭吃。

女：

阿妹讲和哥成双，

哥却跑出千步远，

弃妹在这游方场，

让阿妹我打单身。

男：

阿妹不要多忧愁，

愁多将会毁容颜，

来日去到大场合，

妹会配不上别人。

女：

阿妹没有啥忧愁，

只愁成双这一样，

得了伴侣就安心。

Dieel:

Eub lix ngees xek cangl,

Songb nongx hxoub xek niongl,

Yenx jox at nad mel,

At naix jub at xil?

Gef:

Ghaot deef eub lix gil,

Ghaot deef xenb wangx yel,

Dlangt ik dis naix mel,

Daot xenf dliangb ghaix xil.

Dieel:

Bal xongs dangt sax hsod,

Songl yous daot jangx ged,

Nangl dees fangt gux hxed,

Jas xek dail naix died,

Gheut hfat bab sax eud,

Ghaot diot khab dangx hnid.

Gef:

Hveet dees dail nel hlib lix eub,

Hveet dees dail dlaol hlib dliangx khab,

男：

偶尔田干是一时，

心情不安一两次，

若是长久这样去，

还要做人干什么？

女：

田水干了要很久，

妹妹单身要多年，

这么单身一辈子，

真是这样也不值。

男：

废旧钢钎铸锄耙，

邋遢汉子不成郎，

还是外出来找伴，

遇到一个哑姑娘，

是个乞婆哥也要，

娶为伴侣哥心安。

女：

可怜鱼儿念水田，

可怜姑娘念哥郎，

Xongt xol bongl yangx dlius niangx xenb, 哥结伴侣弃了妹，

Mait yes jel yel niangb dangx hlieb. 妹却伤神游方场。

Dieel: 男：

Hlib vob ghax nongt liol, 想吃菜就来氽煮，

Hlib dinb ghax nongt bangl, 想结伴侣就婚配，

Hlib saos ghax nongt mel, 如若相爱一定走，

Jenx niangb nongd at xil? 仅在这里干什么？

Jenx niangb nongd hxat liul. 仅在这里多忧愁。

Gef: 女：

Hlib vob max dot liol, 喜欢的菜找不到，

Hlib dinb max dot bangl, 想伴侣不得婚配，

Nongs dol jub ghaot mel, 各是他人去陪伴，

Hlib khab dliangx laot leel, 只想阿哥嘴巴甜，

Deus khab dliangx hxet houl, 就和阿哥坐一会，

Mais khab dliangx hxut liangl. 也可让哥满意归。

Dieel: 男：

Ongx hlib nongs hlib maix dol, 你想只是想他人，

Hlib daot saos liex dieel, 没有想到我哥郎，

Hangd hlib saos liex dieel, 如果想到哥郎我，

Hxot nongd ob ghax mel, 现在我俩就快走，

Ongx hxat dliangb ghaix xil? 你还忧愁什么呢？

Gef: 女：
Hnangd bul hseet xenb niangx, 听人悄悄跟妹讲，
Liex dieel dot bens jangx, 阿哥已经有伴侣，
Ongx yangl at mais gangx, 你要引我去当妾，
Wil nongs hnangd gat las neux, 我更愿意薅土吃，
Gat las neux diangd vut, 薅土吃反觉心安，
At mais gangx xad wat. 要去当妾很为难。

Dieel: 男：
Bul ngangt ob vut bul wat, 别人看我俩很好，
Dol jub daot ful qit, 他的心里不服气，
Dol jub longl doul diot, 他就想法来怂恿，
Ongx ob daol jel sait, 你我两个疏远了，
Naix jub ghal liangl hxut. 这样人家才满意。

Gef: 女：
Dliangx khab jus daot xol, 阿哥若真没结婚，
Ongx dax ob sangt mel, 你来我俩把婚结，
Ob dangx ob hfent liul, 你我结了就安心，
Ob max hongb hxat yel. 再也没有这忧愁。

Dieel:

Bul ngangt ob vut bul,

Max yongx eub jet nel,

Max yongx ob ghaot bongl,

Bax dliax mab at bal.

Gef:

Ongx ngangt niux sad kheud bal,

Daot max khouk hneut mongl,

Daot max hlinb diot bel,

Khab dliangx hangb niut dlaol,

Dlius niangx xenb ot jel.

Dieel:

Buf niux niangb sad nal,

Gangf deux dloub seed mangl,

Liaf gongx hlinb dliad dlinl,

Kheut dens buf niux nangl,

Seet vas buf niux bangl,

Daot dios bangf jangx yel,

At saos dongf sax houl,

At saos dongf sax niel,

At saos dongf sax liangl.

男：

别人看我俩要好，

嫉妒鱼在水中游，

嫉妒我俩结成双，

拆散我俩才心甘。

女：

你看妹家太贫寒，

没有花裙穿身上，

手镯也没戴一只，

阿哥你才不喜欢，

丢妹单身在游荡。

男：

看见阿妹在家里，

拿白铜盆洗面庞，

银饰穿戴闪闪亮，

绸缎裤儿见妹穿，

聪明夫君见妹伴，

你也不是我侣伴，

做旧交情来摆谈，

旧交摆谈也陪伴，

得来摆谈也心甘。

即兴歌

Gef:

Deus xongt niel max hvib,

Daot dot dieel dangx dinb,

Dangt jit ghangl dliangx khab,

At hseut liangl jox hvib.

Dieel:

Jas xik buf lax mangl,

Songs xik gangf lax bel,

Vut nangs vut xix xol,

Vut nangs dot ongx niel,

At dees dot ongx senl,

Hveet diongs xongt wangx yel.

Gef:

Niangx xenb sail ves wangl,

Dliangx khab sail ves daol,

Daol sais mel sab nangl,

Max hongb xol boub yel.

Dieel:

Deut daox yux das jel,

Kheut laix laix bab nangl,

女：

有情意来陪哥郎，

也想和哥做侣伴，

设个计谋阻拦哥，

要打官司才心甘。

男：

遇到互相见一面，

碰到把手握一握，

运气好才能得到，

才得你来陪阿哥，

怎么得你来成婚，

可怜阿哥打单身。

女：

阿妹尽力占有你，

阿哥尽力要疏远，

疏远去其他地方，

不会再得到哥郎。

男：

油桐树爱枯老枝，

裤子人人都要穿，

Seet laix laix bab xol,

Dleet daib liex das loul,

Hxat das daix lab dlaol!

Gef:

Ib bax leel ib pout,

Ib niangx loul ib hliat,

Tab ghad ghail saos mait,

Jus daix loul lab xongt!

Dieel:

Loul nongs loul dol but,

Max hongb loul dail mait,

Ngax wab jel dal vut,

Soul laib hnaib bel out,

Xenb max diel xil hxat?

Gef:

Dlaol hxat dlaol nongs boub,

Daot hmeet yel daib khab,

Hangd liex dieel daos hvib,

Sangt niux mel daib khab,

Sangt niux mel hangb hniub.

伴侣人人也要结，

留着阿哥永单身，

愁死我了，阿妹啊！

女：

一浆就能过一滩，

一年就会老一点，

逐渐轮到妹身上，

真的会老啊，哥郎！

男：

老也只是老他人，

不会老到好姑娘，

脸色红润仍漂亮，

犹如初升的太阳，

姑娘你有何忧伤？

女：

妹妹忧伤妹自知，

请哥莫把这些讲，

阿哥你若真喜欢，

阿哥接妹把婚完，

结完婚了妹才忘。

Dieel:

Douk doul douk doux doub,

Douk doul buf diex hangb,

Douk dloul daot buf niux hvib,

Dlab douk doul buf niux hvib,

Liuk dieel bangf diongx hmongb,

Dot mel nongf max boub.

Gef:

Dail wed dail mif vongx,

Dieel hangd dieel yef dax,

Daot hangd dieel nongf niox,

Xenb daik ngail xik wox.

Dieel:

Dleet xenb jel bel gangf,

Jet eub bel lal wenf,

At vob dail xil laif,

At dinb dail xil bouf,

At hveb dieel laol dongf,

Hsent xenb liul dal diuf,

At dees loul dail liangf?

男：

点火点火还要点，

点火只能见路行，

点火没见妹的心，

如果点火见妹心，

和阿哥的一个样，

便可能得做伴侣。

女：

妻子就像条母龙，

哥哥喜欢你就来，

若不喜欢也作罢，

妹也懒得去相劝。

男：

讨阿妹的手来握，

妹的手真湿润啊，

做菜谁人来煮汤，

做妻谁人来成双，

说话阿哥来摆谈，

想念阿妹心失落，

阿哥怎样能终老？

Gef:

Dief mel dol jub fangb,

Gangf dol bel dloub dloub,

Xenf mel liangl ob beb,

Liangf laol dol bib fangb,

Gangf jel bel dlaib jab,

Xenf diel xil daib khab.

Dieel:

Max deus khab laol niuf,

Sax bib jel bel gangf,

Jox hvib laol yal yenf.

Gef:

Mait bib dieel gangf bel,

Daot deus dlaol niuf yel,

Xangt sais bul bangf mel,

Hveet dees dail gef liel.

Dieel:

Jet daix eub daod diongl,

Hmeet daix hveb qangd niangl,

Daot hsoux fenb ad yel.

女：

你去别的地方玩，

得握她人白嫩手，

一次值银二三两，

哥来到我们地方，

握妹的手黑又黑，

阿哥啊！真不值得。

男：

不实心来和哥玩，

也送妹手握一握，

冰冷的心也变暖。

女：

妹送手给阿哥握，

阿哥却没实心玩，

一松手是别人的，

只可怜我这姑娘。

男：

净挑沟里冲刷水，

净说话来讽刺人，

阿妹！我不会分辨。

Gef:

Hmangt nongd khab dliangx longl,

Hfad jit ghaib bangx dlaol,

Geed daot hlib neux yel,

Hlongt sait deus liex niel,

Diangd hmangt hangb neux houl.

Dieel:

Eub daod diongl bangb lix,

Hveb qangd niangl das naix,

Xek qangd yel khab dliangx,

Qangd not wil boub jangx.

Gef:

Daot dios eub daod diongl,

Daot dios hveb qangd niangl,

Jus daix at nend deel,

Khab dliangx daos mait liel,

Khab ghax vangs qout dangl,

Ob yex ob sangt mel,

Ob max hongb hxat yel.

女：

今晚阿哥你一来，

就打口哨喊阿妹，

晚饭妹也不想吃，

急忙赶来陪哥玩，

半夜散场才去吃。

男：

冲刷水把田冲垮，

吓死人是讽刺话，

妹妹你莫再讽刺，

讽刺多了哥也知。

女：

挑的不是冲刷水，

讲的不是讽刺话，

其实真的是这样，

若阿哥喜欢阿妹，

哥找地方把妹等，

我俩游方把婚配，

再也不这么惆怅。

Dieel:

Bat bat dieel longx lob,

Bat bat nil dax niangb,

Hxet nongt mel hfangx aob,

Xek hxab nal dax veeb,

Hangd hxab nal dax veeb,

Hxot nongd ghal longx lob,

Yangt sais mel liex qangb,

Hlat vangs nil max jas,

Ongx hxab xil niangx xenb?

Gef:

Dangl wil yat dliangx khab,

Dangl wil qeb daix qoub,

Qeb jel kent vux hlinb,

Bees mel saos liex qangb,

Laix nal vangs max jas,

Ongx wil yes jangx dinb,

Yes jangx sad naix jub.

Dieel:

Ongx dlab liex at xil?

Ongx dlab liex not laol,

男：

阿哥特意来游方，

阿妹也同意坐谈，

我俩坐到通天亮，

莫怕父母们来骂，

如果害怕父母骂，

现在我俩赶快走，

跑到阿哥的家里，

父母找不到阿妹，

阿妹有啥忧愁呢？

女：

阿哥请你等一等，

等妹把那手帕捡，

收拾银饰装进篮，

跑去阿哥的家园，

父母一时难找到，

你我成终身侣伴，

成了伴侣真幸福。

男：

你哄阿哥做什么？

若哄阿哥多次了，

即兴歌

Ongx dlab liex ot jel,　　　　　　　　哄得阿哥打单身，

Max hnaib liex qit doul,　　　　　　　有朝一日哥发火，

Liex toub ongx sait mel,　　　　　　　阿哥会把你拖走，

Ongx niangb max daot cenl.　　　　　要阿妹你坐不成。

Gef:　　　　　　　　　　　　　　　女：

Dlab nongs dlab dol but,　　　　　　 我哄只是哄别人，

Max hongb dlab dail xongt,　　　　　不会来哄你哥郎，

Dlab ongx dlab wil seet,　　　　　　 哄你是哄我夫君，

Dlab wil ghab moul ghaot,　　　　　 是哄我的旧情人，

Dlab ongx at xil xongt?　　　　　　　哥啊！哄你做什么？

Dieel:　　　　　　　　　　　　　　男：

Dail xenb niangx leel laot,　　　　　 阿妹嘴巴真是甜，

Lol khab dliangx dal hxut,　　　　　 哄哥哄得落了魂，

Dal ghab dlioux dlangl hxet,　　　　 魂魄丢在游方场，

Mal gas nex laol qet,　　　　　　　　买绿头鸭帮哥赎，

Max hxangb ghax mel pangt,　　　　不赎阿哥上荒坡⑥，

Jus das daix yel mait.　　　　　　　　妹啊！哥哥真会死。

Gef:　　　　　　　　　　　　　　　女：

Daot eud gas nex yel,　　　　　　　 不用绿鸭来赎魂，

Nongs eud khab baix liul,　　　　　　只要阿哥有真心，

Jus hxot xenb diex mel,　　　　　　　一会阿妹跟哥去，

Khab bongt ves jangx mal,　　　　　　阿哥气力如马奔，

Khab hxat dliangb ghaix xil!　　　　　阿哥还愁什么呢！

Dieel:　　　　　　　　　　　　　　　男：

Bangx dlaol daos dliangx khab,　　　若妹你喜欢哥郎，

Diangd sad nas ongx naib,　　　　　　回家去问你亲娘，

Ongx nal daos jox hvib,　　　　　　　你的父母也喜欢，

Liex dieel hangb longx lob,　　　　　阿哥才来游方场，

Bangx dlaol yes dax niangb,　　　　　阿妹你才来坐谈，

Ongx wil yes jangx dinb,　　　　　　你我成终身侣伴，

Yes jangx sad naix jub.　　　　　　　成了侣伴真欢畅。

Gef:　　　　　　　　　　　　　　　　女：

Hlieb at nad hlieb jangx,　　　　　　阿妹已长这么大，

Nongs hot geed nongs neux,　　　　　自己煮饭自己吃，

Nongs sangt hved nongs dangx,　　　各人有伴各人连，

Xek dangl nal kaib kux,　　　　　　　莫等父母来开口，

Hangd dangl nal kaib kux,　　　　　　若等父母来开口，

Dangl dloub heud dloub nex,　　　　等到鬓发全发白，

Dangl xob had dees dax,　　　　　　等到何时才得到，

Jul xenb ghad dis naix.　　　　　　　等妹过完这辈子。

Dieel:

Hnangd dlaol nongt yax lob,

Deus dol but dangx dinb,

Diongs dieel yef dax saos,

Jas dlaol laf lax laib,

Jas bel gangf lax wos,

Daib dlaol nongf dangx dinb,

Khab wil nongf wangx yeb.

Gef:

Xek jet eub lix gil,

Xek hsent hveb wangx wul,

Xongt jet eub lix gil,

Xongt hsent hveb wangx wul,

Hsent not ob ghax daol,

Ob dot dliangb ghaix xil?

Dieel:

Ghab jongx hlaod xik ghat,

Diub dangx nongd jenk mait,

Qangb laix laol bouf xongt,

Hvib sax liangl xek hxot,

Hvib max liangl nongf khongt.

男：

听说阿妹就要走，

去和他人把婚结，

阿哥我才急赶到，

见了阿妹讲点话，

遇到把手握一回，

阿妹各去把婚配，

阿哥我自打单身。

女：

干旱田水莫去挑，

风言风语不可信，

哥把干旱田水挑，

风言风语哥相信，

相信多了会疏远，

我俩怎得做伴侣？

男：

竹根横七竖八生，

游方场上全姑娘，

介绍一个和哥郎，

也会安心等会儿，

说不安心是空的。

Gef:

Haot diot ongx ob wil,

Xenb hxangt max hvib niel,

Haot diot maix jub mel,

Xenb daot max hvib niel,

Niel at daix dliangb xil!

Dieel:

Dot daix xob dinb niel,

Bet dangx hniub ghangb mel,

Dot daix niangb hseeb niel,

Deet sax nins diongs dlaol,

Hmangt sax nins diongs dlaol,

Daot hsoux hniongb ghangb yel!

Gef:

Dot ongx sad vob liol,

Dot ongx sad dinb bangl,

Bet dangx dlad dleub mel,

Daot nenx ged dees yel,

Kot neux geed hangb fal.

女：

若讲的是你和我，

阿妹才有心来陪，

说的各是他人去，

阿妹没有心情陪，

还来陪你坐什么！

男：

得有伴侣的人陪，

睡着就会忘了妹，

得个单身的人陪，

早上也把阿妹念，

晚上也把阿妹念，

常记心中时时想！

女：

得到你菜来氽煮，

得到你来做侣伴，

晚上睡觉睡得香，

再不去把他人想，

喊吃饭了才起床。

Dieel:

Xik xus geed hnaib neux,

Hkeud bal xoud boub nenx,

Xongt mas hxed xenb niangx,

Leut niangs geed hseeb niox.

Gef:

Hangd niux hlib dot dieel,

Khad mel ghab but gongl,

Tend vix ghab dlot loul,

Dal vix ghab dlot diangl,

Ged al yes dot dieel.

Dieel:

Ghangt daix eub nend niel,

Hmeet daix hveb nend bal,

Daot hsoux fenb ad yel!

Gef:

Daos dlaol daot khab dliangx?

Daos ghal sangt xenb niangx,

Xik yangl jet gheub dangx,

Hxangd laol diot ob neux,

男：

就饿一餐晌午饭，

因穷只是在妄想，

抬头来把阿妹望，

就把饥饿全都忘。

女：

如果妹想念哥郎，

就要下到沟沟旁，

脱下一层老皮去，

剩下一层嫩皮来，

那样才得到哥郎。

男：

阿妹挑的浑浊水，

讲的都是谦虚话，

哥不会分辨啊，妹！

女：

喜欢阿妹不，哥郎？

喜欢和妹把婚完，

相随去到工地上，

收获稻棉得吃穿，

Max xil hxat khab dliangx. 再不穷苦了，哥郎。

Dieel:

Diongs mait ongx hveb leel,

Deed laot dax dlab lol,

Dlab xongt bongx hvib dlinl,

Max boub mait hlib dail dlas mel,

Daot hlib dliangx khab yel.

男：

阿妹的话真好听，

你用嘴巴来哄人，

诓得阿哥很兴奋，

谁知妹都爱富人，

就不来爱阿哥了。

Gef:

khab doul dlent sax khab,

Hlib dail vut sax hlib,

Hlib dail vut max xob,

Hlib dail liuk ongx ob.

女：

好柴虽然也想捆，

富人虽然也想得，

但是一旦只想哥，

想的就是你和我。

Dieel:

Ob niangb dab xit dangf gal,

Hxoud wix xit dangf yongl,

Ghangb ngail nongt houf bongl,

At xil daot houf bongl?

Nongs dol but bangf mel,

Hveet dail xongt dlouf gol.

男：

我俩坐下一样矮，

站起也同样高挑，

应该合心成一双，

为啥不能成一对？

各是别人的侣伴，

可怜哥还和你唱。

Gef:

Gal ghal gal nait ghaif,

Yongl ghal yongl nait ghaif,

Dail xid dail xit dangf?

Hangd dail nend dail xit dangf,

Dail nend dail at jif.

Dieel:

Ongx bat diangl dis naix jub,

Liuk diangl laib bangx vob,

Hvouk bongl mas jox hvib,

Nongt ghaot dail daib vongx daib,

Xek bangl ghab dliax dinb,

Hangd ghaot dail ghab dliax dinb,

At bal mis naix hseeb!

Gef:

Ongx bat bat diangl dis naix,

Dangf deut diangl ghab neux,

Hvouk seet liangl hvib naix,

Nongt ghaot dail daib vongx,

Hangd ghaot dail ghab dliax,

Xek hxot mel fangb wix,

女：

矮也就矮点儿吧，

高挑也就高点儿，

哪有两人一样齐？

若是两人一样齐，

这就不是寻常人。

男：

你特诞生来人间，

就像菜花刚出薹，

选择要选得满意，

须和龙王公子结，

莫和丑人把婚配，

若和丑人把婚配，

会给阿妹丢脸呢！

女：

你特生来一辈子，

犹如老树萌新叶，

选伴就得合你意，

一定要选龙王女，

如果你和丑女结，

死了魂魄上天去，

At hveet dail ghab dlioux.　　　　　　　这就可怜了魂魄。

Dieel:　　　　　　　　　　　　　　　　男：

Xek hvouk yel xenb niangx,　　　　　　阿妹选伴莫挑剔，

Hvouk not loul hseeb niox,　　　　　　选多人会变老的，

Mait hlib dail daib vongx,　　　　　　阿妹喜欢龙公子，

Fangb dab daot ib laix,　　　　　　　世间根本没一人，

Hangd eud liuk dail khab dliangx,　　若要选像哥这样，

Bib vangl not leus niox,　　　　　　　我们寨上多的是，

Boub dot xol ib laix,　　　　　　　　随便就得到一个，

Xik yangl at gheub neux,　　　　　　　相伴上坡把活干，

Hangb daot liuk bul hxoub youx.　　　才不像他人游荡。

Gef:　　　　　　　　　　　　　　　　 女：

Boub dot daib max xol,　　　　　　　 随便要都没有得，

Hvouk at jens ghaix xil,　　　　　　 还要挑选做什么，

Hvouk not hseub deux liul,　　　　　 选多让人心烦躁，

Daos daot daos liex dieel?　　　　　 喜欢妹不，好哥郎？

Daos yangt deus ongx mel,　　　　　　喜欢我就跟你走，

At gheub yes neux leel,　　　　　　　干活才有好生活，

Ob hxat dliangb ghaix xil!　　　　　 我俩还忧愁哪样！

Dieel:

Mel ghal mel hvat ghaif,

Max mel bul hlongt dlouf,

Hxot al dlaol ngangt dlinf.

Gef:

Naix jub sad khait diangl,

Ongx ob sad khait loul,

Dax ob sad dot mel,

Max hongb xad liut bul.

男：

情妹要走就快些，

免得别人抢占去，

那时妹见会着急。

女：

别家的亲新开的，

你我两家是老亲，

你来我俩去结婚，

不会忧愁像别人。

注释：

①场：即游方场。

②磕拽：用食指或中指的第二个关节敲击额头，多以善意为之。

③肛虫：一种水生动物的苗语音译，常被抓来做鱼饵。

④巴水岩：在今贵州省剑河县革东镇清水江边。

⑤窝久：野生植物"异叶茴芹"的苗语音译，俗称"苦爹菜"，可入药，也可用来煮酸汤，煮的酸汤特别香醇。

⑥上荒坡：指死亡。

HXAK HENT
赞美歌

Dieel:	男：
Dlaol nal dak hsoux yongb,	你妈怎这么会生，
Diangl dlaol dak hsoux sangb?	生下妹这么漂亮？
Dad bel liuk gongx seub,	手指犹如绵竹笋，
Houd mangl liuk nix liub,	面庞好像白银铸，
Dangf liangl dangt niangx xenb,	就像白银铸成的，
Liangl dangt daib max sangb,	白银铸成也不美，
Dail mait jus daix sangb,	阿妹比银还要美，
Leel ghout mas lax naib,	眼角眉睫真漂亮，
Soul ghout mas nix tiab,	如牯牛在斗牛场，
Niul wangb liuk niongx ghaib,	漂亮就像锦鸡般，
Dangf bongl hsot yex eub,	像对白鹤河面飞，
Hsot yel bus wix dloub,	白鹤飞在半空中，
Yangt mel hvib max hvib,	飞得不高也不低，
Yangt mel daob max daob,	不远不近正合适，
Yangt mel daos vangx veb,	正好停站岩坎上，

Haot bangd hxab soux dliub,	想射又怕损羽毛，
Haot wel hxab wex lob,	想捉又怕脚扭伤，
Haot senl hxab ongx naib,	想娶又怕你爹娘，
Daot senl jus daix hlib,	阿哥真的想娶你，
Wil nongs at dail daib dliangx khab,	我只是一位哥郎，
Dlab at dail gangb gux gangb,	如果我是只稻蝗，
Yangt mel bus niux qangb,	我会飞进你闺房，
Xik soul sais ghax niob,	也和阿妹你一样，
Nongt loul mees nenx tab,	若是要老随它去，
Nongt ghongl mees nenx yub,	若是躬身随它弯，
Daot dal xid nenx senb.	都是心甘情愿的。
Gef:	女：
Nongs at bongl daib xongt,	哥是一个好哥郎，
Dlab at bongl deut jent,	如是一棵培植树，
Jil diot nal gheut tiet,	栽在父母庭院旁，
Diul ghab jel got wot,	树枝垂下真好看，
Ged xid wil jet lait,	我如何才能爬上，
Hxex ib jel vak hvent,	砍下一枝来乘凉，
Hxex ob jel vak hvent,	砍下两枝来乘凉，
Wix nex leel hlat diut,	六月天气真晴朗，
Tiab yax yel jet ot,	生的树叶真舒展，
Tab liex dieel dot seet,	轮到阿哥你得伴，

053

Tab bangx dlaol dlangt ot,	妹却成单身姑娘,
Xenb wangx yel hxat wat.	单身妹我真忧伤。

Dieel:	男:
Ghab daib deut liaf bax,	一棵小小枇杷树,
Deut kib bel waif neux,	大火烧山换新叶,
Mait deeb mangl dlinf dax,	等到阿妹来露脸,
Ngangt ib menl gef niux,	看了一大群姑娘,
Mait dloub mangl naif dangx,	阿妹的脸最白美,
Dieel haot dail daib vongx,	哥还以为是龙女,
Dail hsot yel eub dax,	白鹤随河飞过来,
Max boub dail xenb niangx,	哪知却是凡家女,
Wil hxed saik dios ongx.	认真一看竟是你。

Gef:	女:
Eub nal vut jox eub,	这条河清澈甘凉,
Fangb nal vut jox fangb,	这村是个好地方,
Sad ngail xik gangx diongb,	重檐叠瓦屋相连,
Houd vangl deut mangx xab,	枫树把寨全遮盖,
Ghangb vangl vut lix hlieb,	寨脚大田连成片,
Ad dlaol hxut max gos,	妹没福气来享受,
Ad dlaol fat niox hseeb,	只是路过看一看,
Nangl nangl hveet niangx xenb.	还是可怜了姑娘。

Dieel:

Xongt khab dliangx hlongt laol,

Ngangt xenb niangx houd mangl,

Liuk laib bangx pud diangl,

Pak daib wangx ged nangl,

Pak vongx eub fal laol,

Vut nangs vut xix xol,

Vut nangs dot ongx niel,

At dees dot ongx senl?

Hangd vut nangs dot ongx senl,

Dot laib bet wangx nangl,

Vut bab vut max jul,

Hxat bab hxat max daol.

Gef:

Hmangt gosl dieel longx lob,

Saok saos nil dax niangb,

Douk laib doul liax lib,

Ngangt ib menl dliangx khab,

Dongt dongs sail max sangb,

Xongt jus dail daix wangb,

Ghout mas leel nax naib,

Soul ghout mas nix tiab,

男：

今天阿哥我来到，

看看阿妹的面庞，

就像鲜花在开放，

像东方皇帝姑娘，

水下龙女出阁来，

命运好才遇到你，

命好才得你相伴，

如何得你做侣伴？

若能娶来做伴侣，

沾点皇帝的名儿，

我感到无上荣光，

再无那么多忧愁。

女：

傍晚阿哥走过来，

天黑阿妹来游方，

点着火把迈步来，

看了这一群哥郎，

大伙没一个帅气，

唯独阿哥貌端庄，

眼角眉睫也漂亮，

炯炯有神斗牛眼，

Nongs at dail dliangx khab,	确是一位好哥郎，
Dlab at dail nix tiab,	若是一头斗牛啊，
Tiet mel diub hxangx mas,	牵去市场换银两，
Gheut diel bib jex hsangb,	汉家哥出九千两，
Mait dail bib jex wangs,	阿妹我会出九万，
Jik dlaol bab sax mas,	再贵阿妹也要买，
Dot laol saos niangx xenb,	买到阿妹的身旁，
Mait wil ghangb jox hvib.	妹感觉到很欢畅。

Dieel:	男：
Dail dliangx khab jel ot,	我这单身的哥郎，
Hangb dax laib dlangl hxet,	才来到这游方场，
Buf niangx xenb niul bongt,	见到阿妹真漂亮，
Dangf jox dob deul jangt,	就像浆染布一般，
Dliof niox ghab denl hseet,	五彩斑斓架上晾，
Jul hmub jul diel fat,	汉人苗人全走过，
Jul ghab lail laol hent,	大小官员来夸奖，
Hent jox dob mal vut,	夸奖布匹真漂亮，
Hent daix dinb mal dlent,	夸这姑娘很端庄，
Dlab dot jox dob mal dliet,	若得这布做衣穿，
Dot jox vob laol hot,	得这兜菜来氽煮，
Dot daix dinb mal ghaot,	得这姑娘做侣伴，
Ghaot sax nongs liangl hxut,	得做侣伴我满意，

Daot youx hxoub yel mait.   妹啊我不再游荡。

Gef: 女：

Diongs xongt jus diex laol,   阿哥一到游方场，

Khab qet wangb niongx bongl,   打扮犹如锦鸡样，

Laib laot jus daix leel,   阿哥嘴巴真会唱，

Leel fat hongb gix gol,   像吹芦笙呜呜响，

Gangb liat daos mangx loul,   蝉儿站在枫枝唱，

Bet lait qangb wangx nangl,   声传到帝王殿堂，

Gheut xangt hveb dax gol,   王爷传令把哥喊，

Kot xongt deus wangx mel,   叫哥快快见帝王，

Deus gheut daib dangx bongl,   哥和王公主做伴，

Diongs mait yes wangx yel.   妹才成单身姑娘。

Dieel: 男：

Hxangb eub ghaok neus seel,   翠鸟还是只麻雀，

Mais hmub ghaok mais diel?   是苗母还是汉娘？

Mait naib dak hsoux diangl,   妹妈怎这么会生，

Dangt xenb dak daix mangl,   生下阿妹真漂亮，

Ngax wab dangf said leul,   脸红润如山枝般，

Beex dlioub dangf hfed diel,   鬓发就像青丝样，

Nongs at diongs bangx dlaol,   幸好你是个姑娘，

Dlab at hfed diub hxangx diel,   若是丝线在市场，

Hxangt xek fenb sax mal, 多少银钱也要买，

Xouk xek fenb sax mal, 不管要银多或少，

Mal nongt saos liex bel, 一定买到哥手上，

Saos xongt hangb hfent jox liul, 到哥手上把心放，

Xongt naib daot hsoux diangl, 阿哥的妈不会养，

Dangt khab dak wex mangl, 生下哥歪了脸庞，

Dangf dot bus wex jel, 如斧夹在树丫上，

Maf at dees max liangl, 怎么砍也砍不断，

Dliof at dees max laol, 要扯却也扯不来，

Youf wat yes bangx dlaol. 我累坏了啊，姑娘。

Gef: 女：

Hmangt gos dieel longx lob, 傍晚阿哥走过来，

Saok saos dlaol dax niangb, 天黑阿妹来游方，

Douk laib doul liax lib, 点着火把迈步来，

Ngangt ib menl dliangx khab, 看看一群好哥郎，

Dongt dongs sail max sangb, 大伙没一个潇洒，

Xongt jus dail daix sangb, 唯独阿哥最帅气，

Xongt jus dail ngax dloub, 阿哥脸庞白又胖，

Soul pet los wix dloub, 白像雪花从天降，

Soul hlat ob bangx wab, 如三月樱花开放，

Dlaol at dees sax bangs, 无论如何也相伴，

Xol xongt dins jox hvib. 得了阿哥把心放。

Dieel:

Ngangt dail diongs niangx xenb,

Mait dail niangb ongx qangb,

Mait liel jus daix sangb,

Yongs soul liaf bax dloub,

Houd mangl dangf nix liub,

Dad bel dangf gongx seub,

Laot leel dangf dangx wab,

Dlot dail liangf wangx yeb,

Hxat liul naif niangx xenb.

Gef:

Dail xongt liel lob longx,

Laol lait dol diub dangx,

Wil ngangt dail khab dliangx,

Qet wangb soul daib wangx,

Sait mel ghad laib dangx,

Hmeet hveb soul neus gix,

Gol hxak soul gangb liax,

Jus hnangd wil hlib yangx,

Daot xob laol dinb dangx,

Nongt xob laol hveb baix,

Mait yes liangl hvib naix.

男：

我看这位好姑娘，

阿妹你住你闺房，

阿妹美丽又端庄，

身材苗条像白杨，

面如白银铸一样，

手指如绵笋一般，

嘴巴甘甜似蜜糖，

诓哥我成单身汉，

阿哥感到很惆怅。

女：

阿哥晚上来游方，

你一来到游方场，

我即注意把哥看，

就像王子的打扮，

全游方场哥最帅，

说话像画眉鸟啭，

歌声犹如知了唱，

一听我即有念想，

就算不能成双对，

也要和你来摆谈，

阿妹我的心才甘。

Dieel:	男：
Ongx nongs at diongs bangx dlaol,	阿妹是位好姑娘，
Dlab at bab nangx doul,	若是一捆好柴草，
Doub diot ghab diux mal,	放在你家大门旁，
Dieel jus at niangs ongx mel,	阿哥一定把你盗，
Niut dot xenb niangx senl,	一定和你成侣伴，
Diongs xongt dins jox liul,	得妹阿哥我心安，
Hangb hfent hvib naix mel.	阿哥我才把心放。
Gef:	女：
Khab vangl vut jox fangb,	阿哥家乡好地方，
Ghangb vangl vut jox eub,	寨脚有河在流淌，
Houd vangl vut daix seub,	寨上窝窝绵竹长，
Khab vangl vut laix naib,	寨中全是好爹娘，
Vut nal dangt dliangx khab,	漂亮妈妈把你养，
Dangt dieel dangt daix wangb,	生阿哥苗条端庄，
Dangt dieel jus daix sangb,	阿哥长得很帅气，
Dad bel liuk gongx seub,	手指犹如绵笋样，
Mangl sangb liuk bangx mangb,	脸庞就似杏花般，
Dol bul vut nix veb,	别人家富有银两，
Dol bul dot ongx gib,	别人才得做侣伴，
Wil sad daot nix veb,	我家贫穷无银两，
Wil nongs dot ongx niangb,	我虽得你来陪伴，

At xil dot ongx gib?	我怎得你做侣伴？
Hxat liul wat dliangx khab.	哥，我很焦虑忧伤。

Dieel:　　　　　　　　　　　　　男：

Deut yel niangb vangx hvib,	麻栗长在高山岭，
Deut yel ob vix gob,	麻栗生有两层皮，
Beet gangl niangb ngaox qib,	母猪关在圈里面，
Beet gangl ob vix dlioub,	母猪长有两层毛，
Mait dail niangb diux qangb,	阿妹住在你闺房，
Mait leel hveb lax eeb,	阿妹嘴巴真是甜，
Dliot dail diongs dliangx khab,	你把阿哥我来诓，
Ghangt ghoul hvib ngax ngaob,	诓得哥心神不定，
Hxut dal niangb mangx fangb,	魂魄失落你地方，
Daot xol diongs niangx xenb,	没有得到好阿妹，
Hveet dail diongs dliangx khab,	这就可怜了哥郎，
Hxat liul wat niangx xenb.	好阿妹，我真忧愁。

Gef:　　　　　　　　　　　　　　女：

Dieel naib dangt dieel daid,	哥妈生哥长得好，
Dieel sangb liuk dail hlaod,	阿哥就像绵竹般，
Niangb ghab but wangl ongd,	长在村边大塘旁，
Jas vob xek bel seed,	有菜莫忙拿去洗，
Jas dinb xek bel eud,	找到情人莫忙娶，

Niangb qangb liul wil nongd,	在家要像我一样，
Liuk laib bangx bel pud,	就像山花在开放，
Liuk laib lix vangl ghaod,	像丘弯田围寨绕，
Bangb hxangb max mel hsangd,	田坎崩了不去塞，
Khaib eub max mel lid,	田水干了不去堵，
Dangl khaib eub mel lid,	等水干了再去堵，
Dangl bangb hxangb mel hsangd.	田坎垮了才去拦。
Dol jub daib mel saod,	别家孩子去得早，
Dol jub daib mel lid,	别家孩子去堵塞，
Xol vob bib dieel seed,	得菜来给哥去洗，
Xol dinb bib dieel eud,	得情人给你为伴，
Dal hveb bil wil hsad,	留话跟我来摆谈，
Wil hxoub wat dail hlaod.	阿哥啊！我真忧伤。

Dieel:	男：
Nongs at diongs bangx dlaol,	你真是个好姑娘，
Dlab at laib bangx bel,	若是一朵山野花，
Liangs diot ghangb vangx vongl,	生在高高悬崖上，
Daf ghat ghob max laol,	用钩去钩钩不来，
Senf ghat hxab bangx bal,	甩钩怕把花损伤，
Daif gongt sais dax mel,	我踩刺篷往上爬，
Jet hliat ghangb vangx vongl,	爬到高高悬崖上，
Liouk dot laib bangx bel,	摘得一朵山花来，

Tiak diot dlioub beex mangl, 插在我的鬃发旁,
Hlieb jit liaf dliax dlinl, 风吹山花闪闪亮,
Bul haot laib bangx bel, 别人说是山花闪,
Wil haot diongs bangx dlaol, 我说就是姑娘你,
Wil seet niangb nangx nal, 伴侣就在我身旁,
Wil hxat dliangb ghaix xil. 我无忧来也无愁。

Gef: 女:
Wil ngangt dail khab dliangx, 我看你这好哥郎,
Soul ngangt dail daib vongx, 就像一位龙公子,
Fal diot nangl eub dax, 你从东海龙潭来,
Ghab houd khaid qoub hfangx, 头上包块黄头帕,
Ghab jed tout sais nex, 黄绿衣裳闪闪亮,
Bul haot dail daib vongx, 别人说是龙公子,
Wil haot wil dinb longx, 我说是我伴侣到,
Wil seet ghal niangb ongx, 我的侣伴就是你,
Wil hxat xil khab dliangx! 我有啥忧愁,哥郎!

Dieel: 男:
Buf niux niangb sad nal, 见妹你在自家房,
Gangf deux dloub seed mangl, 白铜脸盆洗面庞,
Yangf jenx hsab hmid leel, 洋碱①刷牙真洁亮,
Diek dax dloub hmid dlinl, 笑来露牙白生生,

Hxak veex ghab hmid laol, 歌儿从齿间唱来，

Vut nangs vut xix xol, 运气好才得到你，

Vut nangs dot ongx niel, 才得你陪来歌唱，

At dees dot ongx senl, 不能得你做侣伴，

Dad dis wat daix yel. 哥这辈子真漫长。

Gef: 女：

Gef niux niangb dlangl hxet, 阿妹在这游方场，

Buf dliangx khab longl dout, 看见阿哥你来了，

Liangl jox wangb niul wat, 阿哥打扮真漂亮，

Dangf vongx daib laol lait, 犹如龙公子来到，

Gef sax jus dlongl hxut, 阿妹我确实太憨，

Dliof dliangx khab laol hxet, 拉个阿哥来陪我，

Hlib ghob at bongl ghaot, 我想拉你来成双，

Boub xob hlaod liel daot, 不知能否得到你，

Dlab niux deet dieel ghaot, 若妹得到哥陪伴，

Bangs jangx hxangt liangl hxut, 结成侣伴把心放，

Hvib max hxat xil not. 阿妹就没这忧伤。

Dieel: 男：

Dlaol sangb wangb ged nongd, 阿妹打扮真漂亮，

Soul niongx ghaib houd vud, 如锦鸡在半坡上，

Mangl mas dloub ged tied, 脸庞真是很白净，

Liuk bangx wab daid pud, 好像樱花正开放，

Diek dax dloub had hmid, 笑口一开白牙露，

Dangf nix dloub deed bud, 好像是用白银镶，

Wil nangs gal ged nongd, 我的命运确实差，

Dlab dot dail ad eud, 如果得妹做侣伴，

Xob lait dieel ged sad, 把妹接到阿哥家，

Niul ghangb dangx lad pend, 配得堂屋更漂亮，

Buf niux niangb ged sad, 一见阿妹在家里，

Xous neux ib had geed. 哥也少吃一口饭。

Gef: 女：

Dieel haot dlaol sangb wangb, 阿哥夸妹我漂亮，

Dail xongt liel jus sangb, 阿哥比我还更强，

Hfed niongx bongl sangb wangb, 超过山上的锦鸡，

Laib mangl soul hnaib taob, 红光满面如日照，

Ghad deet longl laib hnaib, 犹如初升的太阳，

Ninl ngangt ninl daos hvib, 阿妹越看越喜欢，

At dees dlaol bab bangs. 无论如何配哥郎。

Dieel: 男：

Nongs at dail daib dlaol, 阿妹是个好姑娘，

Dlab at bongl sob niul, 如是一棵花椒树，

Jil diot nal ghongs vangl, 栽在村中小巷旁，

Deet deet ghangt moux yil,	每早挑肥去培育，
Ghab jongx jus mel daol,	根儿才生更远长，
Ghab neux nongs leel langl,	让叶生得更茂盛，
Tiet dax yub gol wol,	枝也长得更舒展，
Sait said ghad laib leel,	结果干净无虫蛀，
Xongt ghat mel ghob laol,	伸出长钩把果钩，
Ghob sait laol ghab bel,	放到阿哥的手上，
Liouk dot jex wangb bol,	摘得九大簸箕儿，
Put diot nal gib nongl,	倒在父母的仓角，
Ib dent nioul ib nioul,	一顿去抓一点儿，
Ob dent nioul ob nioul,	两顿去抓两点儿，
Dait mongs jul laib vangl,	香气扩散到全寨，
Hangt sob jul laib bel,	在坡岭上都闻到，
Laix naib diangd haot dieel:	父母急来问哥郎：
"Dail nend hvib ghaok gal,	"这树是高还是矮，
Dail nend daob ghaok nil?"	长深处还是浅处？"
Dliangx khab dab haot heul:	阿哥也忙答爹娘：
"Nenx max hvib liuk bel,	"它没有山那么高，
Nenx max daob liuk diongl,	深也不像大沟壑，
Hvib dongx wel xet laol."	高齐如人的腋窝。"
Dios vob ghax nongf liol,	是菜自己去氽煮，
Dios dinb ghax nongf bangl,	情人各自结侣伴，
Daot hxoub youx liuk bul.	不像别人在游荡。

Gef:

Mangx vangl vut jox fangb,

Houd vangl vut mangx hlieb,

Sait laib vangl bongx yongb,

Ghangb vangl vut jox eub,

Vut wangl diot vongx niangb,

Vut vangl vut lix hlieb,

Vut nal dangt dliangx khab,

Dangt dail xongt daix wangb,

Dad bel liuk gongx seub,

Houd mangl liuk nix liub,

Dangf liangl dangt dliangb khab,

Liangl dangt daib max sangb,

Dail xongt jus daix sangb,

Soul gheut haob wangx daib,

Gangl gheut haob dax dab,

Hlib soul xongt dangx dinb,

Bangx dlaol pait max gos,

Hxat liul wat dliangx khab.

Dieel:

Wil hnangd dol jub baix,

Dail mait liel sangb daix,

女：

你们寨上好地方，

寨上长满大枫树，

风景优美真凉爽，

寨脚有河在流淌，

好个水潭给龙住，

好村寨大田也多，

好个母亲把郎生，

生下阿哥真漂亮，

手指犹如绵笋般，

白银铸成的脸庞，

哥郎犹如银两铸，

银铸的也不漂亮，

阿哥长得真的帅，

好像玉帝的儿郎，

似从天上下来的，

想和哥郎结侣伴，

阿妹命差配不上，

阿哥啊！我真忧伤。

男：

我听别人在摆谈，

阿妹长得很漂亮，

Dieel hlongt laol diub dangx,　　　　　阿哥来到游方场，

Ngangt bangx dlaol laib niux,　　　　　看了阿妹的面庞，

Laib mangl soul hnaib dax,　　　　　　犹如初升的太阳，

Bangx dlenx dal qab yangx,　　　　　　桃花比你差一点，

Ninl ngangt ninl sangb dax,　　　　　　越看越觉得漂亮，

At dees laol saos liex,　　　　　　　　怎么和你得成双，

Saot xongt liangl hvib naix.　　　　　　阿哥得到安了心。

Gef:　　　　　　　　　　　　　　　　女：

Lait dliangx khab vangl laol,　　　　　我到你们寨上来，

Ngangt jox fangb mal niul,　　　　　　看你寨上真优美，

Deut mangx xab vangl jul,　　　　　　枫树把寨全遮盖，

Buf dliangx khab mangl leel,　　　　　阿哥脸庞长得帅，

Hmangt nongd deus dieel niel,　　　　今晚和哥来相陪，

Mait bongx hvib benl benl,　　　　　　阿妹芳心冉冉起，

Dlab wil dot ongx vob laol liol,　　　　怎么成你菜被撩，

Dot ongx dinb laol bangl,　　　　　　怎么得你成双对，

Ghaot sax nongs liangl liul,　　　　　结成侣伴把心放，

Daot youx hxoub yel dieel.　　　　　　就不会那么忧伤。

Dieel:　　　　　　　　　　　　　　　男：

Mait naib dak hsoux diangl,　　　　　妹妈怎这么会养，

Dangt xenb dak daix mangl,　　　　　生下阿妹真漂亮，

Ngax wab dangf said leul,	脸色就像黄栀样,
Beex dlioub dangf hfed diel,	头发犹如青丝般,
Ghout mas dangf neus seel,	眼角就像麻雀样,
Dangf nix tiab leel mangl,	像牛长得好又壮,
Tiet dax ghab deel mal,	拉到斗牛场坝上,
Diut soux dab benl benl,	斗得场地土飞扬,
Daib yat laol bib liangl,	不管哪族人来买,
Daos ghat bel daib diel?	讲成价了没,客商?
Daos ghat ghal mas mel,	讲成价了就买去,
Daos hxut bel daib dlaol?	中意不啊,好哥郎?
Daos hxut laol ob senl,	中意我俩就婚配,
Ob ghaot jangx ob bongl,	我俩结婚成一双,
Ob daot yongx hlib bul,	我俩不再想他人,
Hlib but ghax nongs dlongl.	若想他人真是憨。
Gef:	女:
Dieel hlongt laol diub dangx,	阿哥来到游方场,
Dlaol hlongt laol deus yex,	阿妹来和哥游方,
Ghal hsent dlaol hvib baix,	阿妹一颗真诚心,
Ob sangt mel khab dliangx!	愿意和哥成一双!
Xik yangl at gheub neux,	一道干活找吃穿,
Dal xil hxut hxoub youx.	再无闲心去游荡。

Dieel:

Lait niangx xenb dlangl nal,

Ngangt niangx xenb longl laol,

Qet jox wangb niul niul,

Fat niongx ghaib mel daol,

Ngangt niux laib mangl leel,

Bangx dlenx bab dal liel,

Liuk dax hnaib dangl nangl,

Xongt bongx hvib dlial dlial,

Dlab dot jox vob laol liol,

Dot niangx xenb laol bangl,

Ghaot yangx khab ghal liangl,

Daot youx hxoub yel dlaol.

Gef:

Dail dliangx khab laot leel,

Hent niangx xenb dlent houl,

Xongt bix xenb dlent mel,

Liuk wangx daib hlongt laol,

Pak vongx bab souk mel,

Hxab max deus xongt niel,

Xenb niangx jus hxut dlongl,

Hangb deus liex xik niel,

男：

阿哥来到游方场，

看见阿妹你来了，

打扮得漂亮端庄，

超过锦鸡好多倍，

见妹脸庞真漂亮，

桃花都要黯淡了，

犹如旭日出东方，

阿哥见到很兴奋，

如得这菜来氽煮，

得到阿妹做侣伴，

结了婚哥就心甘，

阿哥也不会忧伤。

女：

阿哥嘴巴真是甜，

来把阿妹我夸奖，

其实阿哥比我强，

像王公子来到场，

龙女她也赶忙跑，

也不敢和哥陪伴，

阿妹我真的太憨，

才和阿哥来做伴，

Deed diot liex dlot nil,	拿给阿哥你来诓，
Wil hxoub liul wat dieel.	诓得我心神不安。

注释：

①洋碱：这里是原文直译。过去苗族人们把"肥皂"称作"洋碱"，这句"洋碱刷牙"，可能是把牙膏与肥皂混用了。

HXAK NIEL JEL
陪伴歌

Dieel:	男：
Saod niel niel hvat mait,	阿妹趁早来相陪，
Saod niel niel hvat xongt,	阿哥我也趁早陪，
Niel jel jas juf diut,	相陪就在十六岁，
Juf sab niel houd hxut,	十五心儿初萌放，
Dangl mel ib hniut lait,	等到一年来到了，
Dangl mel ob hniut lait,	等到两年来到了，
Dangl mel eub hlat diut,	等到六月大雨来，
Eub laol eub tiuk hseet,	水来把沙冲刷走，
Eub veel ghab ghouk seet,	一起冲进岩洞里，
Diongx seub vouf niel bet,	绵竹筒催锣鼓鸣，
Vangx hxongb vouf bel hleet,	山梁催促坡岭藤，
Laix naib vouf dail mait,	妈妈催促好姑娘，
Vouf niangx xenb mel khait,	催促阿妹去嫁郎，
Mel lax hab mel not,	去到郎家时间长，
Mel lax xenb xol vut,	时间长久生了娃，

陪伴歌

Laol wix ib laol lait,	一年已经来到了,
Laol wix ob laol lait,	两年已经来到了,
Dlioux ghab hxoub khaid get,	捡稻草心包鸡蛋,
Liol ghab dies khaid vangt,	一张围裙背娃儿,
Buf naix jub mel hxet,	见到别人去游方,
Niangx xenb hlib mel hxet,	阿妹也想去游方,
Niux dinb haot dail mait:	妹的丈夫跟妹讲:
"Ongx dios sangs niel khait,	"你这年龄适陪客,
Max dios sangs niel vangt,	已不适合去游方,
Mel kub daib mel hvat."	快点回去诓娃儿。"
Ongx nenx vongb nend daot?	你可否想到这些?
Hangd nenx vongb nend lait,	如果想到这些了,
Niangx xenb nongt longl dout,	阿妹你就快快来,
Doux dliangx khab niel hongt,	来陪阿哥试试看,
Dongx jangx ob ghal dot,	如果合心就结婚,
Ob max dliangb xil hxat?	我俩还有啥忧愁?
Gef:	女:
Niongl al vangt jangx vob,	过去我还嫩如菜,
Niongl al yet jangx jub,	我还细小如根针,
Laix nal daot hsoux job,	父母不会教姑娘,
Ngangt vut ghak jangx hab,	我看游方真好玩,
Yangd tend diot diux hlieb,	我也偷偷去游方,

073

Deus dol but yex fangb, 也和他人去游方，

Wil niel ib niangx ib, 我也陪伴到一年，

Wil niel ob niangx ob, 两年时间也已过，

Niongl nal mait sax hlieb, 现在阿妹虽已大，

Bab bel dot laix dinb, 也没伴侣陪姑娘，

Longx laol hvat dliangx khab, 快快过来吧，哥郎！

Ob niel diot dangx hlieb, 相伴在这游方场，

Daos ghal sangt jangx dinb, 愿意就娶为侣伴，

Dal xil hxut nenx senb. 无心莫把这些想。

Dieel: 男：

Hmangt dliangx khab longl laol, 晚上哥到游方场，

Mait dax deus dieel niel, 阿妹你也来陪伴，

Hxet niox laib cangl nal, 坐游方场把歌唱，

Hmeet daix hveb mongl xol, 又把悄悄话来讲，

Haot ongx deus dieel mel, 常常叫你跟哥走，

Lait niox ib dangl mongl, 哪知半夜一来到，

Hlat dax ghaib dlaol mel, 妹妈把妹叫回去，

Dleet liex niangb nal gol, 留下阿哥在此喊，

Mait max hongb laol yel, 阿妹一去不复返，

Hxat daix yes dail dlaol. 妹啊！哥真是可怜。

陪伴歌

Gef:

Niel jel xongt diex lob,

Niel jel mait dax niangb,

Niel jel diot dangx hlieb,

Leel dlangl hxet wax wib,

Hxix mel xek dliangx dab,

Jul xek ghangt loux hveb,

Sail sail haot dangx dinb,

Jangx bongl diot ongx ob,

Senl mel hvat dliangx khab!

Yangl mel lait liex qangb,

Xik yangl at daix gheub,

Dal xil hxut youx hxoub!

Dieel:

Dax niel niel hvat mait,

Dax niel jas xangf vangt,

Hveb dot gol xek laot,

Hvib sax liangl xek hxot,

Dangl laol ghangb ot lait,

Xenb max bongl dot seet,

Deub hxex yel gheut tiet,

Hlib bab max laol lait hxet.

女：

天黑哥来游方场，

妹和哥坐把心谈，

相陪在这游方场，

坐得场地真干净，

磨损场地庹把深，

讲完等挑大箩话，

全讲的是把婚结，

我俩早点配成双，

快来娶吧，好哥郎！

把我引到阿哥房，

一道上坡把活干，

心还有什么不安！

男：

阿妹快快来相伴，

相陪就要趁年轻，

话也得多摆几时，

多摆几时心欢畅，

等到以后岁月老，

阿妹成双有伴侣，

逗着娃儿庭院玩，

想来游方来不成。

Gef:

Dax niel niel hvat liangf!

Max niel bul hlongt dlouf,

Wil deus bul hxet niuf,

Ongx hxab max laol kot gef,

Liex dieel nongs ngangt dlinf.

Dieel:

Niel jel xongt longx lob!

Niel jel mait dax niangb,

Laib dlangl not naix jub,

Ob mel hxit wangx dab,

Xik niel hmeet daix hveb,

Daot bib bul dax boub,

Hfent hvib niel hfangx aob.

Gef:

Ob niel ghab hxit doul,

Niangb wangx vob pat mal,

Hveb xil bab hmeet jul,

Dangl hfangx aob sait laol,

Khab dliangx sais sait mel,

Dlius niangx xenb diot dlangl,

女：

要陪就快来，哥郎！

不陪别人一来到，

我和别人真心玩，

你就不敢把妹喊，

阿哥自己在旁看。

男：

要想陪伴，哥来啦！

阿妹也来陪哥玩，

游方场上人太多，

我俩下到菜园栏，

相陪伴来把话讲，

我们来讲悄悄话，

放心讲到天大亮。

女：

我俩靠在木栅栏，

就在菜园那边玩，

什么话儿都说完，

等到天空蒙蒙亮，

阿哥起身就跑啦，

把妹丢在游方场，

Liuk dlius ghox deut doul. 就像丢根木柴棒。

Dieel: 男：

Saod laod jas bangx taob, 采花戴趁花鲜艳，

Saod niel jas ngax wab, 要来陪伴趁年轻，

Dangl laol saos niangx ghangb, 等到来年岁月到，

Bib loul liuk laix naib, 我们也老如双亲，

Niongl al haot dax niangb, 那时说来坐一会，

Niongl al hxet max mangs. 那时来坐不像样。

Gef: 女：

Max loul khab hsout longl, 不来哥也错来了，

Max niel xenb hsout niel, 不陪妹也错陪了，

Niel laol bus hxut dlinl, 一陪哥就钻妹心，

Jangx box bus laot wangl, 好像浮萍进池塘，

Jangx lix bus hseet mongl, 好像细沙进田里，

Bus hseet youf sax laol, 细沙进田可撮去，

Bus hxut dliof max laol, 心连心却难拉开，

Dangf dlout jib vangx bel, 犹如扯坡上杉树，

Dlout not jib xix xal, 扯多树叶会松动，

Jib dait ghab jongx laol, 杉树根也被扯断，

Daos daot daos liex dieel? 喜欢妹不，好哥郎？

Daos sangt xenb niangx mel, 喜欢就把妹娶去，

Ob dot ob dangx liul, 我俩成双把心放，

Ob daot hxoub youx yel. 我俩就不再游荡。

Dieel: 男：

Gongb daol bangf naix jub, 我是远方来的人，

Sail sail yef longx lob, 太想念了我才来，

Longl laol bas bangx gangb, 你就来吧好姑娘，

Longl laol bib yex fangb, 快快来我们游方，

Niel jel mas jox hvib, 相陪一会心也甘，

Dangl laol saos niangx ghangb, 等到岁月转来到，

Loul vad vef jangx naib, 渐渐老如父母亲，

Dliangx bel hsaik beex dlioub, 伸手去摸摸双鬓，

Houd hsaod liuk liangx hsob, 头发蓬乱似棕叶，

Dliangx bel hsaik jox diub, 伸手去摸摸腰杆，

Diub ghongl liuk laix naib, 腰也弯如老母亲，

Dliangx bel hsaik vangx hniangb, 伸手去摸额头啊，

Mangl jet diet vux jub, 额头也已起皱纹，

Longl laol hvat bangx gangb, 快快来吧好姑娘，

Longl laol bib yex fangb, 快快来我们游方，

Niel jel mas jox hvib, 相陪一会也心甘，

Nongt loul mees nenx tab, 若是老也随它老，

Nongt ghongl mees nenx yeb. 若是弓身随它弯。

Gef:

Diongs niangx xenb hlongt laol,

Deus dliangx khab hxet niel,

Niel jel ghab deut mal,

Ghab liax lieb pat nangl,

Hveb sax nongs hmeet jul,

Boub hvib naix daos daot dieel,

Daos dax ob sangt mel,

Bangs jangx ob hfent liul,

Ob max hongb hxat yel.

Dieel:

Diongs dliangx khab longl laol,

Dot niangx xenb niel jel,

Hmeex daix hveb leel leel,

Haot niux deus dieel mel,

Xongt bongx hvib benl benl,

Boub mait dax dlab lol dieel,

Ghaok jus daix dail dlaol,

Jus daix deus dieel mel,

Xongt jox hvib ghal liangl,

Daot youx hxoub yel dlaol.

女：

阿妹我从家里来，

来和阿哥两相陪，

陪伴哥在大树脚，

在东面柳根那边，

知心话儿都说尽，

不知阿哥喜欢不，

喜欢我俩就结婚，

结成侣伴把心放，

我俩不会有忧愁。

男：

阿哥来到游方场，

得到阿妹来陪伴，

妹说的话很甜蜜，

说跟哥去成侣伴，

阿哥我兴奋不已，

不知是妹诓哥郎，

还是讲的实心话，

要是真的跟哥去，

阿哥我也就心甘，

阿哥也不再忧伤。

Gef:	女：
Dlaol wil dot khab yex,	阿妹得哥来游方，
Niel jel diot ghab mangx,	陪伴在枫树根旁，
Niel jel hmeet hveb daix,	陪伴把知心话讲，
Dlaol wil daot dlab liex,	我不会来诓哥郎，
Xit yangl hongt khab dliangx,	试把我引去哥郎，
Yangl wil daot deus ongx,	引我不跟阿哥走，
Hangb feet dlaol dlab liex.	你再责怪把哥诓。
Dieel:	男：
Saod laod jas bangx taob,	戴花就趁花鲜艳，
Saod niel jas ngax wab,	陪伴就要趁年轻，
Laod daot jas bangx taob,	采折不趁花鲜艳，
Niel daot jas ngax wab,	陪伴若不趁年轻，
Dangl laol saos niangx ghangb,	等到岁月来到了，
Dieel mel beet sangx ghaib,	哥上草坪去长眠，
Dol bul hsait bix veb,	别人给哥安石块，
Langl laib gheut diux daob,	把我房门全遮挡，
Daid dongd hlat niangx ob,	正值三月季节到，
Daid dongd hlat niangx beb,	四月清明来到了，
Dail sangs ghaot nenx tongb,	若老相好想得通，
Bel hxangb xit longx lob,	一把纸钱到墓前，
Bel hxangb xit dax bib,	拿把纸钱送哥郎，

陪伴歌

Longl laol lait sangx ghaib,	来到草坪哥墓前，
Longl laol kot dliangx khab,	开口声声叫哥郎，
Fal laol lab dliangx khab!	快起来吧，好情郎！
Fal laol bib vux hveb,	起来我们把话讲，
Niel jel mas jox hvib,	陪伴一会也心甘，
Dieel wil daot hsoux dab,	阿哥不会把话讲，
Beel veel[①] haot niangx xenb,	魂魄就来跟妹说，
Sax laol lait neux hmib,	我只闻到气味啊，
Max fal lait vux hveb,	没能来和妹摆谈，
Xek mel laob niangx xenb,	莫忙着去好阿妹，
Dangl wil ghend laix seub,	等我去把儿郎拦，
Ghend yel diot ongx khaib,	带去教育和抚养，
Mel yis vangt sax niangb,	你养儿人人健康，
Mel yis beet sax hlieb,	养猪头头也肥壮，
Ghab ghol bees jox fangb,	养鸡成群遍村寨，
Nangl dees hveet dliangx khab,	还是可怜了哥郎，
Nangl nais daot hsoux pib,	衣烂不会缝补穿，
Nangl los daot hsoux khab,	裤带脱落不会补，
Jul dis khaot niox hseeb.	这一辈子就算完。

Gef: 女：

Xongt dax ob niel jel,	阿哥来和我陪伴，
Hmeet daix hveb senl bongl,	只说要不要成双，

081

Xek hmeet daix hveb bal liul,	莫把伤心话来讲，
Hangd hmeet daix hveb bal liul,	若哥来讲伤心话，
Wil fat dliangx khab mel dieel.	妹比哥郎愁得多。

注释：

① beel veel：直译为"蜘蛛"，传说蜘蛛是人的魂魄，有人失魂落魄时会表现为精神不佳，若要把魂魄招回，就要请一老人，并备一碗水，带着失魂者到墓地或青蒿叶上寻找蜘蛛，老人念着"魂快归来"，很快便会找到一只蜘蛛，于是将蜘蛛放进水碗中，让失魂落魄者就着水连蜘蛛一起喝下，失魂落魄者喝了后身体症状就会渐渐缓解，从而重获健康。

HXAK XIK KHAB
互换信物歌

Dieel:

Niux jox hvib senl sangt,

Liex jox hvib senl sangt,

Niux dlioux jens xil diot?

Liex dlioux jens xil ngangt?

Niux dlioux ib jel hliongt,

Liex dlioux ib liol pat,

Khab niox diot dlangl hxet,

Khab jangx khab diangd dout,

Khab diangd mel qout hlat,

Job laix nal aot hfeet①,

Bex joud ghab hfeet aot,

Hxangd joud ob xik haot,

Haot laix naib hvouk hmangt,

Hnab ngoux said hxangt vut,

Ngoux said dieel hlongt dout,

男：

阿妹有心要成双，

阿哥有心要成双，

阿妹拿什么来换？

阿哥拿什么来换？

阿妹拿出只手镯，

阿哥拿出方手帕，

互换信物游方场，

信物换完哥返回，

哥我回到自家房，

去叫父母把酒酿，

窖酒就用粮食沤，

熟酒我俩来商量，

叫父母把吉日选，

午子两日比较好，

午子两日哥来了，

Longx dlaol sad guk deut,	来到妹家大木房，
Neux dlaol geed laot xit,	想吃妹家甑子饭，
Neux dlaol nel laot ongt,	想吃阿妹家鲊鱼，
Ghaib niux nal haot gheut,	喊妹家爸叫作爷，
Ghaib niux dieel haot hvit,	喊妹哥哥叫老表，
Niux nal max niut gheut,	妹父不愿被叫爷，
Niux dieel max niut hvit,	妹哥不愿叫老表，
Ghaib ged vangl hot diot,	喊寨上人来煮着，
Ghaib ged vangl haot hvit,	喊寨上人叫老表，
Vob nangl nangl nongs hot,	菜是自己来氽煮，
Dinb nangl nangl nongs ghaot,	还是自己结侣伴，
Bangs jangx dlaol nongs hfent,	结了侣伴妹放心，
Bangs jangx dieel nongs hfent,	结了侣伴哥放心，
Ob max xil hxoub not.	我俩还有啥惆怅。
Gef:	女：
Mait jox hvib eud bongl,	阿妹有心要成双，
Xongt jox hvib eud bongl,	阿哥有心要成双，
Xongt dlioux qoub ghad liol,	阿哥拿出方手帕，
Mait dlioux hlinb ghad jel,	叫妹拿出银项圈，
Daot max hlinb ghad jel,	项圈阿妹拿不出，
Tak liex qoub ghad liol,	把哥手帕退回去，
Hmeet niox hveb had nal,	山盟海誓在这里，

Xongt max yes eud bul,　　　　　　　阿哥不把别人娶，

Mait max deus but mel,　　　　　　　阿妹不跟别人去，

At dees sax nongt senl,　　　　　　　无论如何要婚配，

Nongt jangx dinb ghad bongl,　　　　一定结婚成双对，

Dangl niangx ghangb diangd laol,　　等到年月转来到，

Xongt max daos mait yel,　　　　　　哥已不把妹喜欢，

Xongt ghax xob but mel,　　　　　　阿哥去把别人娶，

Dleet niux niangb nongd gol,　　　　留妹在此空喊叫，

Hxat daix yes hlaod liel.　　　　　　哥啊！妹妹真忧伤。

Dieel:　　　　　　　　　　　　　　男：

Diongs dliangx khab hlongt laol,　　阿哥来到游方场，

Diongs niangx xenb qet niel,　　　　阿妹你也来陪伴，

Niuf niox laib qout nal,　　　　　　安心在此来游方，

Niuf max boub xangt bel,　　　　　　不知分开把家还，

Boub ongx hlib daot dlaol?　　　　　喜欢我不，好姑娘？

Hangd ongx hlib xongt liel,　　　　若你喜欢这哥郎，

Xenb ghax vangs deut laol,　　　　　阿妹找节竹筒来，

Khab ghal vangs seet dangl,　　　　阿哥找刀等阿妹，

Gib laib diongx deut dangl,　　　　切节竹筒做凭证，

Diongx deut seub vut linl,　　　　　带节竹筒好存放，

Xenb niangx qeb pat mel,　　　　　　阿妹捡了半边去，

Khab sax qeb pat mel,　　　　　　　阿哥也捡半边走，

Doub niox naib git nongl,	存放父母衣柜里,
Doub jangx ob hniut dangl,	存放已到两年半,
Nouk doux bel hniut laol,	已经将近三年了,
Hnangd laib diongx lail gol:	听到竹筒在呼喊:
"Hnangd xenb niangx lail liul,	"听说阿妹已变心,
Xenb max daos dieel yel."	妹不再喜欢哥郎。"
Ghaib dax ob dail loul,	哥请两老把理讲,
Hmeet jex hnab houl dlaol,	道理即便讲九天,
Bab vaf max dloub dieel yel,	也辩不过我哥郎,
Das sax nongs dieel bongl,	死了也是我的伴,
Bangs jangx khab ghal liangl.	结成侣伴把心放。
Gef:	女:
Niux jox hvib senl sangt,	阿妹有心要成双,
Liex jox hvib senl sangt,	阿哥有心要成双,
Niux dlioux ib jel hliongt,	阿妹拿出只手镯,
Liex dlioux ib liol pat,	阿哥拿出方手帕,
Xenb daot max jel hliongt,	阿妹没有银手镯,
Deed dliub heud laol tit,	就拿长发来代吧,
Xik khab niox dlangl hxet,	互换信物游方场,
Khab yangx khab diangd dout,	换了信物哥回返,
Khab yangx xenb diangd dout,	阿妹我也把家还,
Hnaib ngoux hnaib said lait,	到了午日和子日,

Khab dax ghab houd tiet,	阿哥来到庭院旁，
Bait neux ghab ad mait,	吹木叶来把妹喊，
Mait dlioux qoub heud sait,	阿妹急把头帕捡，
Deus dliangx khab longl dout,	跟着阿哥赶路忙，
Saos liex qangb ghal hfent,	到了哥家把心放，
Ob max dliangb xil hxat.	我俩还有啥忧愁。

Dieel:	男：
Senf diangx geeb wat wil,	炒菜锅里放了油，
Senf nix liub wat doul,	铸银有火才铸成，
Diangx geeb wat bongt wil,	锅里沾有油的味，
Nix liub wat bongt doul,	铸银沾有火气儿，
Dangf laib ngax wat bel,	就像鲜肉被手污，
Hangt hxub max vut linl,	鲜肉变馊难久留，
Liuk liex hab mait liul,	犹如阿哥和阿妹，
Vut niangb max vut daol,	坐久情深难舍分，
Max vut daol xongt liul,	不好和哥来疏远，
Max vut daol mait liul,	不好和妹来疏远，
Xenb niangx jas vut mel,	阿妹找到好哥郎，
Xenb max ab xongt yel,	阿哥不被你喜欢，
Hangd xenb nangl daos xongt liul,	若妹仍喜欢哥郎，
Xenb ghal vangs deut laol,	阿妹就找根竹管，
Khab ghal vangs seet dangl,	阿哥找刀等阿妹，

087

Gib laib diux deut neel,	切节竹管各一半，
Diongx deut seub vut linl,	带节竹管好存放，
Hfix diot laib ghout nongl,	挂在粮仓角角上，
Yex deut sab pat nangl,	就在两柱的晾炕，
Dangl niangx ghangb lait laol,	等到来年岁月啊，
Hnangd laib diongx lail gol:	听到竹筒在叫喊：
"Hnangd xenb niangx lail liul,	"听说阿妹已变心，
Xenb max hlib dieel yel."	妹已不喜欢哥郎。"
Ghaib dax ib bongl loul,	喊对理老把理讲，
Hmeet jex hnaib houl dlaol,	讲上九天也好啊，
Jex hnaib bab dieel bongl,	九天也是哥的伴，
Jex hnaib bab dlaol bongl,	十天也是哥的伴，
Bangs jangx ob ghal liangl,	结了我俩把心放，
Ob max hxoub yel dlaol.	我俩就不再飘荡。

Gef:	女：
Niux jox hvib senl sangt,	阿妹有心要成双，
Liex jox hvib senl sangt,	阿哥有心要成双，
Niux dlioux jens xil ngangt?	阿妹拿什么来换？
Liex dlioux jens xil ngangt?	阿哥拿什么来换？
Niux dlioux ib jel hliongt,	阿妹拿出只手镯，
Liex dlioux ib liol pat,	阿哥拿出方手帕，
Xik khab niox dlangl hxet,	互换信物游方场，

Khab jangx jongt jal qat,	信誓旦旦如磐石，
Dangf khab hxab Nangl Lit,	如拴水车南利②旁，
Niangx jex eub laol lait,	九月大水一来到，
Eub laol dieeb bal dout,	根基被水冲走了，
Bal hxab max bal hleet,	水车冲走绳仍在，
Daol dob jex daol neet,	别人疏远有多对，
Max daol saos dail xongt,	不会疏远好哥郎，
Max daol saos dail mait,	不会疏远我阿妹，
Vob nangl nangl liangf hot,	菜也仍归哥来煮，
Dinb nangl nangl gef hot,	这菜也归妹煮汤，
Bangs jangx dieel nongf hfent,	结成侣伴哥心放，
Bangs jangx dlaol nongf hfent,	结成侣伴妹心放，
Ob max xil naf not!	我俩有啥担心啊！

Dieel:	男：
Mait jox hvib senl hved,	阿妹有心结侣伴，
Xongt jox hvib senl hved,	阿哥有心结侣伴，
Daot max jens xil tied,	我俩没啥来交换，
Xit wees lax pangb oud,	就拿衣服来交换，
Doub saik niox ghangb tongd.	衣柜底把衣服藏。
Hlat jef mais neux dongd,	十月父母吃鼓藏③，
Laok reef niox ghangb sad,	热闹举行在寨脚，
Vak vak niux mais bad,	阿妹就将妈哄骗，

089

Haot diongs mait sax yangd,

Souk saik deus liex hlaod,

Dangl niux mais laol hnangd,

Lait dliangx khab ged sad,

Hxat daix dliangb xil ad.

Gef:
Liex jox hvib eud hved,

Niux jox hvib eud hved,

Daot max jens xid tied,

Vangs laib hsaix ghad niad,

Dieeb dous laix hxid eud,

Khab yangx khab diangd sad,

Khab yangx xenb diangd sad,

Vak niox laib tongd oud,

Khab hvouk hnaib senx xend,

Hmangt vut dax houd sad,

Bait neux ghaib dail ad,

Mait ghax qeb bel oud,

Deus dliangx khab mel sad,

Bangs yangx ob liangl hnid,

Ob max dliangb xil xad.

说妹去踩鼓歌唱，

偷偷跑着跟哥走，

等妈回家听人讲，

我俩已到哥家房，

有啥忧愁啊！姑娘。

女：
阿哥有心结侣伴，

阿妹有心结侣伴，

我俩没啥来交换，

找个铜钱来交换，

打破两边各一半，

换了阿哥把家还，

换了阿妹把家还，

就把它藏在柜底，

哥把吉日挑选看，

就来妹家屋檐下，

吹木叶来把妹喊，

阿妹收一抱衣裳，

跟哥去到你家屋，

结成侣伴把心放，

我俩还有啥忧伤。

互换信物歌

Dieel:	男：
Niux jox hvib nongt senl,	阿妹有心成侣伴，
Liex joz hvib nongt senl,	阿哥有心成侣伴，
Niux dlioux jens xid laol?	阿妹拿什么交换？
Liex dlioux jens xid laol?	阿哥拿什么交换？
Niux dlioux qoub ghad liol,	阿妹拿帕给哥郎，
Liex dlioux ghab dad bel,	哥拿戒指给阿妹，
Daot max ghab dad bel,	阿哥没有银戒指，
Tak ongx qoub houd mel,	你把头帕退回吧，
Gib diongx vob hvid diel,	就切蒿秆做凭证，
Gib jangx xenb diangd mel,	切了阿妹把家回，
Gib jangx khab diangd mel,	阿哥也把家回返，
Haot laix naib hseud ghol,	去叫妈把小米簸，
Hlat bex laib joud dangl,	去叫母亲酿酒等，
Lait ngoux hnaib said laol,	到了午子这两日，
Xongt lax eeb houd vangl,	阿哥来到寨上头，
Bait neux ghaib ad dlaol,	吹木叶把阿妹喊，
Mait dlioux qoub ghad liol,	阿妹取出了手帕，
Mait dlioux hlinb ghad jel,	取出银链和项圈，
Dlioux oud ghangb git laol,	取出裙子和衣裳，
Dlioux oud deus xongt mel,	取出衣服跟哥走，
Ib diex liouf mait dlangl,	一步离开妹家房，
Ob diex liouf mait vangl,	两步离开妹寨上，

Hsangb diex buf xongt vangl,	千步到了哥寨上，
Buf wangx vob pat bel,	见到寨上的菜园，
Buf lix yib pat nangl.	见到东面秧地田。
Dlouf dliangx khab qout yel,	快到阿哥家里了，
Dliangx khab bangd pot dangl,	阿哥就把鞭炮放，
Niangx xenb bouk hsangt liongl,	阿妹打开紫色伞，
Dangx dob haot diel laol,	大家认为有匪患，
Dangx dob souk mel jul,	寨上大家都跑光，
Xangt hxex yeb mel gol,	叫年轻人快去喊，
Kot laix naib laol vangl,	喊父母快回村来，
Haot laix naib mel dlangl,	叫父母亲进家房，
Bouk diux laob dail nal,	父亲母亲开门闩，
Bouk diux bib dieel dlenl,	开门让儿进家房，
Vangt veex niangb laol yel.	儿子把媳妇引来。
Mait diex lob bel jangl,	阿妹左脚跨门栏，
Lait liex jib doul mal,	到了阿哥火坑旁，
Hlat yax denb doul laol,	母亲拿来了灯盏，
Nangt niux laib mangl leel,	见了阿妹真漂亮，
Hlat bongx hvib dlinl dlinl,	母亲兴奋无法讲，
Dot dail niangb nal laol,	娶的这个媳妇啊，
Vut mel ib pongd bongl,	一般人没她漂亮，
Sait mel ib ghaid vangl.	美丽超半寨姑娘。
Beb deet hfangx aob dlinl,	明天一早天刚亮，

互换信物歌

Mait naib max daos dieel,	妹妈不喜欢哥郎，
Deut nias ghax khaob longl,	拄着拐杖蹒跚行，
Hlat jus dax veeb Dieel:	妹妈一来把哥骂：
"Dak gos ongx dliangb bel,	"你这发癫的小伙，
Dak yis ongx laib mangl,	不要脸的年轻人，
Ongx tiet dliof wil daib laol,	你把我孩强拉来，
Wil daib xik xit diangl,	我的女儿刚诞生，
Xik xit hlieb nongd deel,	也是刚刚长大的，
Bel dios vob daid liol,	这菜还不合氽煮，
Bel dios daib eud bongl,	还不适宜找侣伴，
Hak youf wil daib bal."	吓坏我孩不肯长。"
Wil naib laib hxut leel,	我妈的心很善良，
Wil naib dab haot heul:	我妈她来把话讲：
"Ob dail daib died nal,	"他这两个憨娃儿，
Ib laix boub hangd yangl,	一个就是愿意引，
Ib laix boub hangd laol,	一个也是愿意来，
Hangd ongx tak ongx daib mel,	如果你把女儿退，
Ongx dliok naix ib dangl,	要把人在一头称，
Nongt dliok nix ib dangl,	银子就在一头称，
Hangd tak ongx daib mel,	才把女儿退回去，
Ongx tak mel sab nangl,	退嫁东面无村寨，
Diet jes neux laib leel,	两边六寨吃好的，
Neux laib leel laib leel,	粒粒都是白米饭，

093

Jux ib soul nongs soul, 苦荞可以掺等粒，

Max bib soul laib menl." 大麦一粒不给掺。"

Niangx xenb niangb qongd jel, 阿妹你在那碓旁，

Niangx xenb dab haot heul: 阿妹也来把话讲：

"Nongs hnangd wil nongs laol, "是我自己愿意来，

Vob hvid loul nongs loul, 蒿菜虽然老也好，

Dinb xad wil bab bangl, 即使穷郎我也伴，

Ongx diangd mel laob nal." 母亲你快把家还。"

Laix naib jous bongt dlinl, 母亲听了也无法，

Laix naib hangb diangd mel. 母亲才把家回返。

Saok wix hnaib nongd mel, 今天天已经黑了，

Hfangx wix beb deet laol, 明日天刚蒙蒙亮，

Niangx xenb bet qongd jel, 阿妹舂碓碓声响，

Dliangx khab qeb seet ghongl, 阿哥捡了弯柴刀，

Qeb ghab linx diot bel, 捡了镰刀在手上，

Dliangx khab jet vud mel, 阿哥急忙把坡上，

Laib hnaib dax lait vangl, 太阳出来照村庄，

Dliangx khab diangd sad laol, 阿哥就要把家还，

Niangx xenb dangf hsaid jel, 阿妹舂碓也停响，

Niangx xenb sak seet mel, 妹接柴刀拿去放，

Yax eub diot seed bel, 端水来给哥洗手，

Yax qoub diot seed mangl, 又捡帕来洗面庞，

Qeb diux yenb diot bel, 捡烟杆交哥手上，

互换信物歌

Diux yenb nongd xongt liul!	烟杆在此啊,哥郎!
Diux yenb heuk bol bol,	把烟抽得噗噗响,
Hxix yenb ghaok bel bongl?	烟抽完了没,侣伴?
Hxix yenb hak geed laol,	抽完烟了来舀饭,
Neux ghangb ghaok bel bongl?	菜里有盐没,侣伴?
Max ghangb diot xed laol,	没盐我再来加点,
Dliangx khab dab haot heul:	哥郎开口把话讲:
"Sax ghangb at nongd deel,	"煮的这菜真香啊,
Max yes diot xed yel."	不用再把盐巴添。"
Vob ghax at nongd liol,	菜就这样来氽煮,
Dinb ghax at nongd bangl,	夫妻就这样相伴,
Bangs jangx hxangt hxed liul,	结成侣伴暖融融,
Ob max hxat xid yel!	我俩还有啥惆怅!

Gef: 女:

liangf max hvib bel daot?	有情有意不,哥郎?
Liangf max hvib laol hxet,	若有情意来游方,
Xik khab lax jel hliongt,	互把手镯来交换,
Xik wees lax liol pat,	手帕也各换一张,
Xik daos ghax xol seet,	互相愿意就成双,
Xik deus longx bel pangt,	互相跟随去坡上,
Hak gangb neux mel xongt,	去捞鱼虾来佐餐,
Gef bab max xil hxat.	阿妹我有啥惆怅。

注释：

①hfeet：直译为"糠"，这里实指粮食。

②南利：苗语音译，地名，指今凯里市三棵树镇的一个村。

③鼓藏：指鼓藏节，"鼓"是苗族祖神的象征，"藏"是指用于祭祀的水牯牛，鼓藏节是苗族最神圣、最隆重的祭祖仪式之一，通常在每六十年中的第六年、第十二年、第三十年、第六十年举办。

HXAK SENL SANGT
成双歌

Dieel:

Xek bel khab doul dlent,

Xek bel hlib dail vut,

Tak jox hvib laol yet,

Tak jox hvib laol ghaot,

Bouf dliangx khab dail hait,

Bouf sax nongs liangl hxut.

Gef:

Laix laix khab doul dlent,

Laix laix hlib dail vut,

Saib jox nangs gal wat,

Jox nangs wangle mal dot,

Laix dees bangl houl haot,

Laix dees bangl sail vut.

男：

莫忙去选好柴捆，

不要净去想美郎，

快快回心转意啊，

回心和哥来陪伴，

和这丑哥结成双，

成双阿哥就心甘。

女：

个个想把好柴捆，

人人都会想美郎，

可恨命运太差啦，

命差不能来强占，

不管和谁结侣伴，

得结侣伴把心放。

Dieel:

Senl ghal hmangt nongd sangt,

Daol ghal hmangt nongd diut,

Dangl mel hxot xid lait?

Dangl mel beb fal hmangt,

Beb fal nongs bul seet,

Nongs bul vob laol hot,

Nongs bul dinb laol ghaot,

Tab max saos dail xongt,

Das daix yes dail mait.

Gef:

Bat bat gif jangx wangl,

Bat bat niuf jangx cangl,

Gif jangx wangl xangt nel,

Niuf jangx cangl nongt senl,

Niuf jangx cangl daot senl,

Laf liex dol but bangl,

Laf bangx dlaol ot jel,

Youf daix yel xongt liel.

Dieel:

Dliangx khab haot yangl yangl,

男：

要想成双今夜走，

不想成双就分手，

还要等到何日呢？

若要等到明夜晚，

明日就成他人妻，

别人的菜别人煮，

他的妻子他来伴，

哪还轮到哥哥我，

哥会死的，好阿妹。

女：

既然挖成一口塘，

既然相爱了一场，

挖成了塘把鱼放，

相爱就该配成双，

相爱还不成双对，

留阿哥给别人伴，

丢妹成单身姑娘，

累坏了我，好哥郎。

男：

阿哥说是要引了，

Niangx xenb qit goul nioul,	阿妹就发脾气了，
Jel lob tiangt bol diol,	两脚撑开硬抵着，
Liex hxab daot yangl yel,	阿哥我就不敢引，
Hxab max tiet dail dlaol.	不敢强拉阿妹了。

Gef:　　　　　　　　　　　　　　　女：

Niangx xenb sax haot mel,	阿妹本说要走的，
Dliangx khab max niut yangl,	阿哥却不愿引了，
Ongx dlab niux at xil,	你还哄妹做什么，
Ongx dlab ongx daot yangl,	你骗了妹你不引，
Max hnaib niux qit doul,	有朝一日妹发怒，
Niux deus ongx sait mel,	阿妹跟着你去了，
Ongx niangb max daot cenl.	叫你一会坐不成。

Dieel:　　　　　　　　　　　　　　男：

Ged ged khab hsent dlaol,	样样阿哥相信你，
Ged nend daot hsent yel,	这话哥可不信了，
Niangx xenb dlab xongt liel,	阿妹你来诓骗我，
Ongx dlab ongx niut mel,	你哄阿哥你不去，
Ongx dlab liex qit doul,	你哄阿哥来了气，
Liex toub ongx sait mel,	阿哥把你拖了去，
Ongx niangb max daot mel,	叫阿妹你坐不成，
Ongx senb dongb saik yel.	阿妹恐怕要发疯。

099

Gef:

Dieel hlib khab doul dlent,

Dieel nongs hlib dail vut,

Hlib max saos dail mait,

Saos max saos houl haot,

Max hlib bab niel yat,

Niel ib gangx liangl hxut.

Dieel:

Daos doul ghal daos hleet,

Daos dlaol ghal daos xongt,

Khab yangl mel saos qout,

Jangx bongl dol jub hent,

Ob max xil hxoub not.

Gef:

Boub liex liuk dlaol daot,

Dlab liex liuk dlaol laot,

Yib qix liuk dlaol haot,

Daos jangx ob ghal sangt,

Bangs jangx ob liangl hxut,

Ob max dliangb xil hxat.

女：

阿哥净想好柴捆，

你净想找美女伴，

你想不到我姑娘，

即使想不到也罢，

想不到也来陪伴，

陪一会儿也心甘。

男：

柴喜欢索就喜欢，

妹喜欢哥就喜欢，

哥引阿妹进哥房，

成了侣伴人夸奖，

我俩还有啥不安。

女：

不知阿哥可喜欢，

阿哥也是直心肠，

若依阿妹我来讲，

喜欢我俩就成双，

结成侣伴两心放，

我俩还有啥忧伤。

成双歌

Dieel:

Laol mel hvat niangx xenb,

Laol mel lait liex qangb,

Deus dieel at daix dinb,

Beb fab deet hfangx aob,

Ghangt dieel diangb ghenx eub,

Ghangt fal saob ghax saob,

At al jus max hvib,

Daot dal qout nenx senb.

Gef:

Senl ghal hmangt nongd senl,

Yangl ghal hxot nongd yangl,

Dangl mel xangf xid mel?

Dangl laib hlat hfix bel,

Dangl beb deet hfangx dlinl,

Wil naib kot bangx dlaol,

Gol xenb bet dlox jel,

Nal diongs mait ghenx wangl,

Dieel nongs ghaot maix mel,

At dees dot ongx yel,

Hveet diongs mait dax niel.

男：

快快走啊好姑娘，

走到阿哥自家房，

和哥结成好侣伴，

明日天刚一放亮，

拿哥扁担把水担，

挑得扁担颤悠悠，

那样有情又有意，

我俩有啥再念想。

女：

要娶今晚就快娶，

要引现在就快引，

还要等到何时呢？

等到月亮已偏西，

等到明日天一亮，

母亲就会把妹喊，

喊妹舂米在碓房，

又叫妹去挑水忙，

阿哥就把她人伴，

怎么才能得哥郎，

可怜妹和你陪伴。

Dieel:

Haot yangl jus daix yangl,

Haot senl jus daix senl,

Mait liel hxab max mel,

Dot bongl jens ghaix xil?

Gef:

niangx daix khab at doul,

Niangx daix xenb ghangt wangl,

Dlangt at jef jex niongl,

Jef diut hniut wangx yel,

Hxex hlieb dot mel jul,

Hxex yeb dot mel jul,

Laf gix henb soul niel,

Laf ongx henb soul wil,

Ob geex ghangb cangl mel,

Jous jox hvib bel dieel,

Juos jox hvib yangl mel,

Bangs jangx ob ghal liangl,

Ob max hxoub yel dieel.

Dieel:

Diongb dangx laf dail xongt,

男：

说引阿哥真的引，

说娶阿哥真的娶，

阿妹你都不敢去，

那又叫什么成双？

女：

从前阿哥去砍柴，

从前阿妹挑水忙，

十九岁了还单身，

从十六岁打单身，

大的都已出嫁完，

小的也都有侣伴，

只剩芦笙和木鼓，

剩下阿哥和阿妹，

我俩单身到最后，

哥你还有啥法子，

无法就来引阿妹，

结成伴我俩心放，

我俩再不去游荡。

男：

游方场上剩哥郎，

成双歌

Laf dliangx khab bel dot,　　　　　　　剩哥还是单身汉，

Hangd xenb sax liuk dail xongt,　　　　若妹也和哥一样，

Laf ongx ob bel dot,　　　　　　　　　剩下我俩没侣伴，

Gef dax deus dieel hxet,　　　　　　　阿妹和哥来坐谈，

Niuf jangx ob ghal dot,　　　　　　　诚心相爱结侣伴，

Naf daix hvib xil not?　　　　　　　　我俩还担心哪样？

Gef:　　　　　　　　　　　　　　　　女：

Diub dangx laf dail dlaol,　　　　　　游方场上剩姑娘，

Diub dangx laf dail dieel,　　　　　　游方场上剩哥郎，

Laf ongx ob bel xol,　　　　　　　　　剩我俩还没侣伴，

Diongs dliangx khab longl laol,　　　只要阿哥你来了，

Xenb ghax deus dieel niel,　　　　　　阿妹来陪你游方，

Niel yangx ob ghal senl,　　　　　　　陪了我俩结侣伴，

Ghaot jangx ob ghal liangl,　　　　　成了侣伴把心放，

Hxat daix dliangb ghail xil.　　　　　不忧愁啊不惆怅。

Dieel:　　　　　　　　　　　　　　　男：

Ob laix ob dail dlangt,　　　　　　　我俩都还打单身，

Ob laix bab bel dot,　　　　　　　　　我俩都没得侣伴，

Hangb dax laib dlangl hxet,　　　　　才来到这游方场，

Xek baix hveb xil not,　　　　　　　　莫把闲话来摆谈，

Gef max hvib bel daot?　　　　　　　阿妹你有情意吗？

103

Gef max hvib ghal sangt,　　　有情有意就成双，
Senl jangx ib bongl ghaot,　　结成夫妻常陪伴，
Dal daix dliangb xil hxat!　　 我俩还有啥忧伤！

Gef:　　　　　　　　　　　　　女：
Ob senl hvat dliangx khab,　　我俩快成亲，哥郎，
Yangl dlaol lait liex qangb,　 把妹引到哥家房，
Beb fal deet hfangx aob,　　　 等到明日天一亮，
Xik yangl jet liex gheub,　　　相互陪伴上坡忙，
Dol bul hent ongx ob,　　　　　别人便会夸我俩，
At mal yes jangx dinb,　　　　 这样才成好侣伴，
Yes jangx sad naix jub.　　　　成一家人真欢畅。

Dieel:　　　　　　　　　　　　 男：
Niel jel xongt diex lob,　　　 哥想陪伴来游方，
Niel jel mait dax niangb,　　　妹陪哥在游方场，
Dal dieel diot gux niangb,　　 剩哥在外来坐谈，
Dal nil diot gux niangb,　　　 剩妹在外来坐谈，
Yel yal yit dangx hlieb,　　　 悠然游逛游方场，
Ob senl hvat niangx xenb,　　　我俩成婚吧，姑娘，
Senl mel lait liex qangb,　　　把你引到阿哥家，
Beb fal deet hfangx aob,　　　 等到明日天一亮，
Laib jel bet daox daob,　　　　碓房舂米声声响，

Dieel nal haot niangx xenb:	阿哥的妈问姑娘：
"Xangb hsaid bel laix niangb?	"米春好没，媳妇啊？
Xangb hsaid laol bax dab,	春好就来把地扫，
Vees diel xak beex dlioub,	汉梳来把鬏发梳，
Eub hxed yil vangx mas,	拿温水来洗面庞，
Geed hxed diot diongx hmongb,	温热饭菜进肚肠，
Oud hsaid hxet jox wangb."	穿上刚染好的衣。"
Dlaol mel taot wangx vob,	妹去菜园坝铲草，
Dlaol bel xangk wangx vob,	不知园在甚地方，
Xik yangl jet liex gheub,	相伴去把杂草铲，
Jet lait dieel liex gheub,	上到阿哥家地头，
Tad oud saot liex gheub,	衣服脱放地头边，
Niul ghad pat liex gheub,	半边工地都漂亮，
Dlaol ib bel at daix gheub,	姑娘一边在薅土，
Ib mangl ngangt dliangx khab,	一边悄悄望哥郎，
Dlaol ngangt dieel max sangb,	妹看哥郎不帅气，
Dieel ngangt dlaol max sangb,	哥看阿妹不漂亮，
Bul ngangt jus daix sangb,	别人看了很漂亮，
Bul dangt jit dax ghaib,	别人设计喊姑娘，
Kot nil xek yongx dab,	喊妹不屑去搭腔，
Kot dieel xek yongx dab,	喊哥不屑去搭腔，
At al yef jangx dinb,	这样才算成双对，
Yef jangx sad naix jub.	成了夫妻心欢畅。

Gef:

Daot dios eub yangl gongl,

Daot dios xenb yangl dieel,

Hangd dios eub yangl gongl,

Hangd dios xenb yangl dieel,

Yangl dot xenb yangl mel,

Dlius diot khab yangl xil?

Dieel:

Lix eub but bangf diongl,

Naix sangb but bangf mel,

Gangx hsangb beet yaf oul,

Sax nongs dot gef niel,

Max hongb dot gef yel,

Youx hxoub wat gef liel.

Gef:

Dax eud dax eud mel,

Max eud jangx wed loul,

Jangx wed vangx wed bel,

Dail xid dax eud yel.

女：

不是水把沟引来，

不是阿妹娶哥郎，

若是水能把沟引，

若是阿妹娶哥郎，

早就把哥娶走了，

哪还仍等哥来娶？

男：

水田都是他人冲，

漂亮的是他人伴，

千儿百八好姑娘，

总想有个来陪伴，

总想得妹来成双，

妹啊！阿哥真忧伤。

女：

快来娶啊快成伴，

不娶就成老姑娘，

变成野人上山岗，

哪个还来娶姑娘。

成双歌

Dieel:

Niux jox hvib nongt senl,

Liex jox hvib nongt senl,

Dieel ghal hmangt nongd yangl,

Dlaol ghal hmangt nongd mel,

Yangl mel saos qout nal,

Ob dangx ob hfent liul,

Ob max hongb hxat yel.

Gef:

Nenx tongb bet nid bel?

Nenx tongb bet nid laol,

Niux daos ged nid deel,

Vux vob at ged liol,

Vux dinb at sad bangl,

Niangx xenb hsat daid liul,

Max hxoub at nongd yel.

Dieel:

Laol mel bas niangx xenb,

Laol mel deus dliangx khab,

Beb fal deet hfangx aob,

Ghangt dieel diangb ghenx eub,

男：

阿妹有心要成双，

阿哥有心要成双，

阿哥今夜把你引，

阿妹今夜跟哥去，

把妹引到哥家里，

结成伴侣把心放，

我俩不会有忧伤。

女：

想到这些没，哥郎？

若你想到了这些，

这些阿妹最喜欢，

鲜菜陈菜也氽汤，

美丑都要结成双，

这些最合我心意，

我不再这么飘荡。

男：

快快走啊好姑娘，

快来和我这哥郎，

等到明日天一亮，

拿哥扁担把水挑，

107

Jet diel ghangb kangx veb, 　　顺着石阶层层上，

Jet fal saob ghax saob, 　　扁担颤悠真好看，

At al jus max hvib, 　　有情有意终身伴，

Daot dal hxut nenx senb. 　　再不去把他人想。

Gef: 　　女：

Nel nas get voux veb, 　　鱼儿产蛋石堆上，

Dieel bens seet diux qangb, 　　哥已有妻在家房，

Dieel wees laot dax dlab, 　　你用嘴来把我诓，

Lol diongs mait bix hvib, 　　哄得阿妹落了魂，

Dal hvib diot ongx hseeb, 　　害我把你空念想，

Dail xenb daot jangx yangs. 　　妹我瘦得不成样。

Dieel: 　　男：

Xek khab lix dlouf gongl, 　　开田不要开过沟，

Xek hlib laix dlouf dail, 　　不要爱这又想那，

Tak hvib yax yenf laol, 　　请妹的心快回转，

Ghaot khab daix yangf houl, 　　嫁给我这愁哥郎，

Ghaot bab sax nongf liangl, 　　嫁我你也把心放，

Daot hlib maix bangf soul. 　　哥再不把他人想。

Gef: 　　女：

Vob gat longl xongs langl, 　　青菜长出七片叶，

108

成双歌

Ib hmangt longl xongs cangl,   一年可以七次生，

Beb daot niel bab senl,   我们不陪也结婚，

Mangb hlongt liax eeb longl,   你俩迈步来我村，

Ob hlongt liax eeb mel,   我俩也跟你们行，

Beb ghaot jangx beb liangl,   我们结了就安心，

Beb daot youx hxoub yel.   不再飘荡如他人。

Dieel: 男：

Deut gos ghangb vangx bel,   大树倒在山坡上，

Niut peeb hangb jangx doul,   要劈了才成柴火，

Daot peeb bab leex mel,   不劈它就会腐烂，

Xongt niangb ghab diux nal,   阿哥坐在家门旁，

Mait niangb ghab diux nal,   阿妹坐在你闺房，

Niux gib hangb jangx bongl,   要结才能成侣伴，

Daot gib jus daix daol,   不结终身成遗憾，

Dlangt ib dis naix mel,   一辈子成单身汉，

Dot bens jens ghaix xil.   哪还能再找侣伴。

Gef: 女：

Max doul ghal nongt peeb,   有柴一定要劈开，

Max bongl ghal nongt xob,   有伴一定结成双，

Xek hsenx doul gangt gees,   莫让柴干朽不管，

Xek hsenx dlaol dlangt langs,   妹成单身也不看，

Daos bangx dlaol daot khab?　　喜欢妹不，好哥郎？

Daos laol ob ghaot bens,　　喜欢我俩就成双，

Jangx bongl ob hfent hvib,　　结成双我俩心放，

Ob max xil hxat khab!　　哥郎，我俩不忧伤！

Dieel:　　男：

Gux goul yis gux gangb,　　长蚱蜢来养稻蝗，

Ongx nal yis ongx hlieb,　　养大你的是你娘，

Diangd sad sens ongx naib,　　你要回去问你妈，

Ongx nal daos jox hvib,　　你妈要是同意了，

Liex dieel hangb longx lob,　　哥我才好来游方，

Bangx dlaol hangb dax niangb,　　妹妹才来和我玩，

Ongx wil hangb jangx dinb,　　你我才结成侣伴，

Hangb jangx sad naix jub.　　白头偕老不遗憾。

Gef:　　女：

Eub dlod bol ghal bol,　　溪沟水流汩汩响，

Hvib daid dlinl ghal dlinl,　　妹妹的心瞬间转，

Hxot nongd yangl sax houl,　　就是现在接也去，

Hxot nongd yangl sax mel.　　若接妹也跟哥郎。

Dieel:　　男：

Niux jox hvib nongt senl,　　哥哥一心想成双，

成双歌

Liex jox hvib nongt senl,   妹妹一心想成双，

Lait ngoux hnaib said laol,   到了子午两日啊，

Hmangt ngoux khab saod longl,   午日夜晚哥早来，

Hmangt ngoux xenb saod mel,   妹也趁早跟哥走，

Yangk ngoux hnaib said mel,   过了子午两日晚，

Dot dliangb ghaix xid yel!   我俩还成啥侣伴！

Gef: 女：

Mel jas hmangt wix khaib,   要走趁着夜星明，

Dangl jas hmangt dax nongs,   莫待雨夜水淋淋，

Dieel bab daot longx lob,   雨夜哥郎来不了，

Nil bab daot dax niangb,   阿妹我也不出门，

Daol saos ghaot niox hseeb.   旧情人也会疏远。

Dieel: 男：

Daol mongl hab daol hmangt,   夜深了啊夜深了，

Jul doul hab jul sot,   柴火烧尽枞膏完，

Bib sax wab mel hvat,   我们要快快散场，

Xenb diangd sad mel yat,   阿妹也快把家还，

Diangd sad sens dlaol hlat,   回家去问你爹娘，

Jangd oud lees jel kent,   叠衣放进你竹篮，

Deus dliangx khab mel hvat,   快快跟着哥郎我，

Ib diex liouf dlaol qout,   一步离开妹闺房，

Ob diex liouf dlangl hxet, 两步离开游方场，

Hsangb diex dlouf dieel qout, 千步就到哥家房，

Niux hxab max mel jet, 阿妹不敢进屋去，

Dliangx khab tout bel sait: 阿哥用手指着讲：

"Diux hlieb niangb mal mait." "大门在那，好阿妹。"

Niux gib lib mel jet, 阿妹紧跟进了房，

Lait wix ib dangl hmangt, 到了深更半夜啊，

Dail ghab ghoul ghoul ghat, 公鸡喔喔在啼唱，

Dail ghab gol dail mait, 公鸡啼唱把妹喊，

Niangx xenb fal sangl qout, 阿妹立刻起了床，

Dliangx lob daif jel dait, 走进碓房把米舂，

Dlox hsab nangl lal hot, 碓声咚咚全村响，

Liex naib hangb hnangd hsent, 阿哥母亲才听到，

Liex naib fal sangl qout, 母亲立刻起了床，

Naib qeb doul laol ngangt, 母亲掌灯把妹看，

Niux dloub mangl lal hot, 阿妹脸面白生生，

Soul fangb wix laol pet, 犹如雪花从天降，

Khab dliangx dot nil ghaot, 阿哥的妹结成双，

Bangs jangx xongt liangl hxut, 结成侣伴把心放，

Khab max ged xil hxat. 阿哥再也不忧伤。

Gef: 女：

Bangx dlab gangb mongl yangt, 鲜花哄蜂在飞翔，

112

成双歌

Liex dlab xenb jel ot,	哥哄妹妹成单身，
Liex dlab xenb dal hxut,	哄阿妹我落了魂，
Soul jib daib dal kheut,	犹如娃儿掉落裤，
Dal ghangb linx bel pangt,	失落镰刀在坡上，
Ghangb linx diangd dangl dangt,	镰刀失落重新铸，
Diub hxangx diangd mal dot,	集市去买可得到，
Hvib naix xad laol qet,	失魂落魄很难赎，
Hxoub youx ghad dangl hniut.	半年飘荡游方场。

Dieel: 男：

Deut liax eub dad jel,	河边垂柳枝条长，
Wil ngangt niangx xenb dad liul,	我看妹妹心善良，
Hangd dot niangx xenb at bul,	若得妹妹结成双，
Dot niangx xenb ved nal,	得妹去守我亲娘，
Xongt sax nongs hfent liul.	哥哥我便把心放。

Gef: 女：

Eud dail naif jox eub,	选这条河最美的，
Beb vangl daot max boub,	我们寨上可没有，
Eud dail liuk niangx xenb,	若是像我这个样，
Beb vangl not naix niangb,	全村到处都有呢，
Deed mel hsait hxangx haob,	可当石头砌城墙，
Did diel diot mangx niangb,	堵拦土匪保平安，

Hxat xil not dliangx khab. 哥你还有啥忧伤。

Dieel: 男：
Max longl khab hsout longl, 阿妹不来哥错来，
Max niel xenb hsout niel, 陪了阿妹也错陪，
Niel laol bus hxut dlinl, 陪妹钻进哥心里，
Jangx box bus laot wangl, 犹如浮萍进塘去，
Jangx lix bus hseet mongl, 好像细沙进田里，
Niangx gangx veb hvat bal, 船只触礁快损坏，
Dif dlax eub hvat loul, 漏水的桶快老化，
Xek dlax hveb diot yel, 话不露给小弟弟，
Yel dlax hveb diot nal, 怕弟透露给母亲，
Nal sax bib mait niel, 母亲只许来陪伴，
Nal max bib mait senl, 不许阿妹来成双，
Vak naib dangf bex doul, 隐瞒母亲如抠火，
Dangf sangs ghaot bex niel[①], 就像祖先藏鼓样，
Lait gouf lait wix laol, 待到日期一来到，
Lait xangf sangt bongx benl, 到了成双才知道，
Hangb qangt saos laix nal, 才惊动了妹双亲，
Ob dot ob dangx mel, 我俩成双就放心，
Ob hxat jens ghaix xil? 我俩忧愁什么呢？

成双歌

Gef:　　　　　　　　　　　　　　　　　　女：

Hxoud hxid nongs houl houl,　　　　　　趁着今夜雨蒙蒙，

Yangd tend deus dieel mel,　　　　　　　蹦蹦跳跳跟哥行，

Hlongt saos khab dlangl mal,　　　　　　去到阿哥的家中，

Hxed khangd niangs houl houl,　　　　　阿妹心中暖融融，

Ged sad boub ghail xil,　　　　　　　　　家里都还不知道，

Ged sad boub ghal daol.　　　　　　　　家里知道会疏远。

Dieel:　　　　　　　　　　　　　　　　　男：

Senl jas hmangt dax nongs,　　　　　　　成双趁雨把路赶，

Nal hxab daot dax hvongb,　　　　　　　欲追路滑父不敢，

Hangd longl bab daot dax jas,　　　　　若来也不会追上，

Yangl taob lait liex qangb,　　　　　　　把妹引到哥家里，

Ghal dios xongt laix dinb,　　　　　　　这就成了哥侣伴，

Bangl bab hxangt max hvib,　　　　　　有情有意伴终生，

Dangl jas hmangt wix khaib,　　　　　　若是等到天晴朗，

Yangl max lait liex qangb,　　　　　　　就引不到哥家里，

Nal dees hvat dax jas,　　　　　　　　　父母容易来追上，

Ob nangl nongt sax wab,　　　　　　　　我俩一定会离散，

Senl bab daot jangx dinb,　　　　　　　就不会结成侣伴，

Daol saos ghaot niox hseeb.　　　　　　疏远情侣真遗憾。

Gef:

Jus daix at nend deel,

Khab ghax hmangt nongd yangl,

Xenb sax hmangt nongd mel,

Bangs jangx hxangt hxed liul,

Daot jenx at nongd yel.

Dieel:

Eub baix at nend jet,

Hveb baix at nend hmeet,

Boub daix at nend daot,

Jus daix at nend haot,

Deus liex lait sad yat,

Vob ghax at nend hot,

Dinb ghax at nend ghaot,

Bangs jangx hxangt hxed hxut,

Ob max hxat xid not.

Gef:

Dait hleet hxab niangx leel,

Daot sangt jus daix daol,

Nongt sangt hxab ongx nal,

Hxab max dlenl sad mel,

女：

如果真的是这样，

哥要接就在今晚，

阿妹我也跟哥郎，

结了心里暖洋洋，

我俩不老是这样。

男：

泉水只是这么舀，

话也只是这么讲，

不知像不像这样，

如果真像这样讲，

跟哥走到哥家房，

白菜这么来煮汤，

要结夫妻就这样，

结成侣伴才温暖，

我俩无聊多惆怅。

女：

绳断就怕船下淌，

不结真疏远哥郎，

要结又怕你爹娘，

阿妹不敢进你房，

成双歌

Niangb gux yel diangd yel,　　徘徊在外游啊游，
Niangb gux yel xad liul.　　在外游荡很忧伤。

Dieel:　　男：
Ghab ghol ghat nongs ghat,　　公鸡随它自鸣唱，
Hveb vangl hmeet nongs hmeet,　　街坊人多随他讲，
Xek mel hsent hveb but,　　莫信他人的话语，
Dol bul not hveb wat,　　他人嘴杂闲话多，
Ob senl daot saos qout,　　我俩很难成侣伴，
Nangl nangl hveet diongs xongt,　　还是可怜了哥郎，
Hveet dail xongt gos ot,　　可怜哥成单身汉，
Daol dlaol hveet khab wat.　　疏远阿妹苦哥郎。

Gef:　　女：
Ongx khab ongx nongt venl,　　你捆柴啊要勒紧，
Ongx niangb ongx nongt senl,　　陪坐就要成侣伴，
Hangd ongx khab ongx daot venl,　　若你只捆不勒紧，
Ongx niangb ongx daot senl,　　陪坐不娶成侣伴，
Max hnaib niux qit doul,　　有朝一日妹发火，
Niux deus liex sait mel,　　妹也紧跟你进房，
Liex niangb max daot cenl.　　叫你坐不成哥郎。

Dieel:

Dieel niangb dieel haot senl,

Dieel hxab dlaol niut mel,

Hangd dlaol hlib xongt liel,

Laol deus khab sangt mel,

Dieel bangs xenb hxangt liangl,

Max hlib dol but yel.

Gef:

Senl mel hvat dliangx khab,

Senl mel lait liex qangb,

Dieel mel jet liex gheub,

Dlaol veel mongl bangt daix hmub,

Deed laol qet niux wangb,

Dol bul hlongt dax saos,

Dol bul hent niangx xenb,

Dail dieel hxangt max hvib.

Dieel:

Jus daix ghab moul ghaot,

Deus dliangx khab mel mait,

Dot ongx vob laol hot,

Dot ongx dinb laol ghaot,

男：

哥陪妹坐真要娶，

就怕阿妹不愿意，

如果阿妹爱哥郎，

就来和哥结成双，

阿哥得妹把心放，

就不再把他人想。

女：

快来娶吧好哥郎，

把妹娶进哥家房，

阿哥你去管坡上，

阿妹纺纱绣花忙，

得花衣裳来打扮，

别人来家串门玩，

别人把妹来夸奖，

阿哥满意更喜欢。

男：

真的这样老相好，

快跟哥去好阿妹，

得你的菜来煮汤，

得阿妹来做侣伴，

成双歌

Bangs niux khab liangl hxut,
Khab max hxoub xil not.

得了阿妹把心放，
阿哥再也不飘荡。

Gef:
Hmangt hxangx Ghab Dongb laol,
Xongt sax jeb hvib dangl,
Mait sax jeb hvib dangl,
Fat hxangx Ghab Dongb dlinl,
Daot hsoux jeb hvib yel,
Hxat daix lab ghab moul!

女：
嘎东②赶场夜来临，
哥希望来把妹引，
妹也希望跟哥郎，
过了嘎东赶场天，
我俩再没有希望，
情郎啊，妹好忧伤！

Dieel:
Maf deut bongx jangb niul,
Dongf vut naix jub mel,
Nongf hveet dliangx khab niel,
Youf wat daix ghab moul!

男：
砍树生浆往外溢，
摆谈好是别人的，
可怜我把歌来唱，
情妹啊！真累死哥！

Gef:
Neux jus gok bel lioul,
Jox nangs houf bongl laol,
Max yes hvouk bongl yel,
Nenx bab nongf laol senl,
Hangd jox nangs daot houf laol,

女：
同吃一挂乌泡果，
若命注定要成双，
不要四处选侣伴，
她也会和你成双，
不是命里注定的，

119

Gangx hsangb beet yaf houl,	再添黄金千百担，
Nenx bab fat saik mel,	她也会从身旁过，
Max hongb dot gef senl.	不会得他来成双。

Dieel:	男：
Dieel diangl ghaot wix gib,	天生阿哥本这样，
Nil diangl ghaot wix gib,	天生阿妹也这般，
Diangl dail xongt longx lob,	生了阿哥来游方，
Diangl dail mait dax niangb,	生下阿妹陪哥玩，
Niel jel gheut diux hlieb,	陪伴在那大门旁，
Oud nial nongs hsoux pib,	衣服破了自缝穿，
Ged daol liuk jox gongb,	路途遥远像河长，
Ged fangd liuk jox dob,	路面狭窄如布宽，
Xik soul gas yex eub,	混合鸭儿游水玩，
Xik soul ngangs yex hnaib,	混合鹅儿晒太阳，
Qout niel daif leex lob,	游方场被脚踩烂，
Hxut bal liuk ongx ob,	内心忧伤像我俩，
Yangt sais soul dliangx khab,	妹快快来和哥郎，
At ib bongl naix jub,	快来和哥结成双，
Vut nangs mel max boub,	命好也许有可能，
Daot hxoub soul maix daib.	不像别人在飘荡。

成双歌

Gef:

Ib liangl ib liangl sangt,

Ob liangl ob liangl sangt,

Ghaok dangl hsangb liangl sangt?

Niangb dangl dieel dot khout,

Niangb dangl nil dot hxangt,

Nongt nangl nongs dliet hxit,

Nongt senl nongs sangt diot,

Xek dangl laib laot haot,

Laot dangl nees laot vat,

Nees laot daol not not,

Dangl ghab ged vangl ghat,

Dangl naib ged vangl haot,

Ghab ged vangl daot ghat,

Naib ged vangl daot haot,

Bab daid dieel dlangt out,

Bab daid nil dlangt out,

Niangb ved vangl diot but,

Niangb nongd dieel hxat wat,

Niangb nongd nil hxat wat,

Niangb nongd bul daot hveet.

女：

有一两银也成双，

有二两银也成双，

还是要等得千两？

等到阿哥得银锞，

等到阿妹有衣穿，

要穿自己扯布做，

成双各自有主张，

莫等嘴巴把话讲，

等嘴巴讲会疏远，

为嘴疏远有很多，

等别人鸡来鸣唱，

等别人妈来帮讲，

别人的鸡不鸣唱，

别人家妈不帮讲，

巴不得哥成单身，

巴不得妹成单身，

坐着守寨给他人，

在这阿哥很忧愁，

在这阿妹也忧愁，

在这别人不可怜。

Dieel:

Ongx deus dol bul hxet,

Bul hlieb nix liangl wat,

Bul bib ongx liangl diet,

Liangl sab nix mel dangt,

Mel dieeb jangx jel hliongt,

Jel hlieb gangx jel yet,

Jel hvib gangx jel ghaot,

Ongx seus liex dieel hxet,

Dieel xous nix liangl wat,

Dieel bib ongx bel laot,

Bel hveb ongx mel hsent,

Mel tongb mangx vangl hongt,

Max tongb ghad dail dlent,

Sax tongb ghad dail hait,

Gob pab sax jel deut,

Gangb khaob sax wangl ment,

Geb meb sax dail seet,

Xob ib laix laol ghaot,

Daib khab max diangl hxat,

Hxoub bab max soul but.

男：

你和别人去游方，

别家富贵多银两，

别人给你一两六，

一两五去铸银饰，

铸成一只银手镯，

大叠小的在上面，

新叠旧的在外边，

你和阿哥来游方，

阿哥家贫无银两，

阿哥送你这张嘴，

送你句话去想念，

到你寨上去通融，

不通那些漂亮的，

丑陋也可去通融，

五倍果也算树枝，

龙虱也算一口井，

虚弱瘦小也是妻，

得一个来做伴侣，

阿哥不会再忧伤，

不像别人在飘荡。

成双歌

Gef:

Maf deut ghad bongx jangb,

Dongf at sad naix jub,

Dongf at nend ongx hxab,

Dongf at sangd ghax niob.

Dieel:

Vut nangs vut xix xol,

Vut nangs dot ongx bangl,

Dot laib ghat hfix niel,

Dot laib bet wangx nangl,

Bet ghangb seet sax houl,

Bet ghangb seet sax liangl.

Gef:

Hangd bangx dlaol vut nangs,

Xob liex dieel at bens,

Wil nongs mel at gheub,

Yangs liex dieel hxet ves,

Ved hxex yel diot xenb,

Max bib yel tangt nongs,

Bangx dlaol ghal hfent hvib.

女：

刀砍松树溢树浆，

谈到我俩成侣伴，

讲到这些你害怕，

我俩只是摆着玩。

男：

命运好才得到你，

命好得你做侣伴，

得个好钩把鼓挂，

得皇帝名把名扬，

就睡山洞也好啊，

睡在山洞也安心。

女：

如果阿妹运气好，

得到阿哥做侣伴，

我宁可去把坡上，

让哥在家休息玩，

帮阿妹我带儿郎，

莫让淋雨受风寒，

阿妹我才把心放。

Dieel:

Max xob at bongl bouf,

Sax xob at jel niuf,

Niox laib bet val vef,

Dot bet dieel sax xenf.

Gef:

Bul ngangt yef max yongx,

Dieel ngangt xenf ghax niox,

Nil ngangt xenf ghax niox,

Bangl laot reef hfux hfux,

Soul hlat jef neux niangx.

Dieel:

Ib bax lee lib pout,

Ib niangx loul ib hliat,

Tab ghax ghail saos xongt,

Tab ghax ghail saos mait,

Ob nongt senl yes vut,

Ob daot senl jus hxat,

Daos liex dieel daot mait?

Daos ghax laol ob sangt,

Bangs yangx ghal nongs hfent,

男：

不得阿妹来成双，

也得阿妹来陪伴，

赫赫名声四处扬，

哥只得名也欢喜。

女：

别人看见起妒忌，

只要阿哥看得起，

只要阿妹看得起，

成双闹热浓宴席，

如像十月过苗年。

男：

木桨一划过一滩，

一年一度渐渐老，

渐渐轮到阿哥我，

也会轮到阿妹你，

我俩成双才好啊，

不成双会忧愁的，

阿妹喜欢阿哥不？

喜欢我俩就成双，

成了双就把心放，

Ob max xil hxoub not.　　　　　　　　　　我俩再不去飘荡。

Gef:　　　　　　　　　　　　　　　　　　女：

xongt val vef longx lob,　　　　　　　　哥踽踽到游方场，

Mait val vef dax niangb,　　　　　　　　妹也独自来陪伴，

Dot dail liangf yex fangb,　　　　　　　只得阿哥来游方，

Hangd dot dail liangf dangx dinb,　　　若得阿哥来成双，

Xit yangl vef liex gheub,　　　　　　　　双双一道把坡上，

At al yef max hvib,　　　　　　　　　　这样才成为侣伴，

Yef jangx sad naix jub.　　　　　　　　成一家人真欢畅。

Dieel:　　　　　　　　　　　　　　　　男：

Daod doul jous ghenx khab,　　　　　　砍柴最好是青冈，

Eud bongl jous ongx ob,　　　　　　　结伴最好是我俩，

Ghaok ghaot dail daib vongx daib,　　还是要嫁龙公子，

Vongx niangb nangl daol wat,　　　　　龙在遥远的东方，

Vongx fal laol xik diut,　　　　　　　水龙起来在角斗，

Soux eub niel xik put,　　　　　　　　浑水溅起浪打浪，

Bul daib dal vangt vangt,　　　　　　　别人娃儿还年幼，

Bul daib bel hvat ghaot,　　　　　　　别人娃没找侣伴，

Bel daid nangl at kheut,　　　　　　　不适合把长裤穿，

Bel daid xol at seet,　　　　　　　　还不适宜结侣伴，

Ongx ob bel hvat dot,　　　　　　　　你我都没结侣伴，

Ongx mongb liul daot mait?	妹你忧伤不忧伤？
Ongx mongb liul liek xongt,	如你忧伤像哥郎，
Dax gib dieel at seet,	来和阿哥结侣伴，
Ongx ob ghal hfent hxut,	你我成伴就心安，
Hangd niangx xenb bel hfent hxut,	恐怕阿妹还犹豫，
Dliangx khab sail hfent hxut,	阿哥我完全心安，
Sax hfent liul ghaot mait,	安安心心把妹伴，
Daot hxoub liul liuk but.	不像别人在飘荡。

Gef:	女：
Daod doul jas ghenx khab,	砍柴最好是青冈，
Eud bongl jas ongx ob,	要伴最好是我俩，
Dol bul hlib vongx daib,	别人想嫁龙公子，
Dail dlaol hxut max gos,	妹没命把这福享，
Nangl nangl nongt ongx ob,	还是和阿哥成双，
Yangl mel hvat dliangx khab,	快引妹去，好哥郎，
Yangl mel lait liex qangb,	把妹引到哥家房，
Xik yangl jet liex gheub,	双双一起把坡上，
Dlaol ngangt dieel max hvib,	妹看阿哥有情意，
Dieel ngangt dlaol max hvib,	阿哥看妹有情意，
Vut fat dail vongx daib,	恩爱胜过龙公子，
Ob hxat xil dliangx khab!	我俩有啥忧愁呢！

Dieel:

Dieel mel khangd dlongs deut,

Ngangt laib vangl beet diet,

Guf vangl dloub deut jent,

Ghab jel dloub ak kat,

Diub vangl dloub bek mait,

Niangx xenb dail dot seet?

Ghaok niangx xenb dail dlangt out?

Hangd niangx xenb dail dot seet,

Nongs diangd mel yat mait,

Xek dlab dieel dliet hxut,

Dlab liex dieel hxat wat,

Hangd xenb dail dlangt ot,

Dax ob senl hvat mait,

Dangx ob ghal hfent hxut,

Max dliangb xil hxat not.

Gef:

Dlaol bel hvat max dinb,

Jel dal dlangt lax eeb,

Bel xol dleet dliangx khab,

Wil loul nenk yangx hab,

Dieel xenl ghaok ongx daos?

男：

阿哥爬到山坳口，

见这村有一百六，

寨头上栽许多树，

枝头站满了喜鹊，

村中有许多姑娘，

阿妹你有了侣伴？

还是个单身姑娘？

若妹已经有侣伴，

阿妹各自把家还，

莫哄阿哥把心伤，

阿哥忧愁不成样，

若妹是单身姑娘，

来和我结成侣伴，

我俩结伴把心放，

再无那么多惆怅。

女：

阿妹还没结侣伴，

我还是单身姑娘，

没丢下哥找侣伴，

只可惜我老了点，

哥嫌弃还是喜欢？

Daos ghal xangs niangx xenb, 喜欢就告诉姑娘，

Diangd sad qet daix wangb, 我好回家去打扮，

Hmongb mongl kent dax jangs, 捡起绣片放竹篮，

Yangl mel hvat dliangx khab, 把我引进哥家房，

Xik bangl hxangt max hvib, 有情意结成侣伴，

Max xil hxat dliangx khab. 我没啥忧愁哥郎。

Dieel: 男：

Liex jox hvib senl sangt, 阿哥有心要成双，

Niux jox hvib senl sangt, 阿妹有心要成双，

Diangd sad qeb jel kent, 妹回家去捡竹篮，

Deus dliangx khab mel hvat, 快跟哥去，好姑娘，

Ib diex liouf dlaol qout, 一步离开妹家房，

Ob diex liouf dlangl hxet, 两步离开游方场，

Hsangb diex buf dieel qout. 千步见到哥家乡。

Saos liex qangb nal mait, 到了阿哥家的房，

Niux hxab max mel jet, 阿妹你却不敢进，

Dliangx khab tout bel sait: 阿哥指着向妹讲：

"Diux hlieb nongd dail mait, "大门在那，好姑娘，

Diux diongb nongd dail mait." 中门就在那，姑娘。"

Niux gib lib mel jet, 阿妹紧接着进房，

Bet wix ib dangl hmangt, 睡到深更半夜了，

Dail ghab ghoul ghoul ghat, 公鸡喔喔在鸣叫，

Dail ghab gol dail mait,	公鸡在把阿妹喊，
Niangx xenb fal sangl qout,	阿妹急忙起了床，
Diex lob daif jel sait,	拿碓舂米彻天响，
Liex naib hangb hnangd hsent,	这时母亲才知道，
Naib qeb doul laol ngangt,	母亲点灯把妹看，
Niux dloub mangl lal hot,	阿妹脸庞白又胖，
Vob ghax at nongd hot,	白菜就这样煮汤，
Dinb ghax at nongd ghaot,	夫妻这样来陪伴，
Bangs jangx hxangt liangl hxut,	成为侣伴把心放，
Ob max hxat xil not.	我俩就不再忧伤。

Gef:	女：
Liex jox hvib senl sangt,	阿哥有心结成双，
Niux jox hvib senl sangt,	阿妹有心结成双，
Xek bel xek bel yat,	阿哥莫忙啊莫忙，
Xek bel tak mel hvat,	不要忙着把家还，
Dangl niux qeb jel kent,	等妹去把竹篮端，
Hangb deus liex longl dout,	才跟阿哥把路赶，
Ib diex liouf dlaol qout,	一步离开妹家房，
Ob diex liouf dlangl hxet,	两步离开游方场，
Hsangb diex dlouf dieel qout,	千步到哥庭院上，
Niux gib lib mel jet,	阿妹紧接进里房，
Lait liex jib doul dat,	到了阿哥火坑旁，

Ongx naib fal sangl sait,	你妈也急着起来，
Douk denb doul laol ngangt,	点灯来把阿妹看，
Buf niux ib mangl dliet,	见了阿妹一脸麻，
Laix naib dial lial haot:	你妈急忙把话讲：
"Ongx dios dail xil mait?	"你是哪位啊，姑娘？
Daol mongl hab daol hmangt,	已经深更半夜了，
At dees dlenl wil qout?"	为何擅自进我房？"
Niangx xenb dial lial haot:	阿妹急忙来搭腔：
"Ongx daib yangl wil lait,	"你儿把我引进房，
Xob niux at bongl ghaot,	要和我结成侣伴，
At niangb diot dail hlat,	来给你当媳啊！娘，
Nal daos wil ghal hxet,	娘喜欢我就留下，
Max daos wil longl dout,	不喜欢我即回返，
Wil diangd mel wil qout."	我回去陪我的娘。"
Dliangx khab jus leel laot,	阿哥嘴巴似蜜糖，
Dliangx khab dab nal haot:	阿哥开口应答娘：
"Vob nongd wil laol hot,	"这菜我掰来煮汤，
Dinb nongd wil laol ghaot,	这伴我要结成双，
Naf daix hvib xil hlat?"	娘啊！你忧愁哪样？"
Hfangx wix beb fal deet,	等到明天天一亮，
Niangx xenb jel hsaid bet,	阿妹舂米碓声响，
Dliangx khab mel vut gongt,	阿哥也忙把坡上，
Diongb hnaib dieel laol lait,	中午阿哥把家还，

Niangx xenb haot dail xongt: | 阿妹即对阿哥讲：
"Doub nangx doub doul hvat, | "快把柴草找地放，
Yil mas wot bel yat, | 快去洗手洗面庞，
Yil jangx ob geed jat." | 洗了快快来用餐。"
Vob ghax at nongd hot, | 菜就这样来煮汤，
Dinb ghax at nongt ghaot, | 伴就这样结成双，
Bangs yangx hxangt hxed hxut, | 结成双，心暖洋洋，
Ob max hxat xid not. | 我俩还有啥忧伤。

Dieel: | 男：
Mait dios dail youx lob, | 妹注定是外嫁人，
Daot dios dail doux naib, | 不是在家陪亲娘，
Hangd diod dail doux naib, | 若妹在家陪亲娘，
Hvouk bens liangl jox hvib, | 就选称心如意郎，
Hangd mait dios dail youx lob, | 如果妹是外嫁人，
Yangt sais laol yex fengb, | 就跑出外来游方，
Souk sais laol doux khab, | 跑出来和哥郎我，
At ib bongl naix jub, | 和阿哥我成一双，
Hot ghangb dieel neux ghangb, | 煮香我就吃香的，
Hot ib dieel neux ib, | 再苦我也会下咽，
Bab daot veeb dail niangx xenb, | 也不会把阿妹骂，
Hangd xongt veeb dail niangx xenb, | 如果哥把阿妹骂，
Xongt dios dail dangx hvangb, | 阿哥会变成牛马，

Jet bangs mel neux ghaib.	去吃野草在坡上。

Gef: 女：

Niux jox hvib nongt senl,   阿妹有心要成婚，

Liex jox hvib nongt senl,   阿哥有心要成婚，

Liex niangb had nongd dangl, 阿哥就在这里等，

Xenb mel qeb hsangt liongl, 阿妹去把紫伞捡，

Qeb niangx xenb hliongt bel, 也把阿妹手圈拿，

Hangb diex lob hlongt mel,   跟着阿哥把路赶，

Saos dliangx khab qout yel, 快到阿哥的家了，

Dliangx khab bangd pot dongl, 阿哥就把鞭炮鸣，

Niangx xenb bouk hsangt liongl, 阿妹就把紫伞撑，

Mait die lob bel jangl,   妹的左脚跨进门，

Lait liex jib doul mal,   到了阿哥家火坑，

Hlat yax denb doul laol,   母亲掌灯把妹看，

Ngangt niux laib mangl bal, 见妹面庞不漂亮，

Pait max gos dail dieel,   要配阿哥配不上，

Hlat niox hvib dlinl dlinl, 母亲灰心很失望，

Wil ngangt laix naib bal liul, 我见母亲很悲伤，

Wil haot dliangx khab bel dleul: 便对阿哥把话讲：

"Ongx hlat max daos dlaol,   "你妈对我不喜欢，

Diongb hlat bix eub mangl,   你妈灰心把泪淌，

Ongx haot dees dliangx khab dail?" 阿哥你看怎么办？"

Dliangx khab laib hxut leel, 阿哥心中很开朗，

Dliangx khab dab haot heul: 阿哥就对母亲讲：

"Nongs hnangd wil nongs yangl, "是我自己引的妹，

Vob hvid loul nongs loul, 苦蒿虽然老了点，

Vob hvid wil bab ngangl, 苦蒿虽苦我要尝，

Dinb xad wil bab bangl, 虽然妻丑我也伴，

Hlat xek niox laib liul." 母亲你不必心伤。"

Hnangd dliangx khab haot nal, 听了哥跟亲娘讲，

Xenb ghax dins hxut dlinl, 阿妹我也就心安，

Niangx xenb diangd haot dieel: 阿妹又向哥郎讲：

"Vob ghax at nongd lioul, "白菜就这么氽汤，

Dinb ghax at nongd bangl, 伴也这样结成双，

Bangs yangx hxangt hxed liul, 结成伴心暖洋洋，

Ob max hxat xid yel?" 我俩还有啥忧伤？"

Dieel: 男：

Deut mangx jil guf vangl, 枫树栽在村头上，

Sait bangx dlaol bangf vangl, 阿妹寨上绿茵茵，

Hangd dot niux laol bouf dieel, 若能得妹配成双，

Mait max liangl liangf liangl, 妹不放心哥心放，

Xongt sax liangl diuf mel, 阿哥永远把心放，

Daot nenx bul bangf yel. 再不去把他人想。

Gef:

Ob hniut denx ob niel,

Ob hmeet daix hveb al,

Nins ghaok max nins yel?

Nins nongt dax ob senl,

Ob ghaot jangx ob liangl,

Ob daot yongx hlib bul,

Hlib but ghax nongs dlongl.

Dieel:

Doul niul doul ngees at ib houx,

Bil dlil bol dlol bet eub dlaox,

Gouf nangx Nangl Yol

Dal bongl deut hxangb nex,

Geed dangd gib lib jet jes dax,

Daod mel at diangb ghenx,

Deed laol at gheub neux,

Ib liol ob liol sax at vob neux,

Dinb leel dinb bal sax at dinb dangx,

Xik yangl at gheub neux,

Xad laol daot hxoub youx.

女：

几年前我俩陪伴，

我俩把那些话讲，

还记不记得，哥郎？

记得我俩就成双，

成双我俩把心放，

我俩不屑把人想，

若想别人就愚蠢。

男：

生柴干柴烧成一堆火，

水开沸腾乒乓响在锅，

传说南岳[3]

有对杨树绿茵茵，

扛着长刀上去砍，

得来削成根扁担，

拿去干活找吃穿，

一叶两叶当佐餐，

美妻丑妻也是伴，

相伴干活找吃穿，

我俩再也不飘荡。

注释：

①bex niel：直译为"埋鼓"，其实是"藏鼓"的意思。苗族人在过鼓藏节时会用木鼓，当鼓藏节结束后，即把此鼓抬进山洞藏起来，不准随意敲响，到下届鼓藏节（一届相隔七年或十三年）时才可以抬出来敲打，当鼓被敲响后，预示着这届的鼓社祭又开始了。

②嘎东：即革东，在今剑河县革东镇，此处每逢子日、午日赶集，传统观念认为这两日均为吉日，红白喜事都可在这两天举办。

③南岳：一地名，位于何处不详。

HXAK AT NIANGS SENL SANGT
私奔歌

Dieel: 男：

Dob niul at niangs dliet, 生布就要悄悄撕，

Ob senl at niangs sangt, 我俩偷偷结侣伴，

Ob senl xek xangs hlat, 成双不要跟妈讲，

Xangs nal not hveb wat, 妈妈嘴多会阻拦，

Ob senl daot saos qout, 去不到哥家成双，

Nangl nangl hveet diongs xongt. 还是可怜了哥郎。

Gef: 女：

Jas vob at niangs liol, 遇到好菜偷氽汤，

Jas dinb at niangs bangl, 遇见美郎偷成伴，

Ob xob xek xangs nal, 成双不要跟妈讲，

Mais boub daot bib senl, 妈知不准来成双，

Ob saos ghaot jus daol. 两相好真会离散。

Dieel:

Jus daix ghaok dlab lol,

Jus daix nongt xangs dieel,

Xangs liex vut xangs nal,

Xangs nal qet hvib dangl,

Ob mel lait naib dlangl,

Laix nal vut hvib dlinl.

Gef:

Jus daix wil yes haot,

Dlab ongx wil nongs dliot,

Dlab ongx dlab wil seet,

Dlab wil ghab moul ghaot,

Dlab ongx at xil xongt?

Dieel:

Jus daix ob yangt yel,

Ob yel fangb yat mel,

Xik soul daib gheut diel,

Nal max boub xongt liel,

Bab max boub mait yel,

Ob dangx ob hfent mel,

Ob max boub hxat yel.

男：

是真还是在哄骗，

真的要跟阿哥说，

哥好去跟妈妈讲，

安慰妈妈等姑娘，

我俩去到父母房，

妈妈心情真舒畅。

女：

真的我才这么讲，

骗你是我在说谎，

骗你就是骗我伴，

在骗我的老情郎，

阿哥！骗你做哪样？

男：

真的我俩就逃吧，

我俩到异域他乡，

混杂成汉族子女，

父母认不出哥郎，

也认不出阿妹你，

我俩成伴把心放，

我俩不会再忧伤。

Gef:

Haot hlongt ghax jus longl,

Xongt jet beex eub leel,

Mait jet beex eub leel,

Hlongt lait maix daib dlangl,

Hfent hxut ongx ob bangl,

Ghaot seet ghax nongs liangl,

Daot hxat daix dliangb xil.

Dieel:

Daos daot daos bangx dlaol?

Daos yangt deut liex mel,

Ob jet diongb beex leel,

Leel lait fangb wangx nangl,

Dot mait gib jangx bongl,

At hfat bab sax liangl,

Xongt hxat dliangb ghaix xil?

Gef:

Eub jet jas jox gongl,

Khab haot dees sax houl,

Xenb haot dees sax houl,

Nongf niut eub baix diongl,

女：

说走真的把路赶，

哥上木排顺河淌，

妹上木排顺河淌，

去到别人的地方，

我俩放心成侣伴，

结成侣伴把心放，

就不再有啥忧伤。

男：

喜欢阿哥不，阿妹？

喜欢跟哥逃走吧，

我俩上排随它淌，

流到皇帝的地方，

得到阿妹结侣伴，

就做叫化也心甘，

阿哥还忧愁哪样？

女：

挑水趁着有沟在，

不论阿哥怎么讲，

不论阿妹怎么讲，

只要溪水顺沟淌，

私奔歌

Nongf niut khab baix liul,　　只要哥摆出心肝，

Dangf kheut ob ghax nangl,　　裤合身我俩就穿，

Dangf seet ob ghax bangl,　　能合侣伴就成双，

Naf not dliangb ghaix xil?　　还要担心什么呢？

Naf not jus daix daol.　　担心太多会离散。

Dieel:　　男：

Max hvib daot ghab moul?　　你有意不，好情妹？

Max hvib nongt xangs dieel,　　有情有意跟哥讲，

Dieel hangb vut xangs nal,　　阿哥才好告诉娘，

Xangx nal qet hvib dangl,　　安慰妈妈等阿妹，

Hangd ongx naib daot daos liul,　　如果你妈不同意，

Ongx ob at niangs senl,　　我俩偷偷来成双，

Youx lob pat dees houl,　　逃到哪里都不管，

Bangs jangx hfent laib liul,　　结成侣伴把心放，

Max hongb hxat jangb bul.　　再不愁像别人样。

Gef:　　女：

Daol mongl hmangt wax wib,　　半夜三更静悄悄，

Jul doul sot hxix hxangb,　　柴火烧完松脂尽，

Dol bul beet dangx daob,　　别人睡得很香甜，

Gangb med beet lix yib,　　水虿睡在秧田里，

Dail ghab dail gas beet voux qib,　　鸡鸭关在竹笼头，

139

Dal dieel diot gux niangb,	还有阿哥在外玩,
Dal nil diot gux niangb,	还有阿妹在外玩,
Yel yal yit dangx hlieb,	游逛在这游方场,
Dol bul haot naix hsaib,	别人以为陌生人,
Bul veel deut dax vongb,	别人抽棒来追赶,
Nal hangb xangt dol yet dax ghaib:	妈打发小妹来喊:
"Laol mel hvat hxex hlieb,	"姐姐你快回去吧,
Max mel hlat dax veeb,	不去妈妈要来骂,
Liongx gongl diot ongx ob."	妈用磕拽指我俩。"
Dlaol hangb haot dliangx khab:	阿妹才跟阿哥讲:
"Ongx niangb yat dliangx khab,	"你坐着等我！哥郎,
Wil mel lol nal beet dangx daob,	我去诓妈睡正甜,
Wil hangb diot diux diongb,	我才从中门出来,
Hangb mel lait diux hlieb,	来到我家大门旁,
Yangd khangd dlongd dax dab,	我从窗户往下跳,
Ob hangb yel dliangx khab."	我俩再一起逃跑。"
Ib hxot nal dangx daob,	一会妈妈睡正香,
Bangx dlaol lait diux hlieb,	阿妹来到大门旁,
Bangx dlaol hseet dliangx khab:	阿妹悄悄对哥讲:
"Sak kent mel dliangx khab."	"阿哥快接我竹篮。"
Dlaol diak tait dax dab,	阿妹随即跳下窗,
Dlaol yes haot dliangx khab:	阿妹又问了哥郎:
"Ongx mel ged yox eub,	"我俩顺河往下走,

私奔歌

Ghaok ongx mel ged vangx hvib?"	还是上坡去高山？"
Ob mel ged vangx hvib,	我俩若是上高山，
Laod loul mais wangx vob,	会把妈菜园踩烂，
Ged nid mais ghaix boub,	这样妈妈会知道，
Mais xangt dlad dax deus,	妈放猎狗来追赶，
Nangl nangl jas ongx ob,	仍然会追上我俩，
Ob mel ged yox eub,	我俩顺河往下走，
Eub niel liouf liax lob,	浑水会把脚印没，
Mel dees mais max boub,	去哪妈也不知晓，
Beb fal deet hfangx aob,	明日天空刚一亮，
Bul jel bet dax daob,	别人的碓舂米响，
Dlaol jel dangf dlax dleub,	阿妹家碓没声响，
Nal hangb kot niangx xenb,	妈妈才来叫阿妹，
Gol ib laot sax hseeb,	叫一句没人应答，
Gol ob laot sax hseeb,	叫两句也没搭腔，
Nal veel deut dax dieeb,	妈妈抽棍进去打，
Sail ghab qout wax wib,	哪知床上静悄悄，
Nal mel nas laix niangb:	妈妈去把嫂嫂问：
"Dail daib vangt naix jub,	"她这么个年轻人，
Hnaib nongl deet sax niangb,	昨天早上还在呢，
Daif jel bet wax wib,	把碓舂得咚咚响，
Hnaib nongl hmangt sax niangb,	昨日夜晚也还在，
Deet nal diangd max niangb?	今早怎么不见了？

141

Laib jel dangf dlax dleub,	碓儿静静无声响,
Nenx mel dees laix niangb?	媳啊！她去哪里了？
Nenx mel dees ongx boub?"	她去哪里你知晓？"
Niangb diangd haot laix naib:	嫂嫂急向妈妈讲：
"Gux goul yis gux gangb,	"长蚱蜢养了稻蝗,
Laix nal yis nenx hlieb,	妈妈你把她养大,
Mel vud jus liex gheub,	一同爬坡去土头,
Laol sad lob dongx lob,	回家步步紧跟随,
Daod hsaid jus dlox lob,	舂米同踩一个碓,
Laix daod ib laix hxeeb,	一个舂来一个筛,
Ongx dal dieeb ongx boub,	失了腰篓你不知,
Ongx laol nas laix niangb,	你来问我当媳的,
Mel ged dees max boub,	她去哪儿不知道,
Ongx mel nas hxex nib,	你去问问小妹们,
Nenx dol nees nenx niangb,	她们常和她一起,
Nenx niel lias nenx boub."	兴许她们才知道。"
Nal mel ghangb vangx[①] dab,	妈妈去到寨脚下,
Nenx mel nas hxex nib,	她去问了小姑娘,
Hxex yel haot laix naib:	小妹们跟妈妈讲：
"Ob dlied daot dongx hveb,	"我俩没共同语言,
Ob yangd daot dongx lob,	踩鼓也不太协调,
Mel ged dees max boub,	她去哪里不知晓,
Ongx mel nas hxex diongb,	你去问问二姐们,

Nenx dol nees nenx niangb,	她们和她在一起，
Nenx niel lias nenx boub."	或许她们才知道。"
Nal mel nas hxex diongb,	妈妈去问二姐们，
Nenx dail bab max boub,	她们也都不知道，
Nal mel houd vangx yab,	妈妈去到寨上头，
Nal mel nas hxex hlieb:	妈妈去问大姐们：
"Wil daib nent hxex hlieb?	"可知我儿去哪了？
Nenx mel ongx boub max boub?"	她去哪儿可知晓？"
"Hnaib nongl vut daix hnaib,	"昨日天气很晴朗，
Hnaib nongl vut daix hxib,	时辰也是很吉祥，
Bongl dliangb ghent sangx eub,	一对坪坝的儿郎，
Laol ghab hxit wangx dab,	来到菜园下栅栏，
Gol laib jit seix seib,	打个口哨唑唑叫，
Soul laib jit niangx ob,	犹如二月春风响，
Mel hnaib hmangt dax boub."	可能昨夜已走了。"
Nal jous bongt ghax khaob,	妈妈计穷真烦恼，
Diangd sad haot laix niangb:	回家去问了嫂嫂：
"Hxangd geed bel laix niangb?	"饭熟没有，儿媳啊？
Hxangd geed diot niux qab."	熟了我就把饭吃。"
Vees diel xak beex dlioub,	木梳理了娘鬓发，
Eub sail wot daix mas,	清水洗了娘面庞，
Oud hsaid qet jox wangb,	拿出染衣来打扮，
Lob leel diot daix hveeb,	干净鞋子拿来穿，

Nal nias deut ghax khaob,	妈妈拄着木棍杖，
Longl lob lait liex fangb,	就来到了哥家乡，
Laol jas mait ghenx eub,	遇妹挑水把家返，
Nal hangb haot niangx xenb:	妈妈就对阿妹讲：
"Diangd sad hvat niangx xenb,	"快快回家，好姑娘，
Max mel ongx bad dax dieeb,	不回你爹会来打，
Dieel vangs hleet dax khab,	哥拿绳索来捆绑，
Daib nenl nongt neux diangb,	舅舅就要吃姜钱，
Neux lil bend neux hlieb,	吃的姜钱很重啊，
Eud ghad beet nix veb,	会吃上百锭银两，
Eud ghad ghangt loux jenb."	金会要一挑箩筐。"
Dlaol hangb haot laix naib:	阿妹也对妈妈讲：
"Liod mel lait dangx dliangb,	"黄牛去到敬鬼场，
Diangd mal lait ngaox qib,	不会回到圈来关，
Dlaol laol lait diux hxub,	姑娘来到客人家，
Diangd mal lait doux naib,	就回不去和爹娘，
Ongx diangd mel laix naib,	你回去吧，我亲娘，
Haot nal tak jox hvib,	叫爸爸回心转意，
Haot dieel tak jox hvib,	哥哥也回心转意，
Xek bel tak niangx xenb,	莫忙把阿妹来骂，
Hangd nenl nongt neux diangb,	若是舅家吃姜银，
Dleet nenl ngaif xek hxangx hnaib,	讨舅推迟个把场[②]，
Mees bongl bens dot nix veb,	让我伴准备银两，

144

私奔歌

Bongl sad not hxex nib,	侣伴家很多小弟，
Not bed out dax bangb,	让兄弟都来帮忙，
Dail xad bangb jex fenb,	困难家庭帮九分，
Dail hxed bangb hsangx sab,	富裕家帮一钱五，
Ghouk laol dot jex wangs,	凑得银两九簸箕，
Jenb ghoud dot jex jangb,	金子也凑得九斤，
Nenl deed dliok dax ngaob,	舅家拿秤杆来称，
Fal houd dliok lax nenb,	秤杆那头高翘起，
Daib nenl dot nix diangb,	舅家得了姜钱去，
Bangx dlaol dot liex bangs,	阿妹得哥结侣伴，
Liangl liul at daix gheub,	放放心心把活干，
Dal xil hxut nenx senb."	没啥心把他人想。"

Dieel:	男：
Daol mongl hmangt wax wib,	半夜三更静悄悄，
Jul vangl beet dangx dab,	全寨人在梦乡里，
Sail ghab khongt wax wib,	村巷冷静无声息，
Dal dieel diot gux niangb,	还剩阿哥在外玩，
Dal nil diot gux niangb,	还剩阿妹在外玩，
Dail dieel haot niangx xenb,	阿哥我对阿妹讲，
Ob mel hvat niangx xenb,	我俩快走，好阿妹，
Xek mel eud daix hlinb,	莫去把你项圈捡，
Xek mel qet daix wangb,	不要回家再打扮，

145

Hxab dlaol nal longx jas.	怕你爹娘来遇上。
Ob mel lait liex qangb,	我俩到了哥家里,
Wil nal vut jox hvib,	我的妈妈真善良,
Deed oud qet niux wangb,	拿衣来给妹打扮,
Deed hsoud diot niux ghas,	拿项链给妹戴上,
Hangb mel kot dangx dob,	才出去把大家喊,
Bul laol ngangt niangx xenb,	别人来把阿妹看,
Hent dail mait daix wangb,	夸阿妹高挑端庄,
Hent dlaol vut niux hab,	夸阿妹长得漂亮,
Hnangd bul hent niangx xenb,	听别人把妹夸奖,
Hlaod liel hxangt max hvib,	阿哥有情又有意,
Dal xil hxut nenx senb?	有啥心把他人想?

Gef:	女:
Daol mongl hab daol hmangt,	半夜三更静悄悄,
Jul doul hab jul sot,	柴火烧完松脂尽,
Bak max bib jul sot,	父亲不准松脂尽,
Mais max bib daol hmangt,	母亲不准到夜深,
Ob sax niangb daol hmangt,	我俩已玩到深夜,
Bouk diux hxab nal tat,	回家开门怕妈骂,
Beet gux hxab bul haot,	在外睡怕别人讲,
Dangl wil hab dail xongt,	等我一下好哥郎,
Dangl wil qeb jel kent,	等我偷提只竹篮,

Ob yax lob yel yangt,	我俩拔腿快跑吧，
Ib diex liouf dlaol qout,	一步离开妹家房，
Ob diex liouf dlangl sait,	两步离开妹村庄，
Hsangb diex saos dieel qout,	千步到了哥家房，
Eub hxab max dlenl pout,	河水不敢下险滩，
Khab hxab max yangl mait,	阿哥不敢引阿妹，
Max yangl xenb mel jet,	不敢引进你家房，
Dliangx khab jek jel sait,	阿哥脚步停止住，
Ongx naib tout bel haot:	用手指指向妹讲：
"Wil qangb niangb mal mait."	"我家就在那，姑娘。"
Niux gib lib mel jet,	阿妹紧接就进房，
Hlat yax doul laol ngangt,	你妈掌灯把妹看，
Ngangt niux laib mangl dliet,	见妹面庞一脸麻，
Mangl dlaib soul ngaol tangt,	脸面漆黑如木炭，
Dieel naib dial lial haot:	阿哥妈妈开口讲：
"Gos ongx dliangb bel weet?	"你发癫痫了，姑娘？
At dees laol wil qout,	怎么老进我家房，
Laol wil qangb at xil vangt?"	进我家来做哪样？"
Niangx xenb dial lial haot:	阿妹急忙把话讲：
"Ongx daib nongs hangd dlot,	"你儿自个来哄骗，
Hangd dlab wil yes hangd hlongt,	爱哄我也才爱来，
Laol hseeb ghail xid hlat,	我没平白无故到，
Veeb wat wil diangd dout,	骂我太甚我退回，

Wil diangd mel sad yat,	我自己把家回返，
Qeb dab neux geed deet,	扫地得吃顿早饭，
Ghenx eub ngangl geed hmangt,	挑水得吃顿晚餐，
Neux ib niongl hxed hongt,	吃一段时间看看，
Niangx xenb mangl songd vut,	妹会痊愈如原样，
Max hveb ghail xid haot,	阿妹我没啥话讲，
Niangx xenb nangl diangd hlongt,	到时我也要回转，
Wil vob wil diangd hot,	我的菜我自个煮，
Wil dinb wil diangd ghaot,	我的夫我自己伴，
Max dliangb ghail xid not."	我俩还有啥惆怅。"

Dieel:　　　　　　　　　　　　　　　　男：

Daol mongl hab daol hmangt,	夜已深了夜已静，
Jul doul hab jul sot,	柴已烧完松脂尽，
Dangx niangb sal wal sait,	游方场上人散尽，
Jox fangb sail sal hsait,	四野寂寞村巷静，
Ghob wob gol dangl hmangt,	鸱鸺声声半夜鸣，
Ob youx lob mel hvat,	我俩逃跑就快点，
Deus jox dees mel vut?	走哪条路才好呢？
Deus hxangb lix mal hlongt,	要是顺着田坎行，
But yex fangb laol not,	别人游方回家多，
Hxab maix xangs dlaol hlat,	怕别人告你母亲，
Heub dax gos dail mait,	母亲追来赶上你，

私奔歌

Deus vangx deus bel jet,	跟着山坡林路行，
Ngax dab gux xongl not,	野猪豺狗有很多，
Max yes mel houl mait,	妹啊！切莫进山林，
Deus yox eub mel hvat,	我俩坐船向东去，
Vangs niangx hxabb bul jet,	找船又怕遇熟人，
Vangs niox ib menl deut,	去找一些木头啊，
Khab beex ob ghal hlongt,	捆成木排随河行，
Mel hongl gangb mel mait,	我俩就到洪江去，
Naib max hongb mel lait,	父母不会去那寻，
Saos niox ghab denl hseet,	去到洪江河滩上，
Deed beex khab dlangl hxet,	拿木排建成住房，
Laib sad niangb mal mait!	阿妹，房子就在那！
Niux gib lib mel jet,	阿妹紧接进了房，
Ongx ob dot bongl ghaot,	你我这就成了双，
Dangx ob hxangt liangl hxut,	结成侣伴把心放，
Max hongb hxat yel mait.	没有那么多忧伤。
Gef:	女：
Ghab ghat ghab max fal,	雄鸡不起只鸣唱，
Naib sangt naib max senl,	父母联姻不去伴，
Lios diot xenb niangx senl,	丢给阿妹去成双，
Diongs mait jus max senl,	阿妹不会去陪伴，
Jus daot yib naix loul,	不会依顺我亲娘，

Ongx daos daot daos liex dieel?	喜欢我不，好哥郎？
Daos ghaot xenb niangx mel,	喜欢就娶阿妹我，
At vut niangb diux nal,	好就住在父母房，
Max vut diub hsenx diel,	孬去省城汉地方，
Fangb yat bab sax houl,	布衣或异地他乡，
Nongs niut daos jox liul,	只要我们俩喜欢，
Ghangb seet ngees sax dlenl,	山崖岩洞也是房，
Geed hangt hxub sax ngangl,	馊菜剩饭也当餐，
Ob dot ob dangx mel,	我俩成双把心放，
Ob daot hlib nenx dol,	我俩不把他人想，
Hlib but ob ghax dlongl.	谁想他人是笨蛋。
Dieel:	男：
Daos doul ghal daos hleet,	藤缠树来树缠藤，
Daos dieel ghal daos hlat,	阿哥喜欢娘喜欢，
Ob longl mel saos qout,	我俩走到哥家房，
Hangd naib max diangl daos hxut,	如果母亲不喜欢，
Eub but nongf max wil,	水开自有锅子装，
Naib tat nongf max dieel,	妈骂自有我哥郎，
Naib xongt diangb shenx dlinl,	妈妈举起棍子打，
Diongs xongt nongs dax jel,	阿哥我就来抵挡，
Dieeb not dieeb liex mel,	打多也打哥郎我，
Dieeb daot saos bangx dlaol,	也打不到阿妹你，

Xenb hxat hvib ghaix xil? 阿妹你心焦哪样？

Gef: 女：

Daol mongl habdaol hmangt, 深更半夜人已静，

Jul doul hab jul sot, 柴火烧完松脂尽，

Mais max bib daol hmangt, 娘不允玩到夜深，

Bak max bib jul sot, 父不准松脂烧尽，

Hxet niox ib dangl hmangt, 我俩已玩到夜深，

Jox fangb sail yal yit, 村里四处静悄悄，

Diangd sad hxab nal tat, 回家又怕爹娘骂，

Haot hxex yeb mel yat, 就叫小妹把家还，

Qeb oud lees jel kent, 把我衣饰装进篮，

Deus niox khangd dlongd hsongt, 偷把篮递出窗外，

Ib diex liouf nal qout, 一步离开父母房，

Ob diex liouf dlangl hxet, 两步离开游方场，

Beb diex liouf dlangl hlat, 三步离开了家乡，

Hsangb diex buf dieel qout, 千步看见哥家房，

Buf wangx vob bel pangt, 见菜园在半坡上，

Buf lix yib dangl sangt, 秧地在田坝中央，

Lait dliangx khab dlangl qout, 到了阿哥大门旁，

Dliangx khab ghal bangd pot, 阿哥忙把鞭炮放，

Dangx dob fal laol ngangt, 大家急忙起来看，

Xangt hxex yeb gol hlat: 打发小弟把妈喊：

151

"Dieel veex niangb laol lait."	"哥把嫂子接来了。"
Nal max laol bouk tiet,	娘不来开院门栓,
Nal niangb khangd dlongd mongt,	只在窗户往外看,
Buf niux hsaod houd bongt,	见阿妹头发蓬乱,
Beex dlioub bel kok vut,	鬓发都不梳理好,
Wangb sax bel daot qet,	全身都没有打扮,
Jox wangb songl at fat,	服饰穿着很肮脏,
Laix naib ngail niut ngangt,	母亲就懒得再看,
Diex lob diangd pat saot,	赶忙拔腿去厨房,
Niangx xenb diangd haot xongt:	阿妹就对阿哥讲:
"laix nal bend qit bongt,	"你妈确实发火啦,
Ob mel ged dees vut?"	我俩去哪,好哥郎?"
Wil hnangd dol bul haot,	我也常听别人讲,
Ghaob Haob xad vud wat,	雷公山草木莽莽,
Fangb Hxeeb fangd khongd bongt,	榕江坝上很宽敞,
Mel Fangb Hxeeb hxed hongt,	可到榕江去看看,
Dieel deus bul kak sangt,	哥帮别人把田耙,
Bangx dlaol ghal hak seut,	阿妹我捞偷嘴鱼,
Hak dliek laol ob hot,	捞蝌蚪煮吃佐餐,
Hxangd jangx dlaol liub dit,	熟了倒进大碗里,
Fangt gux ghaib dail xongt:	阿妹出门喊哥郎:
"Laol neux ib had hongt seet,	"夫君回来尝一尝,
Ghangb diangx ghangb xed daot?"	油盐有无汤可香?"

私奔歌

Dliangx khab dial lial haot:	阿哥急忙把话讲：
"Ghangb diangx ghangb xed bongt."	"油盐有味汤真香。"
Vob ghax at nongd hot,	菜就这样来煮汤，
Dinb ghax at nongd ghaot,	侣伴这样才成双，
Bangs jangx hxangt hxed hxut,	成了侣伴暖洋洋，
Ob max xil xad bongt!	我俩还有啥惆怅！
Dieel:	男：
Max longl khab hsout longl,	不来阿哥也错来，
Max niel xenb hsout niel,	不陪阿妹也错陪，
Niel laol bus hxut dlinl,	陪来妹进哥心里，
Jangx box bus laot wangl,	就像浮萍进池塘，
Jangx lix bus hseet mongl,	就像细沙进田里，
Bus hseet youf sax laol,	细沙入田可撮去，
Bus hxut dliof max laol,	妹进哥心难拉出，
Dangf dlout yib vangx bel,	犹如扯杉在坡上，
Dlout not jib xix xal,	扯多杉根会磨损，
Jib dait ghab jongx laol,	大杉主根也会断，
Gos deut hlieb wangx diongl,	杉倒横架溪沟旁，
Ob tiet deus vangx bel,	我俩拉树上山岗，
Ghaok ob xangt deus beex gongl,	还是顺沟往下放，
Hangd ob xangt deus beex gongl,	若是顺沟往下放，
Niangx xenb tak wangb mel,	阿妹卸妆回家去，

Tak wangb mel jas nal,	卸妆回去见爹娘，
Nal khaib at dees houl,	无论爹娘咋劝告，
Xek ghangb hsent hveb nal,	也莫听信父母讲，
Dliangx khab tak wangb mel,	阿哥卸妆回家去，
Tak wangb mel jas bul,	卸妆回去遇别人，
Bul nongs haot dees houl,	无论别人怎么说，
Xek ghangb hsent hveb bul,	也不听信他人讲，
Dax ob at niangs senl,	我俩偷偷结侣伴，
Dangx ob hfent laib liul,	结成伴我俩心放，
Max hongb hxat jangb bul.	不会愁像别人样。

Gef:	女：
Jus daix daot ghab moul?	是不是真的，哥郎？
Jus daix nongt xangs wil,	是真你要跟我说，
Xangs niux vut xangs nal,	阿妹好去和妈讲，
Hangd laix naib daot daos liul,	若是亲娘不喜欢，
Ongx ob at niangs senl,	你我偷偷结侣伴，
Youx lob jet fangb bel,	我俩逃往高坡去，
Lax las diot hniub ghol,	坎山成土种小米，
Jux ib mait bab ngangl,	苦荞阿妹也能吞，
Laix naib daot jas yel,	父母再也寻不着，
Ongx ob hfent hvib bangl,	你我放心两相陪，
Max hongb hxat boub yel.	再也不会忧愁了。

Dieel:

Jus daix daot dail mait?

Jus daix deus dail xongt,

Ob youx lob mel hvat,

Deus vangx deus bel jet,

Jet vangx hvib houl haot,

Liex ghab hxib jel jongt,

Ghongs jongx hveb dal dot,

Khab max bib dlaol leut,

Xenb max dliangb xil hxat?

Gef:

Liex jox hvib senl sangt,

Niux jox hvib senl sangt,

Ob youx lob mel hvat,

Mel daix fangb vangl yet,

Ghaob Haob sax mel jet,

Khaob jongx hveb houl xongt,

Ob bangs ghax liangl hxut,

Ob bab max diangl hxat?

Dieel:

Niux jox hvib ghaot bongl,

男：

是不是真的，姑娘？

是真就来和哥郎，

我俩快快逃跑吧，

顺着山岗坡岭上，

即使高山也好啊，

阿哥手臂还硬朗，

去挖蕨根也能得，

阿哥不送妹饿饭，

阿妹你忧愁哪样？

女：

阿哥有心要成双，

阿妹有心要成双，

我俩赶快逃走吧，

去到别的小地方，

即使雷公山也上，

挖蕨根也好，哥郎，

我俩成双把心放，

我俩还有啥忧伤？

男：

阿妹有心要成双，

Liex jox hvib ghaot bongl,	阿哥有心要成双，
Ob max niangb qout nal,	我俩不要在家乡，
Yel mel fangb yat mel,	逃走游逛去他乡，
Vangs max jas geed ngangl,	若找不到吃和穿，
Deus diel at khad houl,	去给汉家当长工，
Yis bab sax xut dlaol,	也能填饱妹肚肠，
Ob bangl ob hfent liul,	我俩成双把心放，
Ob max hongb hxat yel.	我俩不再有忧伤。

Gef:　　　　　　　　　　　　　　　女：
Liex jox hvib ghaot bongl,	阿妹有心要成双，
Niux jox hvib ghaot bongl,	阿哥有心要成双，
Ob max xangs hlat yel,	我俩莫跟爹娘讲，
Xangs nal hxab hlat ghangl,	跟爹娘讲怕阻拦，
Ob max hongb dot bangl,	我俩不能得成双，
Ob yel fangb yat mel,	我俩要游走他乡，
Fangb daol hangb hfent liul,	游走他乡把心放，
Hangb liangl hvib ghaot bongl.	才放心结成侣伴。

Dieel:　　　　　　　　　　　　　　男：
Daol mongl hmangt wax wib,	万籁寂寥夜深深，
Jul doul sot hxix hxangb,	柴禾烧完松脂尽，
Jul nel beet dangx dab,	鱼虾沉睡深水底，

私奔歌

Jul loul beet dangx daob,　　老人全已梦深沉，

Sail vangl bet dlax dleub,　　村里安静无人声，

Ob yel mel hvat niangx xenb,　　阿妹我俩快快行，

Yel xek xangs laix naib,　　行前别告诉爹娘，

Xangs nal daot yongx bib,　　告诉爹娘走不成，

Daol sangs ghaot niox hseeb.　　有情难成一家人。

Gef:　　女：

Ob yel ob yangt bas,　　我俩飞呀往前奔，

Ob yel ged at dees?　　我俩足步何方行？

Ob yel ged jet jes,　　我俩如若向西走，

Bul teud sax hvat jas,　　别人快步就可寻，

Ob yel ged dait bangs,　　我俩翻山越岭去，

Bel hlieb vut hleet bees,　　山高树密也多藤，

Ob yel max daot saos,　　我俩走得太艰辛，

Ob yel ged vouk langs,　　我俩顺河向西行，

Eub niel dlod douk mes,　　浑水稀泥盖脚印，

Bul teud max daot jas.　　别人要找也难寻。

Dieel:　　男：

Mais saok wix hnaib nongd yet,　　且等今日天黑尽，

Hfangx wix beb fal deet,　　明日黎明哥起身，

Beb fal dieel hangb hlongt,　　明日阿哥赶早去，

Khab khait geed deus hongt,　　　　带上干粮走一程，

Hsax laib vangl dees vut,　　　　遇到哪个寨子好，

Dinx laib dlangl dees jongt,　　　　哪里住上才安心，

Liex hangb laol xangs mait,　　　　阿哥回来告诉妹，

Ongx ob yel jus diut.　　　　你我同去过一生。

Gef:　　　　女：

Beb fal ob yel yenf,　　　　明天我俩早早行，

Ob yel Eub Xenl Mouf[③],　　　　我俩来到观么村，

Fangb yal neux geed naof,　　　　这里都吃糯米饭，

Jel neux ib jel naif,　　　　一边吃着一边摁，

Niox dad bel lal vef,　　　　饭团满是手指印，

Xenk niux fangb nongd gef,　　　　就住这里了，阿哥，

Xenk liex fangb nongd liangf,　　　　就住这里吧，阿哥，

Khab nongt yel nongs yef,　　　　哥不愿留哥自去，

Xenb max yel yes houf.　　　　阿妹不想再漂泊。

Dieel:　　　　男：

Fangb nongd fangb diel dint,　　　　这是客家的地方，

Fangb dinx diel at sangt,　　　　适合汉人来经商，

Max dinx dlaol at seet,　　　　不宜妹把家业创，

Max dinx dieel at seet,　　　　不适合哥置家当，

Ob nangl nangl nongt hlongt,　　　　我俩还是走他方，

Nongt yel hangb dot vut,	离去才能有福享，
Max yel nongs dot hxat.	不走会受苦受难。

Gef: 　　　　　　　　　　　　　　　女：
Hlat xongs wix ib dangl,	七月已过去一半，
Nongt nif nax xenb yel,	准备收割小杂粮，
Nif dot niox beb nongl,	摘得小米有三仓，
Diet beet sax saos bel,	六百大把④摘到手，
Ob neux ib nongl yat,	我俩食用只一仓，
Laf niox ob nongl dleet,	剩下两仓来存放，
Mais nenx niangb dangl hniut,	留它歉年防灾荒，
Niangx xenb hangb mel jat,	荒年有粮来救急，
Yef dlax laib niongl hxat.	度过荒年不心慌。

Dieel:　　　　　　　　　　　　　　男：
Ob yel ob yangt yel,	我俩飞啊向前奔，
Ob yel Eub Xenk Ninl⑤,	我俩来到舞阳江，
Fangb Hongl Gangb pat nangl,	来到洪江的下边，
Fangb Hongl Gangb diot bel,	再往洪江上面行，
Nel dab nel lies hlieb jangd jel,	泥鳅黄鳝如碓身，
Nongt neux ghob bel wel,	要吃随手能捉到，
Leuf lax lob dliangd wangl,	脚踩滑溜似油膏，
Vut jox fangb nal dlaol,	妹啊！这是好地方，

Ob hxet jox fangb nal houl,	我俩就住这里了，
Xek youx lob yel dlaol.	我俩不要再飘荡。
Gef:	女：
Ghab loul xik xit ghat,	公鸡刚刚喔喔啼，
Khab fal saod jet pangt,	阿哥早早上坡去，
Jouk lix ghab diongl ment,	山泉旁边造田塘，
Jouk lix xangt nel diot,	造成水田养大鱼，
Gangb kongb hlieb houd hsangt,	虾子大如纸伞头，
Nel bangl hlieb dinl qout,	鲫鱼大像竹睡席，
Nongt neux ghob dangd dat,	要吃得用大刀杀，
Jat max tongb deed dleet,	吃不完时做腌腊，
At ngax yenb pail khait,	留着佳肴陪贵客，
Xenb fal laol hot beet,	妹起来把猪食煮，
Yis ghab ghol not not,	饲养鸡鸭多又多，
Dail beet hlieb dail hsangt,	猪儿长得像大象，
Dail ghab hvib dail hsot,	鸡儿长高像白鹤，
Menl neux ib menl dat,	一群卖掉一群杀，
Xol nix veb laol not,	得来银锞多又多，
Bul deed liangl at sangt,	别人拿钱做生意，
Ob deed laol xongt hliet,	我俩拿来安个家，
Tid laib sad yis vangt,	盖个房子儿女住，
Niox beb qongd niangb vut,	三间房屋宽且大，

私奔歌

Ghangb laox deed yis beet, 楼脚拿做猪牛圈，

Guf laox mees pail khait, 楼上留着陪客人，

Hak niongx hveb yal yit. 歌声笑声多嘹亮。

Dieel: 男：

Niangb jangx beb niongl hniut, 定居已有三年整，

Yis jangx ob dail vangt, 养下一对乖娃娃，

Dail dieel ib dail mait, 一个男儿一个女，

Dail dieel mees bet Dlas, 男孩名字叫作沙，

Dail dlaol mees bet Neus, 女孩名字叫作讷，

Gangf dongx dloub ot mas, 白铜脸盆把面洗，

Ghangb yil dens hxet ves, 绸缎椅子好歇息，

Lait dol hnaib souk mous[6], 到了过戊好日期，

Xik yangl hab xik deus, 相随相跟一起去，

Wix ghangb dlangl souk mous, 来到跳戊的鼓场，

Deed yel diot bul bes, 儿小托人抱一会，

Yangd niel diot cangl hlieb, 我俩上场同起舞，

Yel bel lait gheut haob, 甩手高高与天齐，

Dangx dol ngangt dliad dliongs, 众人在旁侧目看，

Dangx dol hent sad sais, 众人声声赞我俩，

Xol bongl liek at yab, 婚配要像那个样，

At mal jus vut jous. 那才真是好夫妻。

161

注释：

① vangx：为 vangl 的转音换调词。

② 场：即"赶场"，为"赶集"的俗称，传唱此歌的地方每六日可赶一次场。

③ Eub Xenl Mouf：全称为"Fangb Xenl Eub Mouf"，在今剑河县观么镇。

④ 大把：摘小米穗以"把"论，"大把"即一大把。此处的"六百大把"即虚指，指收获了很多穗小米。

⑤ Eub Xenk Ninl：即镇远河，又叫舞阳河。

⑥ Souk Mous：直译为"跳戊"，指阴历六月吃新节后的第一个戊日举行"祈求风调雨顺、五谷丰登"的活动，以后每隔九天举行一次，共三次。在这个活动中，青年男女聚集在一起，以跳芦笙、踩鼓为乐。

HXAK DAOL MONGL
夜深歌

Dieel:	男：
Daol mongl hmangt wax wib,	夜已深了夜已静，
Jul dul sot hxix hxangb,	柴火烧完松脂尽，
Jul goul beet nangx ghaib,	长蚂蚱全睡草丛，
Jul nel beet voux hseub,	鱼儿全进它的窝，
Nel beet nel voux hseub,	鱼儿自睡它的窝，
Goul beet goul nangx ghaib,	长蚂蚱儿睡草丛，
Sof nex beet diongl yel,	青菜雀睡麻栗冲，
Sof nex kot soul soul,	青菜雀在喳喳叫，
Naib kot xenb max mel,	父母叫妹你不回，
Vut jus xangf diex laol,	好在当时起步来，
Hxat jus xangf diex mel,	忧愁就在那时起，
Tat wab dlinf ghax daol,	分散了就会疏远，
Mait tak mait max bongl,	阿妹退去有侣伴，
Xongt tak xongt wangx yel,	阿哥却成单身汉，
Gangb gux tak khangd sail,	蝗虫退回寒冷处，

163

Niongx jib tak vud loul, 锦鸡退回老森林，

Vongx eub tak jid niel, 水龙退回浑水潭，

Dangl ngax dab hfid vel, 若等野猪返其窝，

Dangl niongx ghaib hfid diongl, 若等锦鸡返沟壑，

Dangl mel xangf xid mel, 不知等到何时啊，

Dangl laib hlat liouf bel, 要等月亮落西坡，

Hlat liouf hlat nongf mel, 月亮落坡人各去，

Beb fal hmangt buf yel, 明天晚上仍能见，

Boub xenb mel lait xangf xil, 不知妹去到何时，

Hxib ghail xid yef longl, 哪个时辰妹才来，

Hnaib ghail xid buf dlaol, 哪天才得见阿妹，

Jas dail ad laf houl, 遇见阿妹谈一会，

Hlib niux ged naif nangl, 想妹胜过全东方，

Ghangb nangx dot gef senl, 得妹成双很渺茫，

Loul dail xongt saik yel, 等得阿哥我老了，

Loul khab daot xenf yel! 老了阿哥值哪样！

Mel ghab deut guf vangl, 去到寨头树林上，

Venl dlangb sait saik mel, 阿哥我去勒了颈，

Max boub hsent gef liel. 再也不知把妹想。

Gef: 女：

Daol mongl daol hmangt dlinf, 夜已深了夜已静，

Dieel mel bul daot dongf, 哥去别人不议论，

夜深歌

Dlaol mel bul hxangt dongf,	妹去别人要议论，
Dol bul diangd tat gef,	别人会把阿妹骂，
Dail daib nongd at jif,	这个姑娘太过分，
Yex fangb daol hmangt dlinf.	游方到夜深人静。

Dieel: 男：

Daol mongl hab daol hmangt,	夜已深了人已静，
Jul doul hab jul sot,	柴火烧完松脂尽，
Mais max bib daol hmangt,	妈不准玩到夜深，
Bak max bib jul sot,	爹不准松脂烧尽，
Mais dliangx hveb laol kot,	妈妈声声把妹喊，
Ghaib niangx xenb mel yat,	叫妹赶快把家还，
Dlaol mel dlaol hlouk hxangt,	阿妹回去脱衣裳，
Dlaol tad oud hniangt qout,	衣服拿当枕头垫，
Hvib houd dlaol vut beet,	枕头垫高睡安稳，
Beet dangx kangb yal yit,	打鼾声声睡得香，
Daot nenx saos dail xongt,	再也想不到哥郎，
Niel jel dieel tak dout,	阿哥独自把家还，
Dieel diangd hsangb diut lait,	阿哥步履千步返，
Hsangb diex mel lait qout,	千步才回到家乡，
Ghaib niangb dieel pouk tiet,	喊哥嫂开庭院门，
Niangb dieel max vut hxut,	哥嫂的心不善良，
Niangb dieel diangd angt qit,	哥嫂立刻生了气，

165

Max fal laol bouk tiet,	不愿起来开门闩，
Max doub ghangl diot xongt,	不取横杆给哥郎，
Dieel niel ghab bongt tiet,	阿哥靠在庭院旁，
Ghab gib sad tit qout,	哥把门角来当床，
Gib diux diel hsent mait,	在大门角把妹想，
Daol mongl ghab ghat lait,	夜深公鸡在啼唱，
Dieel hnangd dail dliangk kot,	阿哥听野猪在叫，
Dlieb liax gol bongt tiet,	青鼬在庭院旁叫，
Dlieb liax bel hxat not,	青鼬不比哥忧伤，
Bel xad liul liek xongt,	不比阿哥我凄凉，
Dieel hsat ged hxat mait!	哥愁得很啊，姑娘！

Gef:	女：
Daol mongl hab daol hmangt,	夜已深了人已静，
Jul doul hab jul sot,	柴火烧完松脂尽，
Bak max bib jul sot,	爹不准松脂烧完，
Mais max bib daol hmangt,	妈不准玩到夜深，
Mais dliangx hveb laol kot,	妈妈声声把妹喊，
Mais laix naib mel yat,	我让妈妈先回去，
Ongx deus mel nal qout,	你跟阿妹去我家，
Doux xenb wil dieel beet,	和我哥哥睡一晚，
Ongx daos ghal laol sangt,	喜欢我俩就成双，
Jangx xenb wil dieel hvit,	就成我哥的妹夫，

夜深歌

Max vongb ghail xil hxat? 我俩还有啥忧伤？

Dieel: 男：

Daol mongl daol hmangt jangx, 夜已深了人已静，

Daol mongl nal kot niux, 夜深妈妈把妹喊，

Max bib daol hmangt yex, 不准夜深还游方，

Liex dieel wil haot niux, 阿哥我跟妹妹讲，

Bat bat dieel hlongt dax, 既然阿哥我来了，

Bat bat nil lait yex, 既然妹妹来游方，

Xek hxab nal kot niux, 不怕妈妈把妹喊，

Ob niel ib hmangt hfangx, 我俩陪伴到天亮，

Beb fal hangb beet bex. 明天再睡来偿还。

Gef: 女：

Daol hmangt mel, 夜深了，

Daol hmangt laol, 夜深了，

Ongx yangl ghaok daot yangl? 你接还是不愿接？

Max yangl xangs mait liel, 不接也跟阿妹讲，

Xangs niangx xenb diangd mel, 阿妹才好把家还，

Ghob diel ghob yat houl, 汉郎布衣也去挽，

Max laol ghob xongt yel. 不再等你了，哥郎。

Dieel:	男：
Daol mongl hmangt wax wib,	夜已深了夜已静，
Jul doul sot hxix hxangb,	柴火烧完松脂尽，
Dal dieel diot gux niangb,	还剩阿哥在外玩，
Dal dlaol diot gux niangb,	还剩阿妹在外玩，
Yel yal yit dangx hlieb,	还在游方场游逛，
Senl mel hvat niangx xenb,	妹啊！快快结侣伴，
Senl mel lait liex qangb,	把妹接到哥家房，
Tad oud saot liex qangb,	脱下新衣放哥房，
Niul ghad pat liex qangb,	耀得哥家放光芒，
Beb fal deet hfangx aob,	明日天空刚一亮，
Ghab loul ghat ghoux ghoub,	公鸡喔喔在鸣唱，
Dlaol nal kot niangx xenb:	阿妹妈妈把妹喊：
"Fal laol laob niangx xenb,	"姑娘啊快快起床，
Jel hsaid lait liax lob,	快来舂米碓声响，
Eub sail jet vangx tongb."	快去挑水倒水缸。"
Gol ib laot max dab,	喊了一声没搭腔，
Gol ob laot max dab,	喊两声也没声响，
Nal jous bongt ghax khaob,	妈真的无法可想，
Nal veel diangb ghenx eub,	妈妈抽起挑水担，
Veel diangb deut dax dieeb,	抽根木棒打阿妹，
Sail ghab qout wax wib,	打的却是空空床，
Nal mel ghab diux hlieb,	妈妈去到大门旁，

Gol qangt vangl lax wib:	喊得全村都震荡：
"Niangb vangl ghaok max niangb?	"姑娘是否在村上？
Niangb vangl niut longx lob,	若在快快把家还，
Bangb wil jet daix eub,	帮我挑水倒进缸，
Daod hsaid diot laix naib."	来舂米给你亲娘。"
Gol ged dees max dab,	无论怎喊无搭腔，
Nal diangd sens laix niangb:	妈妈转来问大嫂：
"Mangb neux geed jus dlaox senb,	"你俩同吃一罐饭①，
Nangl oud jus jox dob,	穿同条布的衣裳，
Mel ged dees ongx boub."	去哪你应全知道。"
Dlaol niangb dak hfangx hvib,	妹家大嫂真聪明，
Dlaol niangb dak hsoux dab:	妹家大嫂会答娘：
"Wil laol ib niangx ib,	"我来你家一年了，
Wil laol ob niangx ob,	两年也都还没到，
Wil yef ghend dot dangx hvangb,	我只管你家牲畜，
Ghend dlad beet neux vob,	管猪狗吃不吃菜，
Bel ghend dot ongx daib,	还没管到你家儿，
Mel ged dees max boub."	去哪我可不知晓。"
Nal diangd jous jox hvib,	妈妈真的没办法，
Nal mel houd vangl yab,	只好去到村头上，
Nal mel nas hxex hlieb,	去问寨上大姐们，
Hxex loul bab max boub,	大姐们也不知道，
Nal mel ghangb vangx dab,	妈妈去到寨脚下，

Nal mel nas hxex nib,	去问那些小妹们，
Hxex nil bab max boub,	小妹们也不知道，
Hxex nil xangs laix naib,	小妹就对妈妈讲，
Ongx mel nas hxex diongb,	你去问问二姐们，
Nenx niel lias nenx boub,	她们常伴才知道，
Nal laol nas hxex diongb,	妈妈来问二姐们，
Ghab bongl xangs laix naib:	妹的朋友跟妈讲：
"Hnaib nongl hnaib denx yab,	"就在前两天夜晚，
Laol bongl hsot yex eub,	来对白鹤游江上，
Bongl daib vangt naix jub,	一对小伙来游方，
Mel ghab hxit wangx dab,	去下边菜园栅栏，
Gol laib jit wax wib,	打个口哨嗞嗞响，
Soul laib jit niangx ob,	就像二月春风响，
Jul ib beet diux yenb,	吸完一百杆叶烟，
Jul beet ghangt loux hveb,	讲话有百挑箩筐，
Mel hnaib hmangt dax boub,	可能昨晚就走了，
Saod mel lait maix qangb."	早已去到人家房。"
Beb fal deet hfangx aob,	到了明日天微亮，
Jel hsaid bet daox daob,	舂米碓声咚咚响，
Qangt mel yaf jox fangb,	震动了四面八方，
Diet vangl dlouf lax wib,	各处都听到声响，
Ged vangl sens liex naib:	客人来问阿哥娘：
"Ongx sad dot laix niangb,	"你家娶了新媳妇，

Ghaok ongx sad gheut naix jub?"	还是请人来帮忙？"
Dieel nal dak hfangx hvib,	阿哥妈妈真善良，
Dieel nal dak hsoux dab:	阿哥妈妈会搭腔：
"Wil gal yet jangx dieb,	"我家穷如扫帚样，
Wil bel gheut naix jub,	没钱雇人来帮忙，
Nongs wil daib dot laix niangb,	是我儿娶新媳妇，
Dot dail hvib max hvib,	得的儿媳不高挑，
Dot dail nib max nib,	也不是那么矮小，
Dot dail bus beex diongb,	身高居中人漂亮，
Daod hsaid hsaid sax xangb,	谷粒舂得也很好，
Hseud hsaid hsaid sax dloub."	米簸得洁白干净。"
Beb fal deet hfangx aob,	明日天空已大亮，
Daib nenl nongt neux diangb,	舅舅家要吃姜钱，
Neux ghad beet nix veb,	要吃一百个银锭，
Neux ghad ghangt loux jenb,	金子要吃一大挑，
Wil bad yet jangx jub,	我爹矮小像针样，
Wil mais vangt jangx vob,	母亲幼嫩如菜叶，
Wil bel dot nix diangb,	我还没找到姜钱，
Wil sad not hxex yeb,	我家有很多小弟，
Not bed out dax bangb,	很多兄弟来帮忙，
Dail hxed bangb hsangx sab,	富裕人帮一钱五，
Dail xad bangb jex hfenb,	贫穷人家帮九分，
Ghoud laol dot jex bob,	东拼西凑九大包，

171

Nenl deed dliouk dax cenb,　　舅家去拿秤来称，
Fal houd dliouk wax wib,　　秤杆那头高高翘，
Daib nenl dot nix diangb,　　舅舅家得姜钱吃，
Dieel ghal dot ongx bangs,　　我就得你做侣伴，
Liangl liul at daix gheub,　　放放心心把活干，
Dal xil hxut nenx senb.　　有啥心把他人想。

Gef:　　女：
Daol mongl hmangt wax wib,　　半夜三更人已静，
Jul doul sot hxix hxangb,　　柴火烧完松脂尽，
Jul vangl beet dangx daob,　　全村的人睡正香，
Sail ghab khongt wax wib,　　村寨巷里静悄悄，
Dal dail dliongt vangx hvib,　　还有高山猫头鹰，
Gol laol at naix hxab,　　半夜鸣叫人恐慌，
Dal dieel diot gux niangb,　　还剩哥在外面玩，
Dal nil diot gux niangb,　　还剩妹在外畅谈，
Hmeet jul beet loux hveb,　　话讲完一百箩筐，
Sail sail haot ongx ob,　　讲的全都是我俩，
Haot dieel nongt dangx dinb,　　说哥一定要成双，
Haot nil nongt dangx dinb,　　说妹一定要成双，
Xek mel ghaot maix daib,　　不要去和他人伴，
Hxot nal xongt max hveb,　　现在阿哥这么讲，
Ongx lol ghaok ongx dlab?　　是真的还是在诓？

夜深歌

Xek lol mait bix hvib,　　　　　　莫哄阿妹把魂落，

Dal liul diot ongx hseeb.　　　　　为你失魂不成样。

注释：

①一罐饭，即一鼎罐饭。

HXAK XIK HLIB
相思歌

Dieel:

Hlib dlaol jus daix hlib,

Hlib laol eub niux yangb,

Eub mangl yangb jex hxangb.

Geed diot dab max qeb,

Geed diot dab jangx yib.

男：

想啊想啊真的想，

想妹想得泪水淌，

泪水淌成了九行。

饭掉地上也不捡，

饭掉地上长成秧。

Gef:

Hlib liex at nongd at,

Hlib liex sot jed sait,

Ghangb nangx at diangd lait,

Hsaib niux lait khangd qout.

女：

想哥想成这个样，

全身瘦得好凄凉，

不知何时才健康，

像哥这样才安康。

Dieel:

Hlib ongx ged ves bel,

Hlib ongx daod ghaod liul,

男：

把你想成这个样，

我的魂魄颠倒完，

Liuk hlib wangx ged nangl,   像想东方的皇帝，

Liuk hlib vongx Jid Menl.   像想继门①的龙王。

Gef: 女：

Eub died eub longx gongl,   水笨水才顺沟淌，

Diob died diob nenx wangl.   螃蟹它笨才恋塘。

Xenb died xenb nenx dieel,   阿妹太笨想哥郎，

Khab ged dees nenx dlaol?   阿哥怎会想阿妹？

Diongs mait hangb wangx yel,   阿妹成了老姑娘，

Dlangt out niangb dangx nal.   单身飘荡游方场。

Dieel: 男：

Dieel nongs at dail daib dliangx khab,   我只是一个哥郎，

Dlab at dail gangb gux gangb,   如果我是只稻蝗，

Yangt mel bus niux qangb,   就会飞进你闺房，

Xik soul sais ghax niob,   常同阿妹去做伴，

Nongt loul mees nenx tab,   要老也就随它去，

Nongt ghongl mees nenx yeb.   腰若要弯随它弯。

Gef: 女：

Hlib dieel wat!   想哥啊！

Hlib dieel wat!   想哥啊！

Hlib liex dangf wil hlat,   想哥好比想亲娘，

Dangf laix naib laol dangt,　　　　　父母来把我生养，

Daf jangx hxoub liul wat.　　　　　　离开一时想得慌。

Dieel:　　　　　　　　　　　　　　男：

Hlib ged nend ghal niel,　　　　　　这么想就来陪伴，

Daos ged nend ghal senl.　　　　　　喜欢了就来成双。

Deus liex sait ghal mel,　　　　　　你就跟着阿哥去，

Ob max hxat yel dlaol.　　　　　　　你我就不再惆怅。

Gef:　　　　　　　　　　　　　　　女：

Hlib ongx ged nongd dieel,　　　　　我把阿哥这么想，

Hlib ongx daod ghaod liul.　　　　　想得魂魄颠倒完。

Liuk hnaib dax houd bel,　　　　　　就像太阳照坡上，

Taob xenb niangx hxed dlinl.　　　　照得阿妹心窝暖。

Liuk eub dlod houd vongl,　　　　　犹如瀑布泻高崖，

Ghox niox xenb dlioud bal,　　　　　搅得妹心多烦乱，

Sot daot jangx ged yel.　　　　　　　阿妹瘦得不成样。

Dieel:　　　　　　　　　　　　　　男：

Dlab dot vob yongx jil,　　　　　　　倘若我得苪勇[②]栽，

Dlab dot xenb niangx bangl,　　　　若我得到妹来陪，

Hangd wil dot xenb niangx bangl,　若得妹妹成双对，

Ib dent xous neux houl,　　　　　　少一餐也不为怪，

相思歌

Ob dent xous neux houl,　　　　　少两餐也不足畏，

Yangs diot xenb neux mel.　　　　我也全部让给妹。

Khab diot ves dangx bongl,　　　　一心只想成双对，

Daot xuk xus ghaix xil,　　　　　也不觉得饥饿了，

Hangd xuk xus sax jel.　　　　　　即使饥饿也愿挨。

Gef:　　　　　　　　　　　　　　女：

Hlib nongs hlib dol but,　　　　　只怕哥想别地方，

Hlib Ghab Dongb Vangl Hxit,　　　只想嘎东洋细③人，

Hlib max saos dail mait.　　　　　没有想到阿妹我。

Saos max saos houl haot,　　　　　即使没把阿妹想，

Max saos bab niel yat.　　　　　　也和阿妹来游方。

Hangd dliangx khab daos dail mait,　如果爱恋阿妹我，

Daos jangx ob ghal sangt,　　　　喜欢我俩就成双，

Ob max dliangb xil hxat.　　　　　我俩就不再惆怅。

Dieel:　　　　　　　　　　　　　男：

Hlib niux ged ves bel,　　　　　　想阿妹啊真的想，

Ghangb lix houd las gol.　　　　　哥在田边地角喊。

Ngangt niux nongt jis doul,　　　把妹望得眼欲穿，

Eub niux ghad nees laol.　　　　　望得鼻涕口水淌。

Niangb dangl seed jes laol,　　　等我把它洗干净，

Xenb mel ged dees mel?　　　　　　不知妹在何地方？

177

Gef:

hlib liex dieel bongt wat,

Hlib liex dieel dliet hxut,

Das jangx dail deut liet,

Liangs niox dieel gheut tiet.

Dieel:

Hlib vut hlib hlib nenx dol,

Hlib daot saos liex dieel!

Saos daot saos sax houl,

Saos daot saos sax niel.

Ib hxot xenb bongx liul,

Xenb yangt deus liex mel.

Ob dot ob dangx liul,

Ob daot hlib maix dol,

Hlib but khab ghax dlongl.

Gef:

Gox mel ib gox taib,

Diex mel ib diex hlib,

Nangl nangl hlib dliangx khab,

Hlib dieel diot diongx hmongb,

Ghad dangl hniut max hniongb.

女：

我把哥哥想得慌，

想得魂落碎了肝，

死后变棵苏木树，

长在阿哥庭院旁。

男：

阿妹只把帅哥想，

哪还想到哥郎我！

就算没有想到我，

想不到也来陪伴。

万一阿妹喜欢我，

会来和我结成双。

我俩成双把心放，

就不再把他人想，

若想他人真的傻。

女：

河水后浪推前浪，

挪走一步一阵想，

阿妹仍然想哥郎，

常把阿哥记心上，

一年半载也不忘。

相思歌

Dieel:

Wil hlib niux bongt bel,

Gox veb gox seet dlenl,

Linx hnaib linx hmangt longl,

Dax jas niux qet niel,

Dax jas niux laot gol,

Boub niux hlib liex daot yel,

Ongx hlib ghax hlongt laol!

Deus dliangx khab qet niel,

Deus dliangx khab laot gol,

Diot dliangx khab hxut liangl,

Daot nenx senb but yel.

Gef:

Nongt mel hxab mais tat,

Daot mel hlib khab wat.

Hxat liul wat laob mait,

Haot wil at dees at!

Dieel:

Hlib ongx ged nongd dlaol,

Saib liex sad ged daol,

Not hnaib yax sad laol,

男：

若问我有多想你，

激流暗礁也敢闯，

夜以继日把路赶，

遇见阿妹来陪伴，

畅所欲言心欢畅，

不知妹可想哥郎，

想念就快来游方！

来和阿哥相陪伴，

和阿哥我来畅谈，

让阿哥我把心放，

再不去把他人想。

女：

想跟哥走怕娘骂，

不走又眷恋哥郎。

真令阿妹很忧伤，

哥啊！叫我怎么办！

男：

多么想你，好阿妹，

恨哥家远路茫茫，

哪天哥要把家搬，

Dleet ghab daix tid houl,　　　　　　来讨你家送地盘，

Vet laib ongx sad dlinl,　　　　　　就能挨近阿妹你，

Daot hlib maix sad yel.　　　　　　再不去把他人想。

Gef:　　　　　　　　　　　　　　　女：

Xek hlib xek hlib nangl nangl hlib,　　不要想啊仍然想，

Xek deus xek deus nangl nangl deus,　不要念叨仍念叨，

Hlib dieel hlib dlouf hxib,　　　　想哥一辰又一辰，

Hlib dieel hnaib dlouf hnaib.　　　想哥一天又一天。

Ghab dloub nangx guf gob,　　　　白鸡杉皮房上过，

Hxab eub nangx guf veb,　　　　　水獭攀爬岩上歇，

Khab hlib max dlouf xenb,　　　　哥的想念不如妹，

Xenb hlib ged naif fangb.　　　　妹想哥胜全地方。

Dieel:　　　　　　　　　　　　　男：

Buf sax mangl mas xongt,　　　　见面只是哥的脸，

Buf sax mangl mas mait,　　　　 见也只是妹面庞，

Liouf jangx dieel hlib wat,　　　一离开就想得很，

Jenk nenx dlaol laib laot,　　　净想阿妹嘴巴甜，

Dlouf nenx dlaol gos hxut.　　　一直想得落了魂。

Gef:　　　　　　　　　　　　　　女：

Dail liex dieel vut wangb,　　　阿哥打扮真漂亮，

Dail liex dieel vut hveb,	能说会道不一般，
Dlab bangx dlaol tied hvib,	骗得阿妹心慌乱。
Yangd diot nangl diot jes,	跳到东来转到西，
Yangd diot bel diot dab,	跳到上又往下转，
At hveet dail mait hlib.	害得阿妹空念想。

Dieel: 男：

Hlib vob max dot liol,	想菜不得来煮汤，
Hlib dinb max dot bangl,	想妹不能成侣伴，
Hlib xenb niangx laot leel,	想妹嘴巴真能讲，
Dieeb hveb ghax hsent mel.	摆谈一会也心甘。

Gef: 女：

Khab ged nend jongt doul,	捆柴这样才牢固，
Hlib ged nend nongt yangl,	这么爱你就接走，
Gib lait sad hfent liul,	娶到家里把心放，
Ob daot xad liut bul.	才不愁像别人样。

Dieel: 男：

Hlib vob max dot liol,	喜欢菜就快汆汤，
Hlib dinb max dot bangl,	想成侣伴把婚完，
Dangl mel lait xangf xil?	还要等到何时呢？
Dangl mel hlat jef mel,	若要等到十月去，

Hlat jef but bangf bongl, 十月是别人侣伴，

Daot dios xongt bangf yel, 不是阿哥我的了，

Hveet diongs xongt naf liul. 可怜阿哥把心担。

Gef: 女：

Hlib vut hlib nenx dol, 哥想别人长漂亮，

Hlib daot saos bangx dlaol, 哪还想到姑娘我，

Saos daot saos ghax houl, 就是不想到也罢，

Saos daot saos sax niel, 不想也来和你玩，

Niel ib hxot bex liul, 摆谈一会心欢畅，

Liangl hvib at neux mel. 我才安心去生产。

Dieel: 男：

Jus daix hlib bongt bel, 真的想啊真的想，

Hlib niux wangb hxangt niul, 想妹秀丽又端庄，

Hlib ongx laib laot leel, 想阿妹嘴巴会讲，

Deus yex ib hxot houl, 请阿妹和我游方，

Diot dliangx khab hxut liangl, 才令阿哥我心甘，

Khab dliangx hangb hlongt mel. 阿哥安心把家还。

Gef: 女：

Hlib liex at nongd at, 想哥想成这个样，

Hlib liex hxat dad wat. 想得辛苦魂魄散。

相思歌

Ghab dliux diot khongd yangt,	魂魄常在外飘荡，
Vangs liex at hved hongt,	寻找哥来成侣伴，
Xenb niangx sot jed sait,	阿妹瘦得不成样，
Ghangb nangx at diangd lait,	阿妹难得恢复啊，
Hsaib niux laib khangd qout.	恢复像哥这个样。

Dieel:	男：
Hlib vut hlib nenx dol,	想他吃好也穿好，
Hlib vet laib hxangx diel,	想他靠近集市场，
Deus but yes neux leel,	和他不愁吃与穿，
Deus xongt ghangb vangx bel,	跟哥就要去坡上，
Yes taot jangs nax liel,	薅锄荞麦种杂粮，
Haok hxat hxab max laol,	怕吃粗粮才不来，
Hlib daot hlib sax houl,	爱不爱哥也好啊，
Daot hlib bab diex laol,	不爱哥也请你来，
Ob hxet ib gangx houl,	我俩就坐一会儿，
Khab hfent hvib diex mel.	哥才放心把家回。

Gef:	女：
Ghab wot bel waif neux,	春来换了楤菜薹，
Hlib wat dlaol yef dax,	太想阿哥我才来，
Ob nongt senl nongf niox,	我俩一定成双对，
Faf seet dol jub dangx,	错过阿哥换人配，

183

Gef daot liangl hvib naix. 阿妹总是心不安。

Dieel: 男：

Hlib ongx wat! 想你啊！

Hlib ongx wat! 想你啊！

Hlib ongx dangf wil hlat, 想你就像想爹娘，

Dangf wil naib laol dangt. 爹娘把我来生养。

Wil naib wil diangd dleet, 想妈的心我可放，

Wil doub niox houd qout, 把它放在枕头下，

Wil hlib ongx ged fat, 想妹的心胜过娘，

Dieel hangb dax nongd hmeet. 我才赶快和你讲。

Gef: 女：

Hlib dieel jus daix hlib, 想哥想哥真的想，

Hlib laol eub niux yangb, 想得鼻涕口水淌，

Eub mangl yangb jex vongb, 泪水淌成了九行，

Xangs dieel bab max boub, 跟哥讲哥也不知，

Xangs jul hveb naix hseeb. 白白害我把话讲。

Dieel: 男：

Hlib dail xenb bongt daix, 多想你啊好阿妹，

Eub mangl yangb diet jox. 眼泪淌成了六行。

Yangb laol hlieb wat daix, 泪珠颗颗像珍珠，

Yangb laol qab dot niangx.	淌得成河可划船。
Deus eub mangl sait longx,	顺着泪水往东去,
Leel mel sab diet jox,	五江六河去流浪,
Hvib sax liangl saik jangx.	游玩尽兴多舒畅。

Gef: 女:

Nongs at dail xenb niangx,	可怜阿妹是姑娘,
Dlab at dail ghaob hfangx,	我若是只黄斑鸠,
Yangt sait mel fangb wix,	就要飞上天宫去,
Jouk dot dlaol bab laix,	把妹天书叼回来,
Deus diot dieel hlioub dax,	拿给阿哥翻来看,
Hangb boub haot dlaol hlib liex,	才知阿妹把你想,
Hlib xongt liel jus laix.	唯独只恋哥郎你。

Dieel: 男:

Ob xik khab lax jel hliongt,	我俩相爱把镯换,
Xik wees lax lioul pat,	换方手帕去珍藏,
Dak hxab naix loul tat,	这样会让你娘骂,
Xik khab lax bel laot,	只能言语来摆谈,
Xik hlib lax niongl yat.	相爱一场也无妨。

Gef: 女:

Niangb dab haot wil seet, 坐着说是我侣伴,

Hxoud wix hleet bel hliat, 站起撒手去远方，

Jangx ghaob hleet jel deut, 犹如斑鸠弃树枝，

Jangx diob hleet wangl ment, 就像螃蟹离池塘，

Hxongx hseeb hveet wil wat. 只是陪坐害姑娘。

Dieel: 男：

Daix sax hlib dail mait, 阿哥真的想阿妹，

Dlab sax hlib dail mait, 不是诓骗好姑娘，

Diongb hnaib diongb mongl hsent, 白天夜晚都在想，

Diongb hnaib daos jel deut, 白天爬上树枝望，

Diongb mongl niangb liol xit, 晚上化作纸去看，

Hlib ongx vob laol hot, 想得好菜来煮汤，

Hlib ongx dinb laol ghaot, 想和阿妹来成双，

Bangs sax nongs liangl hxut, 结成夫妻哥心安，

Khab max dliangb xil hxat. 阿哥不会再忧愁。

Gef: 女：

Dieel nal qet hsongx jenb, 阿哥爹娘铺金床，

Hsongx diel diot dliangx khab, 汉家大床给哥郎，

Dieel mel beet dangx dab, 阿哥回去睡得香，

Dlaol nal sab hsongx ghaib, 阿妹爹娘铺草床，

Bel longd diot niangx xenb, 稻草铺给阿妹我，

Dlaol mel beet max daob, 阿妹回去睡不香，

Fal dangl hmangt lox job,	半夜起来瞎折腾，
Dlaol nal haot niangx xenb:	阿妹爹妈问姑娘：
"Ongx dail daib vangt naix jub,	"你这么个年轻人，
At xil beet max daob,	为何今晚睡不香，
Fal dangl hmangt lox job?"	半夜起来瞎折腾？"
Dlaol wil haot laix naib:	阿妹急忙答了娘：
"Hnaib nongl deet wix yab,	"就在昨日的早上，
Dail ghab jet wix qab,	鸡儿在房顶刨窜，
Laol nongs tangt niangx xenb,	刨瓦漏雨把我淋，
Dlaol yes beet max daob,	闺女我才睡不香，
Hangb fal dangl hmangt lox job."	才半夜起来折腾。"
Max boub wil nongs dlot laix naib,	哪知我把爹娘骗，
Wil nongs hsent dliangx khab,	我在把阿哥思念，
Hsent dieel diot diongx hmongb,	经常思念在心里，
Wil hangb beet max daob.	半夜我才睡不着。
Dail wil haot dliangx khab,	现在让我来问你，
Hlib wil daot dliangx khab?	你是否还爱阿妹？
Hlib wil ob dangx dinb,	还爱就结成侣伴，
Ob senl saos liex qangb,	娶妹进了你家房，
Dal xil hxut nenx senb.	我俩不把他人想。
Dieel:	男：
Said dlenx said nangs sait,	桃子李子同时结，

Said dlenx hxangd jus bet,	桃子同结一枝上，
Diex lob tend jus ket,	阿哥爬树一摇晃，
Jex laib said vis ot,	九颗桃子同落下，
Niux qeb diud lees laot,	阿妹捡放嘴里头，
Liex qeb diud lees laot,	阿哥捡放嘴里头，
Ghangb ghax ngangl nius sait,	好吃连籽同吞下，
Max ghangb hlad nius sait.	不好吃籽吐出来。
Hlib liex dieel daot mait?	想不想哥，好阿妹？
Hlib ghax niel ib hxot,	若想就来陪一会，
Max hlib diangd mais qout,	不想你就把家回，
Diangd mel sad nos hongt,	回家把话细琢磨，
Nos at nend dios daot?	琢磨这话对不对？
Dios vob liol hangb hot,	是尜的菜才煮汤，
Dios dinb bangl hangb ghaot.	是夫君才结成伴。
Max dios dlaol nongf hlongt,	不对阿妹就回返，
Dleeb dlinl mel yaf qout,	阿妹脚滑嫁八方，
Vob dol bul nongf hot,	菜给别人去煮汤，
Dinb dol bul nongf ghaot,	别人妻子别人伴，
Hveb dieel mel dongf hseet,	留话阿哥去念想，
Nenx dlaol ghad jef hniut,	想妹十年也不忘，
Ghad hsangb niongl dongf lait,	千年万载都念妹，
Hlaod hxoub liul youf wat.	阿哥游荡把心伤。

相思歌

Gef:

Hlib dliangx khab bongt bel,

Hlib liex hlib at nal,

Xenb niangx eub ment longl,

Ghangt daix eub diot nal.

Hsout dax ghab vud mel,

Hlat dliangx hveb kot dlaol,

Mait hangb nins sait laol,

Hxat daix yes xongt liel.

Dieel:

Dlongs deuf vut lix gil,

Yous xongf dot ongx senl,

Yous yangf liuk liex dieel,

Yous yangf dot ongx niel,

Niel lias xongt bix liul,

Dal hvib diot niux mel,

Mal gas qet max laol,

Xangb xenb wat bangx dlaol!

Gef:

Hlib ongx at nongd hlib,

Ghenb ghax at nongd ghenb,

女：

想阿哥啊真的想，

想阿哥想成这样，

妹本想着去井边，

去挑担水给亲娘。

哪知错把土坡上，

母亲见了把妹喊，

妹才记得把家还，

真的愁啊，好哥郎。

男：

松豆坳田多干旱，

英俊美郎得成双，

丑陋汉子像哥郎，

丑陋阿哥得你伴，

陪多熟识魂魄落，

魂魄附在妹身上，

买鸭子也赎不来，

妹，真念得我心伤！

女：

爱你只有这么爱，

想你只有这么想，

189

Wil ghenx beeb ghangt dinl deus,	若背被褥追随你，
Naix jub diek wil das.	别人笑我要断肠。

Dieel:

Xangf jas daot hsoux niel,　　遇见不会来陪伴，
Liouf mas niut gix mel,　　背眼之处欲哭啼，
Eub mas nouk doux laol,　　眼泪珠儿即将落，
Los sais diot vangx mangl,　　淌在阿哥面庞上，
Ongx hlib saos daot bangx dlaol?　　阿妹是否想哥郎？
Hlib saos nongt dax niel,　　想哥你就来陪伴，
Niel ib hxot ghax bex liul,　　陪会把伤心偿还，
Liangl hvib at neux mel.　　放心回家把活干。

Gef:　　女：

Dax hnaib hxed khangd hvent,　　阳天就看阴凉处，
Yox eub hxed nel jet,　　河滩最好观游鱼，
Liex gheub hxed dail xongt,　　爬上土头看哥郎，
Liex gheub sail yal yit,　　土头那头空荡荡，
Max hvib ghail xil at!　　哪有心情去做事！

Dieel:　　男：

Jus hlib ongx ad dlaol,　　真的想你，好阿妹，
Jet bangs lax geed ghol,　　上坡割草种小米，

Maf yis liex hsongd ngangl,

Hxangd yangb senx khangd wangl,

Mongb jous sax hsent dlaol,

Daot hniongb laix ad dail.

Gef:

Hlib liex dieel youf wat,

Das jangx dail ak kat,

Daos liex dieel guf tiet,

Hsaob neux wal wenl kot,

Ghaib liex dieel laf laot,

Hvib naix liangl xek hxot.

Dieel:

Ib laib bel deut jent,

Sangb niangb dail deut liet,

Niangb niux vongl laot seet,

Ghob sax laol lait pat,

Diub dangx dieel hlongt lait,

Sangb niangb dail gef hxet,

Ghob sax laol lait hxet,

Ghob max laol lait sangt,

Hlib bangx dlaol bongt wat,

刀砍在哥胫骨上，

血流填满小水坑，

痛也只把阿妹想，

也不会把阿妹忘。

女：

想哥想得把病患，

死后变成只喜鹊，

站在阿哥院门上，

吹着木叶喊哥郎，

喊哥出来摆摆话，

倾吐衷肠心也甘。

男：

满山坡的天然林，

要数苏木④最漂亮，

生在高高悬崖上，

可以钩来用刀砍，

阿哥来到游方场，

最漂亮的是姑娘，

可以同你来游方，

哪能得你做侣伴，

想阿妹啊真的想，

Hlib bangx dlaol dliet hxut. 想得阿哥肝肠断。

Gef: 女：

Hlib ongx wat liangl liel, 真的想你，好哥郎，

Hlib ongx jet daof gol, 站上凳子高声喊，

Hxix ghab bongt daof jul, 凳子边缘都糜烂，

Ongx bab daot dongf laol, 哥也不来见阿妹，

Wil das dleet saik yel. 为你死去心不甘。

Dieel: 男：

Hlib wat yel xenb niangx, 真的想啊，好阿妹，

Hlib sot soul gangb gux, 想得瘦如只稻蝗，

Hangb yangt mel deus niux, 成稻蝗飞向姑娘，

Deus mait liel hveb baix, 畅所欲言把话谈，

Hangb hxangt liangl hvib naix. 才令阿哥我心甘。

Gef: 女：

Hlib ongx wat, 真想你，

Khaob nax vit. 挖粘芋[5]。

Haib ongx ghangb bex kheut, 紧紧黏住你裤裆，

Haib jex hnaib jex hmangt. 九天九夜把你黏。

Niangb dab niangb max dot, 欲坐不能坐下去，

Hxoud wix hxoud max lait. 想站却又站不起。

Eud ongx deus niux sangt.

Bangs yangx xenb ghax hfent.

Dieel:

Houd sad niangb bel sait,

Jox hvib daod lal dait,

Max hlib ngangl geed hmangt,

Dax hseeb nongd dail mait,

Ongx hlib hlaod liel daot?

Max vob saod laol hot,

Max dinb saod laol ghaot,

Jenx niangb nongd xil mait?

Jenx niangb nongd wil hxat.

Gef:

Bul keeb lix sot liod,

Wil hlib ongx sot jed.

Sot saik jangx gangb yud,

Jangx yof yangt diub khongd.

Yangt saik mel hvangb id,

Yangt saik laol hvangb nongd,

Ib dinb haot liok geed,

Ib dinb haot niangk bangd.

这样同妹配成双，

结成侣伴把心放。

男：

天还未黑到傍晚，

心已到了游方场，

不想等着吃晚饭，

空着肚肠来见妹，

你还想不想哥郎？

有菜就快来煮汤，

找伴快点来成双，

阿妹还在等哪样？

真是可怜了哥郎。

女：

别人犁田瘦了牛，

我想阿哥瘦了身。

忽然消瘦如蚊蝇，

犹如鹞子在飞旋。

一会飞到那边去，

一会又从那边回，

有人说是因饥饿，

有人说是酿鬼缠。

193

Max boub wil nongs hsent bek hlaod,	哪知我是想阿哥，
Nenx khab sot bek ad.	想哥瘦得只剩骨。

Dieel:　　　　　　　　　　　　　　男：

Niux hlib liaf liongl hxut,	阿妹想哥一闪过，
Liex hlib youf bel wat!	哥深恋妹无奈何！
Jangx ghab vef vel get,	好比母鸡在蹲窝，
Ghab vef vel dot get,	母鸡蹲窝能下蛋，
Khab niuf dlaol dot hxat,	哥痴恋妹受折磨，
Boub saod dieel xek hxet,	早知今日别相恋，
Diangd niel diangd dot hxat,	越是相恋苦越多，
Diangd xol xad diot hxut.	愁苦压得心肝破。

Gef:　　　　　　　　　　　　　　女：

Dlaol mel eub ment liongl,	阿妹去到水井旁，
Jas dail neus jit lil,	遇见一只季鹏[⑥]鸟，
Gix saib saib laot vongl,	嘤嘤啼叫悬崖上，
Soul liex hveb kot nil,	犹如阿哥把妹喊，
Dlaol longx diongb gongb kot dieel,	阿妹顺沟喊哥郎，
Dliangx khab bab daot laol,	阿哥不来和妹玩，
Dlaol yenx hnaib hlib xongt liel,	阿妹日日夜夜想，
Yangx jangb deus xongt mel,	失魂落魄想哥郎，
Jus jangx daib ged xil.	阿妹我不成人样。

相思歌

Dieel: 男：

Hlib ongx at nongd at, 想你想得这般苦，

Hlib ongx sot jed sait, 想你身瘦骨髓枯，

Fat ged bul daot jet, 路遇同伴不相识，

Lob bel dal nenk ghout, 手脚不见骨节凸，

Gib mangl dal nenk diet, 眼角留下纵横沟，

Dal nenk yel xangk xongt. 只剩声息微微出。

Boub nongd dieel xek hxet, 早知如此不陪你，

Diangd niel diangd dot hxat, 陪伴反得苦和愁，

Diangd xol xad diot hxut, 哀愁涌上哥心头，

Niangb at nongd hxat wat. 这样陪着愁上愁。

Gef: 女：

Ghab daib lix diongl gongt, 小小一块沟谷田，

Ghab daib naix vangl yet. 小小人生小地方。

Liangs bab max diangl vut, 长得丑陋不漂亮，

Khab hlib max diangl not. 阿哥不把阿妹想。

Xenb hlib liex dieel bongt, 阿妹我太想哥郎，

Hlib khab dliangx leel laot, 想阿哥嘴太会讲，

Hlib khab dliangx diangl vut, 想阿哥长得潇洒，

Hlib vob max laol hot, 想菜不得来煮汤，

Hlib dinb max laol ghaot, 想伴不得把婚完，

Hlib khab dliangx dal hxut, 把哥想得魂魄散，

Xangb xenb daix yel xongt. 我太伤心了哥郎。

Dieel: 男：
Ghab daib lix ment diongl, 小小田在井泉旁，
Ghab daib naix yet gal, 我这矮小的哥郎，
Liangs bab max daot niul, 长得也不很端庄，
Daib xenb max niut laol. 阿妹不肯来成双。
Hlib vob max dot liol, 想菜不得来氽汤，
Hlib dinb max dot bangl, 想妻不得把婚完，
Hlib xenb niangx laot leel, 只想阿妹嘴会讲，
Dieeb hveb ghax hsent mel. 摆谈也算得你伴。

Gef: 女：
Hlib vob ghax laol hot, 想得好菜快煮汤，
Hlib dinb ghax laol ghaot, 想得伴侣快成双，
Xek jenx niangb nal kot, 不要在此只空喊，
At xenb hsaod mel hxut. 喊得阿妹心烦乱。

Dieel: 男：
Khab hlib bangx dlaol bongt, 阿哥真的想阿妹，
Hlib xob niux laol ghaot, 想娶阿妹来成双，
Boub hxab niux nal tat, 又怕你的爹娘骂，
Hangb hxab max yangl mait, 才不敢来引姑娘，

Hlib xob niux laol hxet,	想让你和哥游方，
Niel ib gangx liangl hxut,	陪伴一会心也甘，
Boub hxab ongx dieel tat,	也怕你大哥来骂，
Max bib xenb laol hxet,	不准阿妹和我玩，
Dieel hlib niux dal hxut,	阿哥想妹魂失落，
Max boub ged xil at!	阿哥不知如何办！

Gef:	女：
Hfangx hlat dangf hfangx doul,	月亮朗朗如火光，
Dangf sot yif hfangx nangl,	好像油柴照四方，
Sot yif hfangx ghangb nangl,	松油燃起四方亮，
Mait buf ongx hvib jul,	阿妹看透哥心肠，
Nent ghaif max haib dlaol,	丝毫不把阿妹想，
Hveet gef nenx diongs dieel,	可怜阿妹痴心恋，
Hsent liangf jangx ib niongl,	日思夜想岁月长，
Hsent gos dlongx gos jel,	恋得魂魄皆颠倒，
Hsent das max hongb xol.	恋到死时难成双。

Dieel:	男：
Hlib laib mangx vangl wat,	深深爱上你村庄，
Khab laib dliex doul diot,	捆个火把拿手上，
Kib xob mangx vangl sait,	把你寨子挠一挠，
Xob ib laix laol ghaot,	只想阿妹来成双，

Daib khab max diangl hxat.

阿哥从此无忧伤。

Gef:

女：

Hlib vob sax daid liol,

Hlib dinb sax daid bangl,

Max jenx niangb nongd gol,

At niux hvib hsaod mel.

想菜正适合氽汤，

相伴适宜来成双，

不要净在这里喊，

喊得阿妹心烦乱。

Dieel:

男：

Buf bangx niangb jel deut,

Hlib ghob bangx laol deut,

Boub hxab bangx bal wot,

Buf niux niangb nal qout,

Hlib ghob niux laol sangt,

Boub hxab niux nal tat,

Wil hlib diongs bangx dlaol wat,

Hlib xenb niangx dal hxut.

见花生在树枝上，

想摘朵花戴头上，

又怕鲜花被损伤，

看见阿妹在闺房，

想讲和我来成双，

又怕触怒妹爹娘，

日思夜梦把妹想，

想得阿哥肝肠断。

Gef:

女：

Hlib vob hxot nongd liol,

Hlib dinb hxot nongd bangl,

Khab dliangx hmangt nongd yangl,

Xenb sax hmangt nongd mel,

想菜现在来氽汤，

想伴今夜把婚完，

阿哥今晚要接走，

阿妹也会跟哥郎，

相思歌

Deus liex lait sad mel,
Ob max hxat xid yel.

Dieel:
Hlib dlaol ged bongt naif,
Ged ghongl ghad beet ghenf,
Dliangd bel ghad beet mouf,
Das nangl nangl daot ninf,
Bab nangl nangl hlongt dlouf,
Jas bangx dlaol laot laf,
Hvib sax liangl nait ghaif.

Gef:
Xenb hlib liex dieel wat,
Hnaib hnaib nenx dail xongt,
Hmub bab max mel hneut,
Eub bab max mel jet,
Hlib khab dliangx dal hxut,
Naib veeb bangx dlaol bongt.

Dieel:
Khab hlib bangx dlaol bongt,
Jet ghangb vangx bel pangt,

跟着阿哥到哥家，
我俩不再有忧伤。

男：
太想你了，好阿妹，
山路弯弯上百拐，
摔倒也是近百回，
摔多仍然不悔改，
仍然到妹这里来，
遇见阿妹把话摆，
我的心也安稳点。

女：
阿妹太把阿哥想，
日日夜夜想哥郎，
有花也不去刺绣，
水完不去抬进缸，
想哥想得失了魂，
阿妹常被父母骂。

男：
哥哥太想阿妹了，
阿哥我爬到坡上，

Gheub bab max mel at,　　活路也懒得去干，
Niangb dab nenx dail mait,　　坐着在想阿妹你，
Kib hnaib ghax jel hvent,　　太阳出来去歇凉，
Hlieb nongs ghax dlenl seet,　　大雨下来躲洞穴，
Hfangb gheub jangx vud gongt,　　停工荒芜成林山，
Naib veeb laix hlaod bongt.　　父母经常把哥骂。

Gef:　　女：
Nal haot wil yes las,　　爹娘要我去薅土，
Ghangt ghad mel hlangb vob,　　顺便挑粪把菜淋，
Jet lait dol diub las,　　来到自己家田中，
Jenk nenx dail daib khab,　　心里全在想哥郎，
Yes max mel ib diongs,　　土薅不完一两块，
Hlangb max jul ib khaob,　　大粪一瓢淋不完，
Dot laix nal veeb hseeb.　　白得父母骂一场。

Dieel:　　男：
Niel jel dieel tak dout,　　陪伴游玩哥回返，
Niel jel dlaol tak dout,　　阿妹你也把家还，
Dlaol diangd ib diut lait,　　阿妹回去一步到，
Ib diex mel lait qout,　　一步就到妹家房，
Ghaib dlaol nal bouk tiet,　　喊妈来开庭院门，
Dlaol nal dail vut hxut,　　阿妹妈妈心善良，

Sax fal laol bouk tiet,	起来开了庭院门，
Sax doub ghangl diot mait.	也为妹开抵门杆。
Dlaol mel dlaol hlouk hxangt,	阿妹回去脱衣裳，
Dlaol tad oud hniangt qout,	衣服当作枕头垫，
Hvib houd dlaol vut beet,	枕头垫高睡得香，
Beet dangx kangb yal yit,	鼾声呼呼不间断，
Daot nenx saos dail xongt.	不会想到我哥郎。
Niel jel dieel tak dout,	陪伴完了哥回返，
Dieel diangd hsangb diut lait,	阿哥回家走千步，
Hsangb diex bel lait qout,	千步还没到哥房，
Niangb dangl dieel hlongt lait,	待到阿哥回到家，
Ghab loul dangl hmangt ghat.	公鸡喔喔在鸣叫。
Ghaib niangb fal bouk tiet,	喊嫂起来开门闩，
Laix niangb diangd angt qit,	哥哥嫂嫂不乐意，
Laix niangb diangd tat xongt:	哥哥嫂嫂骂哥郎：
"Bul diangd ib diut lait,	"别人只走一步到，
Ib diex ghal lait qout,	一步就能把家还，
Ongx diangd hsangb diut lait,	而你要走千步远，
Hsangb diex bel lait qout.	千步还没到家房。
Daol mongl daol hmangt bongt,	已是深更半夜了，
Bal wil gangb niut nit[7],	耽误睡眠懒起来，
Ongx niel ghab but tiet,	你就靠在院门旁，
Ghab diux diel tit qout."	院门旁是你的床。"

201

Dliangx khab dial lial haot:	阿哥我便开口讲：
"Saib jox ged daol wat,	"可恨路途太遥远，
Jox ged mal xad bongt,	那条路草丛莽莽，
Ib diex ib laod sait,	一步要把草折断，
Ob diex ob laod sait,	两步要把草折断，
Hangb tongb ged diot vangt,	才通路给年轻人，
Tongb ged wil hlongt dout,	通路给我才前行，
Hangb max diangd hvat lait."	所以没快把家还。"
Max boub dieel hsent mait,	哪知哥在想姑娘，
Nenx ghab moul diot hxut,	把好情妹心中想，
Sax boub ged hsent mait,	只知道在想阿妹，
Max boub ged hlongt dout,	不知还要把路赶，
Boub ongx nenx saos dieel daot mait?	是否还把阿哥想？
Nenx saos ghal hlongt dout,	还想快来和哥郎，
Deus liex dieel at seet,	和阿哥我成侣伴，
Bangs jangx ghal hfent hxut,	配成双就把心放，
Khab max diangl hxat not.	阿哥没那么忧伤。
Gef:	女：
Jus daix hlib dlaol daot?	不知喜欢妹不啊？
Hangd jus daix hlib dail mait,	若真喜欢阿妹我，
Jus daix ob ghal sangt,	真的喜欢就成双，
Xob niux saos dieel qout,	娶阿妹我到哥房，

Naib max daos dail mait,	如果父母不喜欢，
Ob ghax wees bel jet,	我俩绕路上荒山，
Khaob jongx hveb houl xongt,	挖蕨根来当食粮，
Xenb niangx bab liangl hxut,	阿妹我也会心甘，
Ob max hxoub xil not.	我俩不会有惆怅。

Dieel: 男：

Jus daix hlib dail dlaol,	真的想念阿妹啊，
Dangf hxab hlib wangl nel,	好像水獭想鱼窝，
Hxab hlib nel dot nel,	水獭想鱼得鱼吃，
Khab hlib dlaol daot mel,	阿哥想妹你不去，
Boub hlib dlaol at xil,	不知想妹做什么，
Hlib xenb dieel hxat liul,	想阿妹你哥惆怅，
Max hlib dal vut mel!	不想阿妹还好啊！

Gef: 女：

Khab dliangx hlib dol bul,	阿哥想的是别人，
Hlib maix daib nangl niul,	想别人漂亮端庄，
Hlib maix daib ngangl leel,	想和别人吃佳肴，
Hlib max saos dail dlaol,	不会想到阿妹我，
Hangd hlib sax saos dail dlaol,	若还能够想到我，
Hlib vob ghax laol liol,	喜欢菜就来佘汤，
Hlib dinb ghax laol xol,	喜欢侣伴就成双，

Bangs ob ghax liangl liul,　　　　　　结成侣伴把心放，

Ob bab max diangl liel.　　　　　　　我俩就不会惆怅。

Dieel:　　　　　　　　　　　　　　　男：

Vob gat laif ngax mal,　　　　　　　　青菜宜下马肉汤，

Ib dent laif jex liol,　　　　　　　　　一顿九匹可下饭，

Geeb not seuf diangx wil,　　　　　　炒多油盐渗透完，

Niangb not gouf nangx dlinl,　　　　　陪多就会把名传，

Gouf eub lait jex diongl,　　　　　　 溪水冲了九沟谷，

Gouf hveb lait jex vangl,　　　　　　名声传到九地方，

Yaf jes qangt wax wul.　　　　　　　四面八方震动完。

Laix niangb haot liex dieel:　　　　　嫂嫂就对阿哥讲：

"Mel niangb nongt veex bel,　　　　　"去陪就要牵手来，

Mel niangb daot veex bel,　　　　　　去陪不把手牵来，

Mel niangb at ghaix xil?"　　　　　　你还去陪做哪样？"

Dliangx khab haot laix nal:　　　　　阿哥我对爹娘讲：

"Saib laix naib haok bal,　　　　　　"只怨爹娘吃得差，

Khab hxab max tiet laol."　　　　　　孩儿想拉都不敢。"

Dieel hlib hlib nongt gix mel,　　　　　阿哥想得将要哭，

Eub mas nouk doux laol,　　　　　　泪水也将要流淌，

Yangb sais diot vangx mangl,　　　　泪水流在我脸庞，

Hniub mas nongt jangx goul,　　　　眼睛凸像长蚂蚱，

Hlib hlib dot ongx niel,　　　　　　　想你也得来陪伴，

相思歌

At dees dot ongx senl,　　　　　　　　如果不能得你陪，

Dad dis wat daix yel.　　　　　　　　　过这辈子真漫长。

Gef:　　　　　　　　　　　　　　　　女：

Laot out laib niangx niul,　　　　　　　在那以往的年代，

Laot out ob sax niel,　　　　　　　　　以往我俩相陪伴，

Ob hxet diub dangx nal,　　　　　　　 我俩在这游方场，

Dlaol hlouk tiongt bib liex dieel,　　　　妹脱手镯给哥郎，

Dieel hlouk hxangt bib bangx dlaol,　　哥脱衣裳给情妹，

Xik khab diub dangx nal.　　　　　　　互换信物游方场。

Dangl lait ghangb niangx laol,　　　　　等到年月又回转，

Xongt jet diub hsenx diel,　　　　　　　哥去省城汉地方，

Xongt at gheub neux mel,　　　　　　　阿哥干活找吃穿，

Dleet mait niangb diux nal,　　　　　　留妹自己在闺房，

Not hniut bab max laol,　　　　　　　　多年阿哥不回返，

Xangt hsent ghaib liex dieel,　　　　　　太想带话给哥郎，

Vangs daot jas naix mel.　　　　　　　 却找不到有人往。

Buf eut deus niangb wix mal,　　　　　 云儿飘飘在天上，

Hlib dak hveb diot nenx mel,　　　　　欲带口信给它去，

Nenx daot laot dab bangx dlaol.　　　　它却无口答阿妹。

Mait jous hvib ghax gheul,　　　　　　阿妹我没办法想，

Hangb deet hmangt dlens liex dieel,　　只得早晚在念想，

Dlens at dees max laol,　　　　　　　　无论怎想哥不回，

205

Hxoub wat laob liex dieel! 阿哥啊，我真忧伤！

Dieel: 男：

Daol mongl hmangt wax wib, 夜已深深夜已静，

Jul doul sot hxix hxangb, 柴火烧完松脂尽，

Diangd sad hvat niangx xenb, 阿妹快步把家还，

Dlaol mel lait ongx qangb, 阿妹回到你闺房，

Dlaol mel beet dangx daob, 阿妹回去睡得香，

Dal xil qout nenx senb. 不会有什么念想。

Dieel diangd hsangb jex hsangb, 阿哥回去千步远，

Hangb mel saos liex qangb, 才回到了哥家房，

Dieel mel beet max daob, 阿哥回去睡不着，

Fal dangl hmangt lox job, 半夜起来瞎折腾，

Wil nal tat dliangx khab: 爹娘就把哥来骂：

"Mongl mongl beet dangx hab, "每晚你都睡得着，

Mongl nal dak beet max daob?" 为何今晚睡不着？"

Liex dieel haot laix naib: 阿哥就对爹娘讲：

"Hnaib nongl hnaib denx yab, "昨天前天这两晚，

Laol bongl hsot yex eub, 飞来一对白鹤啊，

Bongl ghaob yangt wix qab, 一对斑鸠房上刨，

Lail los xek vix gob, 一块杉皮移动了，

Laol nongs tangt dlaingx khab, 漏雨下来淋儿郎，

Wil hangb beet max daob." 今晚我才睡不着。"

Max boub wil nongs nenx xenb,	哪知我在把妹想，
Nenx dlaol diot diongx hmongb,	心中常在念阿妹，
Wil yes beet max daob.	阿哥我才睡不香。
Gef:	女：
Daol mongl hmangt wax wib,	夜已深深夜已静，
Jul doul sot hxix hxangb,	柴火烧完松脂尽，
Niel jel mait diex lob,	相陪到时妹回返，
Dlaol mel lait niux qangb,	阿妹回到我闺房，
Bul mel beet dangx daob,	别人回去睡得香，
Dal xil hxut nenx senb,	没有再把他人想，
Dlaol mel beet max daob,	阿妹回去睡不着，
Fal dangl hmangt lox job.	半夜起来乱折腾。
Dlaol nal tat niangx xenb:	阿妹亲娘骂阿妹：
"Momgl mongl beet dangx daob,	"每晚你都睡得着，
Mongl nal dak beet max daob?"	为何今晚睡不着？"
Dail dlaol haot laix naib:	阿妹我就答亲娘：
"Hsongx bal not daix ghenb,	"坏旧床铺多臭虫，
Hmaib loul geek niangx xenb,	跳蚤叮咬你女儿，
Fal laol lat daix gangb,	起来捉掐小臭虫，
Dlaol hangb beet max daob."	女儿我才睡不着。"
Max boub dlaol nongs hsent dliangx khab,	哪知是妹把哥想，
Hsent dieel diot diongx hmongb,	时常记挂在心房，

207

Hsent ghad hmangt hfangx aob.	一直想到通天亮。
Boub dieel hlib dlaol ghaok max hlib?	不知阿哥想妹不？
Hlib dlaol nongt longx lob,	想妹你就快点来，
Xol mel at daix dinb,	娶去做哥的侣伴，
Dlaol hangb daot youx hxoub.	阿妹我才不游荡。

Dieel:　　　　　　　　　　　　　　　男：

Eub lol diongl bangb lix,	山洪诓田纷纷垮，
Xenb lol dieel hxoub youx,	阿妹骗哥欲断魂，
Hxoub dlinl dlinl diub wix,	魂魄飘飘在外飞，
Diub mongl dieel bab nenx,	通宵达旦在思念，
Hlib dail dlaol jus laix.	心中只有妹一人。
Gix houl houl diub hsongx,	枕上号啕放悲声，
Naib fal laol nas liex:	妈妈听见起床问：
"Gix ghail xil daib liex?"	"儿子为啥这伤情？"
Dlab nal haot jas dlioux,	我骗妈说梦见鬼，
"Dliangb but wil hangb gix!"	哭啼只因恶梦惊！

Gef:　　　　　　　　　　　　　　　女：

Bul mel ib deet lait,	别人挑水一早上，
Bul xol sab diet ghangt,	就能挑得五六担，
Dlaol mel ib deet lait,	阿妹挑了一上午，
Dlaol xol jus ghangt ment,	只得一挑还不满，

相思歌

Jus ghenx wangl diot hlat,	一挑清水往家还，
Laix nal ghal haot mait:	妈妈有疑问阿妹：
"Bul mel ib deet lait,	"别人挑水一早上，
Bul xol sab diut ghangt.	挑得清水五六担。
Ongx mel ib deet lait,	你去挑水一早上，
Ongx xol jus ghangt ment?"	为何一挑还不满？"
Dail bangx dlaol haot hlat:	阿妹巧言答亲娘：
"Saib laix nal dif hvongt,	"只恨挑水桶开裂，
Ghob ghenx lioul dif sait,	扁担敲底修桶忙，
Ob jel bel vouf teet,	双手撸紧箍桶蔑，
Hsaob dax wil yef ghangt."	泡胀水桶才装上。"
Max boub wil niel ghab but ment,	谁知我是依井旁，
Ghab gib ongd hsent xongt,	身靠塘角痴想郎，
Wil hnangd dail neus sat,	听到一只土画眉，
Dail jib yel ghaib mait.	鸟儿叽叽唤阿妹。
Wil dab dail neus sat:	阿妹回答土画眉：
"Ongx das yel neus sat,	"土画眉你命该亡，
Ongx dlab wil gos jit,	骗我中了你诡计，
Bix laib khangd niangs vot,	哄我心肝落地上，
Jangx laib sad los deut,	好比房梁屋柱垮，
Jangx pangb oud nais xet."	又像衣裳破胸襟。"
Yangx jangb nongd dees xongt,	我想阿哥融成浆，
Yangx jangb nongd hlib wat,	化成浆水还在想，

209

Yangx jangb ged dees at?	怎得与哥配成双？

Dieel:	男：
Hlib ongx wat!	想你啊！
Hlib ongx wat!	想你啊！
Hlib ongx deet diangd deet,	想你天天欲断肠，
Hlib ongx hmangt diangd hmangt,	想你一夜又一夜，
Hlib ongx dangf wil hlat,	想你好比想亲娘，
Dangf wil naib laol dangt,	亲娘生我又养我，
Wil naib wil diangd dleet,	想娘的心我可放，
Wil doub niox sad hlat.	把它放在爹的房。
Wil hlib ongx ged fat,	想你胜过想爹娘，
Diub hnaib diub mongl hsent,	朝也思来暮也想，
Diub hnaib niangb jel deut,	白日如在树枝望，
Diub mongl niangb liol xit,	夜里飘然像纸张，
Niangb nal gib dinl qout,	迷迷糊糊睡在床，
Dangl mongl ghab ghat lait,	深更半夜鸡鸣唱，
Dliangb bout nangl at kheut,	梦里得裤穿身上，
Dliangb bout xol at seet.	梦里娶你做新娘。
Dliangx khab yel bel sait,	阿哥连忙伸出手，
Dax nieb jel bel mait.	握住阿妹手一双。
Max boub jel mal qout,	哪知却是木床腿，
Hsongx seub sail yal yit,	床腿硬梆冰冰凉，

Laib hsongx dlab wil hxat,

Das daix yes dail mait!

Gef:

Buf hlat dax deeb nangl,

Buf xongt dax deeb dlinl,

Dak liuk max qeb lol,

Qeb yangt wix dloub laol,

Haib mait diongx hmongb dlinl,

Hlib wat daix ghab moul.

Dieel:

Ongx jus daix hlib daot dlaol?

Wil hlib niangx xenb bongt bel,

Hlib nees ongx vangs kheut nangl,

Hlib xob niux at seet bangl.

Boub niux daos daot yel,

Daos ghax deus xongt senl,

Bangs jangx ob hfent liul,

Ob max hxoub liuk bul.

Gef:

Xenb hlib liex dieel bongt,

寒床冷枕都骗我，

伤心要死啊，姑娘！

女：

看见明月出东方，

忽见哥到游方场，

似有迷药把妹诓，

迷药它从天上降，

忽然钻进妹心房，

我想阿哥想得慌。

男：

妹啊！想不想哥郎？

阿哥真把阿妹想，

想和你来找裤穿，

想和你结成侣伴。

不知喜欢不喜欢，

喜欢和哥把婚完，

结伴我俩把心放，

不像别人去飘荡。

女：

我真心把哥郎想，

Hlib khab dliangx leel laot,

Daos khab dliangx leel hxut.

Hangd xob daib niux mel ghaot,

Max bib nenx dol tat,

Daib xenb ghax liangl hxut.

Dieel:

Hlib xenb niangx bongt bel,

Hlib vob max dot liol,

Hlib dinb max dot bangl.

Xek hnaib dax sad ghangl⑧,

Mait niangb max daot cenl,

Lait hnaib hangb hsent dieel.

Gef:

Xenb hlib liex dieel bongt,

Hlib deus liex dieel ghaot,

Boub hxab laix nal tat,

Wil daos hvib liex nal at,

Naib hxab max laol tat.

Dieel:

Hlib vob ghax laol liol,

想阿哥嘴巴会讲，

喜欢阿哥心善良。

若和你结成侣伴，

不准别人把妹骂，

这样阿妹把心放。

男：

阿哥只把阿妹想，

想菜不得来氽汤，

想伴不得来成双。

等天去家把你拦，

阿妹你可坐不成，

到时会把哥来想。

女：

阿妹真的想哥郎，

想和阿哥配成双，

又怕父母把妹骂，

我很愿意跟哥走，

父母不敢把我骂。⑨

男：

喜欢菜就快来氽，

相思歌

Hlib dinb ghax laol bangl,	想成侣伴就成双，
Xek tab lax yel dlaol,	不要拖久好阿妹，
Mait tab lax ghal daol,	拖久我俩会疏远，
Dot dliangb ghaix xil yel?	还会结成啥侣伴？

Gef:　　　　　　　　　　　　　　　女：
Hveet dees gix hlib niel,	可怜笙想和鼓伴，
Hveet dees niux hlib dieel,	可怜阿妹想哥郎，
Xongt hlib naix jub mel,	阿哥却把他人想，
Hveet dees niangx xenb niel,	可怜妹和你陪伴，
Hxat das daix ghab moul!	真愁死了，好情郎！

Dieel:　　　　　　　　　　　　　　男：
Gix hlib niel diangd vut,	芦笙想鼓还好办，
Liex hlib dlaol xad wat,	阿哥想妹很艰难，
Hxex nib dlenl sad kot,	打发小弟进家喊，
Niux bees mel qongd saot,	阿妹却跑进闺房，
Max hlib laol hxed xongt,	不想来和哥游方，
Liex niangb dangl nongd kot,	阿哥这头尽力喊，
Max dab dail hlaod not,	阿妹不爱应哥郎，
Liex hxoub liul ged fat.	阿哥感到很惆怅。

Gef:

Hlib dliangx khab bongt bel,

Ghab dlioux deus xongt mel,

Deus liex xees lait bel,

Deus liex xees lait nangl,

Boub liex laib hxut jongl,

Khab dliangx hlib but mel,

Khab max hlib mait yel,

Das daix yes xongt liel!

Dieel:

Hlib wat yel xenb niangx,

Khab hlongt mel keeb lix,

Keeb wul diot jub maix,

Wil hnangd dail xenb niangx,

Ghab bongt bel ghaib liex,

Dieel hlongt mel vangs niux,

Vangs mait laol hveb baix,

Max boub dail neus gix,

Yangt bol dlol ghangb wix,

Dieel gos dleul diongb lix,

Das saik yel xenb niangx!

女：

阿妹真的把哥想，

魂魄常随好哥郎，

跟着阿哥跑西方，

跟着阿哥跑东方，

阿哥的心知晓完，

阿哥全把他人想，

不再念叨阿妹我，

我会愁死，好哥郎！

男：

阿哥我真想阿妹，

我把田犁在沟旁，

把田犁好种高粱，

我听到是阿妹你，

在田那边叫哥郎，

阿哥过去把妹找，

找阿妹你来摆谈，

哪知原来是鸟唤，

噗噗向空中飞翔，

哥却倒在田中央，

我会死的，好情妹！

相思歌

Gef:

Hlib dliangx khab bongt bel,

Hlib liex hlib at nal,

Xenb niangx eub ment longl,

Ghangt daix eub diot nal,

Max boub xenb hsent dieel,

Hsent dliangx khab diot liul,

Hsout longx ghab vud mel,

Hlat dliangx hveb kot dlaol,

Xenb niangx nins sait laol,

Nouk doux das nongd deel.

Dieel:

Hlib dlaol at nongd hlib,

Ghenb dlaol at nongd ghenb,

Hnaib hnaib mel hsent xenb,

Khab niel ghab but las,

Dlens dlaol hxib douf hxib,

Dlens mel hnaib douf hnaib,

Hnaib laol max souk hnaib,

Nongs laol max souk nongs,

Soul mox ninx ngangt las,

Nenx dlaol bel nenk das.

女：

我想阿哥魂魄散，

想哥想成这个样，

妹去水井把水担，

去挑水来给爹娘，

谁知妹把哥郎想，

常把阿哥记心房，

阿妹误把山路上，

亲娘见了把妹喊，

阿妹醒悟魂魄转，

差点死在那地方。

男：

爱妹就是这么爱，

想念也就这么想，

哥天天把阿妹念，

阿哥靠在土坡旁，

时时念着妹的名，

念叨一日又一日，

烈日不跑去乘凉，

暴雨也不去躲藏，

如草人在把土看，

想妹想得快疯狂。

Gef:

Hlib liex dieel youf wat,

Das jangx dail ak kat,

Niangb liex dieel gouf deut,

Hlieb nongs jenx xuf mait,

Hnaib hnaib laol buf xongt,

Hvib sax liangl xek hxot.

Dieel:

Hlib wat dail ghab moul,

Hlib wat dieel yes longl,

Ghab houd sail dloub jul,

Bul haot dail yous loul,

Dieel hnangd dieel hvib bal,

Das saik yel ghab moul.

Gef:

Bangx dlaol nongt deus hxet,

Ongx nal tat xenb wat,

Max niel xongt ib hxot,

Bangx dlaol daot ngees hxut,

Ongx haot wil at dees at?

女：

我把阿哥想得惨，

死后变成喜鹊旋，

筑巢在那枫梢上，

任意雨来淋姑娘，

只为每天见哥郎，

就见一会也心甘。

男：

我太想你，好情妹，

太想阿妹我才来，

想得忧愁白了头，

别人说是老男子，

阿哥听到伤了心，

就要死了，好情妹。

女：

阿妹本想和你玩，

又怕你妈骂姑娘，

不陪阿哥坐一会，

阿妹我也心不甘，

你说我该怎么办？

相思歌

Dieel:

Hlib bangx dlaol hlib bongt,

Hlib ongx laol ob hxet,

Hxab ongx nal veeb wat,

Hlib bangx dlaol laib laot,

Hsoux dlab lol diongs mait,

Dlab liex dieel gos hxut,

Deus ongx mel jus diut,

Das daix yel saos ghaot.

Gef:

Xenb hlib liex dieel bongt,

Hlib deus liex dieel hxet,

Boub hxab ongx nal tat,

Daot deus liex dieel hxet,

Boub hlib liex dieel wat,

At dees at dail xongt?

Dieel:

Ongx hlib nongs hlib dol bul,

Hlib max saos dail dieel,

Hangd jus daix hlib dail dieel,

Xangs ongx ib bel mel.

男：

我真把阿妹你想，

想你来和阿哥玩，

就怕你娘把哥骂，

想妹嘴巴真会讲，

会把阿哥我来诓，

哄得阿哥倾了心，

魂魄随你一辈子，

我将要死了，阿妹。

女：

阿妹真把阿哥想，

想和阿哥玩一玩，

怕你父母骂姑娘，

不和阿哥你来玩，

我又太想好哥郎，

情郎！我该怎么办？

男：

你想只是想别人，

根本不把阿哥想，

若是真的把哥想，

教你一招，好情妹。

217

Haot hxex nib mel gol,　　　　　　　叫你小妹把娘诓，

Dlot laix naib mel vangl,　　　　　　叫妈串门去闲谈，

Mait hangb diex lob laol niel,　　　　阿妹你就来陪伴，

Hxet niox laib cangl nal,　　　　　　陪伴在这游方场，

Hmeet daix hveb mongl xol,　　　　说说那些悄悄话，

Hxat daix dliangb xil dlaol!　　　　　阿妹还有啥忧伤！

Gef:　　　　　　　　　　　　　　　女：

Wil deus dol bul hxet,　　　　　　　我和别人去游方，

Jus dlab dol bul not,　　　　　　　　骗了许多男子汉，

Dlab maix geel weel sait,　　　　　　哄得别人团团转，

Hmangt nongd deus dieel hxet,　　　今晚我和阿哥玩，

Jus max dlab dail xongt,　　　　　　我不会哄哥郎你，

Boub ongx hlib dlaol daot?　　　　　不知你是否想妹？

Hlib vob ghal laol hot,　　　　　　　想菜就拿去煮汤，

Hlib dinb ghal laol ghaot,　　　　　　想结侣伴就成双，

Bangs yangx ghal liangl hxut,　　　　结成侣伴把心放，

Ob max diel xil hxat!　　　　　　　我俩还有啥惆怅！

Dieel:　　　　　　　　　　　　　　男：

Hlib liex daot ad dlaol?　　　　　　　想不想哥，好姑娘？

Hlib ghax hmangt nongd mel,　　　　若想今晚跟哥郎，

Khab ghax hxot nongd yangl,　　　　阿哥现在就接走，

218

Xek tab lax dad yel,　　　　　　　　　　不要推辞好姑娘，

Mait tab lax dad mel,　　　　　　　　　阿妹推辞了过后，

Dot jens ghaix xid yel!　　　　　　　　阿哥哪能得成双！

Gef:　　　　　　　　　　　　　　　　　女：

Xenb hlib liex dieel bongt,　　　　　　阿妹真把阿哥想，

Hlib deus liex dieel sangt,　　　　　　想和阿哥结成双，

Boub hxab liex dieel niut,　　　　　　就怕阿哥不喜欢，

Hangd khab dliangx yangl mait,　　　如果真接阿妹走，

Xenb ghax deus dieel hlongt,　　　　妹跟哥进你家房，

Bangs jangx ob liangl hxut,　　　　　配成双对把心放，

Ob max dliangb xil hxat!　　　　　　　我俩还有啥忧伤！

Dieel:　　　　　　　　　　　　　　　　男：

Ghaob gix jel douf jel,　　　　　　　　斑鸠枝头在鸣唱，

Hlib ongx niongl douf niongl,　　　　哥想你来不间断，

Hlib max xol gef liel,　　　　　　　　只想娶你成双对，

Das daix bul bangf bongl.　　　　　　愁死了啊，好姑娘。

Gef:　　　　　　　　　　　　　　　　　女：

Jus hlib ghax hlongt laol,　　　　　　真想快来游方场，

Deus xenb niangx hxet houl,　　　　来和阿哥玩一玩，

Daos hvib ghax sangt mel,　　　　　喜欢就来把婚完，

219

Xob xenb niangx at bongl,	娶阿妹去结成双，
Xek jenx niangb at nal,	不要净在此空谈，
At xenb box hsot liul.	说得阿妹我心烦。

Dieel:	男：
Niel jel xongt longx lob,	为了伴妹哥赶到，
Niel jel mait dax niangb,	也为陪妹哥才来，
Niel jel diot dangx hlieb,	我俩陪伴游方场，
Niel daol hmangt wax wib.	陪到半夜仍不散。
Laol mel hvat niangx xenb,	快和哥去好姑娘，
Laol mel lait liex qangb,	去到阿哥我家房，
Dieel mel at daix gheub,	阿哥上坡把活干，
Dlaol niangb sad hot daix vob,	阿妹在家煮菜饭，
Hsongt geed diot dliangx khab,	煮熟送来给哥郎，
Kot xongt neux geed hnaib,	喊阿哥来吃午餐，
Bangx dlaol haot dliangx khab:	阿妹细心对哥讲：
"Ghangb xed daot dliangx khab?	"这菜有盐不，哥郎？
Xis xed dlaol dax jab."	盐淡阿妹来添上。"
Liex dieel haot niangx xenb:	阿哥急忙答阿妹：
"Hot ghangb dieel neux ghangb,	"煮香阿哥就吃香，
Hot ib dieel neux ib,	是苦阿哥也吃完，
Bab daot veeb dail niangx xenb,	我也不把阿妹骂，
Hangd veeb dail niangx xenb,	如果阿哥把妹骂，

Jet bangs mel neux ghaib,　　　　　　哥就上坡去吃草，

Diot xenb liangl jox hvib."　　　　　才让阿妹你心甘。"

Gef:　　　　　　　　　　　　　　　　女：

Dax hnaib hxet khangd hvent,　　　　太阳炎热去乘凉，

Yox eub hxed nel jet,　　　　　　　　游河想把鱼观赏，

Liex gheub hxed dail xongt,　　　　　土头只想把哥望，

Liex gheub sail sal hsait,　　　　　　土头安静且空荡，

Max hvib ghail xil at!　　　　　　　阿妹哪有心干事！

Dieel:　　　　　　　　　　　　　　　男：

Eub bout laf vangx wil,　　　　　　　水烧开了溢出来，

Hlib wat yef diex laol,　　　　　　　太思念了我才来，

Jas mait laf ghax liangl,　　　　　　见妹谈了心才甘，

Daot hlib buf maix yel.　　　　　　　不想再见到别人。

注释：

①继门：苗语音译，指剑河县岑松镇寨章村西下清水江中的一大深潭。

②莴勇：苗语音译，通常称作"苦麻菜"，为莴苣类的一种菜，高约25—100厘米。

③洋细：在今剑河县革东镇五河村。皆东、洋细都位于清水江畔，这里旧时船只颇多，乘船到湖南各地经商的人很多。

④苏木：一种常绿小乔木，树心呈黄红色，放入热水中浸泡，水会变成鲜艳的桃红色。过去苗族妇女常用苏木浸水泡汁来染丝线刺绣，故说它最漂亮。

⑤粘芋：俗称"粘狗苕"，为薯芋科植物，粘性强，民间常用此物来治皲裂。

⑥季鹏：鸟名，苗语音译。

⑦ niut nit：为 niuk nik（瞌睡）的转音换调词。

⑧ ghangl：阻拦。苗族旧俗，姑之女有义务嫁回舅家，若未经许可嫁与他人，舅家有权予以阻止，即称为 ghangl。

⑨苗族的习俗是父母骂了就表示同意，姑娘就可以跟男方走。

HXAK MAX HVIB

恩爱歌

Dieel: | 男：
Ged xil git xix xib? | 为哪样啊为哪样？
Ged xil vut hxax ghob, | 为啥我命这么好，
Hxax hxed dot niux niangb, | 命好得妹陪哥玩，
Xol mel at daix dinb. | 得妹来做我侣伴。
Neux geed jus dlaox pib, | 吃饭同一个鼎罐，
Nangl oud jus jox dob, | 同一条布做衣裳，
Mel vud jus liex gheub, | 上坡同去一地方，
Mel ged dees sax boub. | 去到哪儿都知道。
Dlaol khaid geed diot daix dos, | 阿妹包饭米篓里，
Hsongt geed diot dliangx khab. | 把饭送来给哥郎。
Longx jox gongb mel niangs, | 顺着小溪进沟去，
Jas menl daib ved gas, | 遇群娃儿在守鸭，
Sens menl daib diangd sens, | 反复问这娃儿们，
Niux dinb mel ged dees? | 我的侣伴去哪了？
Dangx ib dol hxut gees, | 娃儿们都很聪明，

223

Dangx ib dol daot xangs.	大家都不愿意讲。
Max ib dail hxut dleus,	但有一个太愚蠢,
Dail hxut dlongl hangb xangs:	笨拙的人才讲出:
"Niux dinb mel ged jes,	"你的侣伴在西面,
Ib dangl ghat ghenx gas,	一头挑着小鸭儿,
Ib dangl ghat ghenx dos,	一头还挑饭篓呢,
Ghab dlad liol pat nios,	腰还系方小花帕,
Jel bel jel hliongt sens,	手上戴只保命镯,
Ghenx dlangb liod jet jes."	挑个牛轭上西面。"
Niux longx ghab diongl mel niangs,	妹顺小沟进里面,
Deex laib bel mel jous,	顺着山坡到尽头,
Deeb dlinl khangd laot dlongs,	上到这坡山坳口,
Buf liex dieel kak bis.	见到阿哥把田耙。
Liex dieel bel xangk neus,	阿哥还没认出妹,
Bangx dlaol diangd xangk nios,	妹却认出阿哥来,
Bangx dlaol diangd kot khab:	阿妹开口把哥喊:
"Laol neux geed hvat khab."	"阿哥快快来吃饭。"
Liex dieel dab haot heus:	阿哥急忙把话答:
"Wil niangb bel xuk xus,	"我现在还没有饿,
Deed mel ghab deut yab,	你就拿到大树旁,
Ghab liax liel pat niangs,	有棵柳树在那边,
Hfix geed jel deut ves,	饭要挂在活树枝,
Xek hfix jel deut das,	莫要挂在枯枝上,

Gangb pid diel jet dos,	以防蚂蚁去爬饭,
Jet mel ob pat dos,	两部米篓都爬满,
Khab neux max xok mas,	阿哥吃了脸发黄,
Max gongd mangl liuk jes."	脸不红润像人家。"
Bangx dlaol diangd haot khab:	阿妹反向阿哥讲:
"Hangd hfix jel deut ves,	"若是挂在活枝上,
Wil gal dliangx daot jas,	我矮确实难挂上,
Wil hfix jel deut das,	我就挂在枯枝上,
Gox laib sod diot niangs,	丢个草标在里面,
Gangb pid ghal tak wus,	蚂蚁就会全退让,
Khab neux sax xok mais,	哥吃了满面红光,
Sax gongd mangl liuk jes."	脸庞红润胜人家。"
Neux jangx dieel kak bis,	阿哥吃了把田耙,
Neux jangx dlaol hlak niangs.	阿妹吃了割田草。
Dieel deus ghangb liod kak,	阿哥跟在牛后耙,
Dlaol deus ghangb liod hak.	妹也跟在牛后捞。①
Dieel liongx hsab hlaod tenk:	哥用牛鞭指一指:
"Dail nel niangb mal pak."	"妹啊！一条鱼在那。"
Dlaol ghob sangx mel hak,	阿妹即用虾盘捞,
Gos dail nel ghad ghenk.	捞到一条花斑鱼。
Kak jex hxeeb mel nangl,	耙了九排向东去,
Gos jex dieeb nel bangl,	捞得九腰篓鲫鱼,
Kak jex hxeeb mel jes,	又调转耙往西来,

225

Dot jex dieeb nel lies.	捉得九篓的黄鳝。
Jit neux hnaib mel nins,	拿去烧吃佐午餐，
Dieel max ghab hmid xek,	阿哥有牙嚼得动，
Dieel neux ghab houd gek,	阿哥就把脑壳吃，
Dlaol daot ghab hmid xek,	妹的牙松嚼不动，
Dloul neux ghab deed souk,	妹妹就吃鱼尾巴，
Ghab diongb yangl yis nieek.	中间拿去喂孩儿。
Neux geed lax pat hxek,	吃饭一盒各半边，
Neux vob lax pat taok,	吃菜同罐各一半，
Ghab houd mangl xit diuk,	两人脸庞相挨上，
Ghab dad bel xit khangk,	手指也在相接触，
Dieel hxed dlaol diek hnik,	阿哥望妹笑眯眯，
Dlaol hxed dieel diek hnik,	阿妹望哥笑眯眯，
Soul wed diel cangk xik.	就像戏台上舞女。
Neux jangx dieel seed keeb seed kak,	吃完阿哥洗犁耙，
Neux jangx nil seed gangb seed dliek,	妹把蝌蚪鱼虫洗，
Xik jas khangd jangl qok,	两人遇见山弯里，
Liex dieel at ib enk,	哥故意把妹一挤，
Bangx dlaol gos dab diek,	阿妹倒地哈哈笑，
Max hxab naix loul diek,	不怕老人偷偷笑，
Sax hxab hxex yel diek,	就怕小孩去搞笑，
Hxex yeb deed mel cangk,	小孩当成戏儿唱，
Dangx laib sad sail diek.	弄得全家人都笑。

Hfeb mangl ngangt hvangb bel,	转脸看看对门坡，
Pat bangs max vob liol,	坡上长满野菜啊，
Max vob hvid kib bel,	烧坡长满野蒿菜，
Dail dlaol dail vas gut,	阿妹指甲比较尖，
Dail dlaol mel liangb hvat,	阿妹快把蒿菜掐，
Liouk dot jex bob bol.	掐得满满九大包。
Dot doul bel ghab moul?	砍得柴了没，夫君？
Dot doul laol ob mel,	得柴我俩赶紧走，
Liex dieel diangd dab mait:	阿哥回答阿妹说：
"Laib diongl nongd daob wat,	"这条沟壑太深啊，
Kib bel dax das deut,	大火把树全烧了，
Yangb nangl sail das hleet,	山洪泛滥藤淹完，
Xob doul max xob hleet,	得柴没绳来捆绑，
Bel xob ghenx laol ghangt,	很难找到柴扁担，
Max xob ongx mel yet,	还没找到你先返，
Ongx mel ongx douk sot,	你去把枞膏点上，
Mel dinx sad xongs dongt,	要把七柱房照亮，
Jex qangb sad gees lait."	九间房屋亮堂堂。"
Liex dieel diangd laol lait,	阿哥回到自家房，
Liex dieel diangd haot mait:	阿哥回来对妹讲：
"Ongx laol lax nongd not,	"你回到家这么久，
At xil bel douk sot,	怎没把枞膏点亮，
Max dinx sad xongs dongt,	没把七柱房照亮，

Jex qongd sad max gees lait."	九间房屋没亮光。"
Bangx dlaol diangd haot xongt:	阿妹回答阿哥说:
"Dlaol ib jel bel yis beet,	"我要提潲把猪喂,
Ib jel bel bes vangt.	一手还要抱娃儿。
Dail ghab geel weel wat,	那些鸡还窜在外,
Dail ghab bel laol lait,	它们还没把窝回,
Wil hangb bel douk sot."	为此不把枞膏点。"
Liex dieel diangd haot mait:	阿哥又对阿妹讲:
"Liex dieel sad ghouk gheut,	"我家聚众来摆谈,
Dail loul ghaib haot gheut,	老的你就叫公公,
Dail yel ghaib haot haot vangt."	年轻人就叫小弟。"
Neux gangb neux nel gheut,	公公来吃鱼虾啊,
Neux gangb neux nel vangt,	小弟们也快来吃,
Max neux laib khangd xut,	虽然没得吃顿饱,
Sax neux laib khangd hmongt,	也可以来尝一尝,
Ib laix ib had hmongt,	一人只是尝一口,
Ghal jul ib wil sot.	也吃完了一大锅。
Neux jul dlaol hxub dit,	吃完阿妹收碗筷,
Ghaol dliel laib dit sait,	不慎衣袖挂到碗,
Bix laib xangd bet tait,	碗掉地上一声响,
Dangx laib sad hak wot:	满屋的人齐声喊:
"Dail niangb nongd bongt hliongt."	"这个媳妇太大意。"
Dail loul haot dail vangt:	老的对年轻人讲:

"Ib laix bangb liangl diet,
Bangb hsangx sab laol dleet,
Dleet laix niangb mel hvat!"
Niangx xenb dial lial haot:
"Dlaol jel bel not hliongt,
Ghaol dliel laib dit sait,
Hangb bix laib xangd bet tait,
Dangx laib sad hak wot."
Liex dieel diangd haot mait:
"Hnaib nongd dous laib ghaot,
Bel fal mas laib vut.
Vob nangl nangl nongs hot,
Dinb nangl nangl dees ghaot,
Max diel xil xis hxut!"

Gef:
Dongd nongd jet niangx ib,
Dongd nongd jet niangx ob,
Liex dieel mel kak bis,
Bangx dlaol niangb hot vob,
Geed hxangd dlaol ghangt deus,
Longx Eub Hfad mel niangs,
Jas menl daib ved gas.

"一人帮他一两六，
帮一钱五来离去，
把这媳妇离去吧！"
阿妹急忙把话说：
"我手戴的银镯多，
不慎才把碗碰到，
碗才掉下被摔破，
满屋人才齐声喊。"
阿哥安慰妹妹说：
"今天破了个旧碗，
明日买新来补上。
这棵菜仍要煮汤，
这个侣伴不离散，
你还有啥要忧伤！"

女：
正月就要结束了，
二月阳春正踏来，
阿哥要去把田耙，
阿妹在家煮菜肴，
煮熟妹挑饭送去，
顺着巫化沟②进去，
碰见一群守鸭娃。

Sens menl daib diangd sens,	反复问了这群娃,
Wil dinb mel ged dees?	我的侣伴去哪儿？
Menl daib nongd hxut gees,	这群小孩真聪明,
Menl daib nongd niut xangs.	这群小孩不肯说。
Diex ib diex mel niangs,	走了一步进里面,
Diex ob diex mel niangs,	再往前走两步远,
Jas menl daib ved ngangs,	遇见一群守牛娃,
Ved nix ghab wul wees,	守牛在那山弯弯,
Sens menl daib diangd sens.	反复问了这群娃。
Menl daib nongd hxut dleus,	这群娃儿是蠢娃,
Menl daib nongd hxangt xangs:	这群娃儿才跟讲：
"Deex laib bel xad jous,	"顺着这坡到尽头,
Longx laib bel nongd saos."	沿着这坡走就到。"
Deeb dlinl khangd laot longs,	去到这坡山坳口,
Buf liex dieel kak bis,	见到阿哥把田耙,
Bangx dlaol diangd haot khab,	阿妹开口把哥喊,
Laol neux geed hvat nios,	阿哥快快来吃饭,
Neux geed wil khongt dos,	吃了饭才空米篓,
Wil diangd sad ngangt seub.	我还回家看娃儿。
Dliangx khab diangd haot xenb:	阿哥回答阿妹说：
"Wil niangb bel xuk xus,	"现在我还没有饿,
Diangd mel ghab laot dlongs,	你转回去山坳口,
Ghab liax liel pat niangs.	就放在杨柳树边。

Niut hfix jel deut ves,	把饭挂在活枝上,
Xek hfix jel deut das,	切莫挂在枯枝上,
Gangb pid yel lait niangs,	蚂蚁会爬进饭里,
Ob neux max leel niangs,	我俩吃了不放心,
Ob dangx max loul dis.	结伴不老这一生。
Niut hfix jel deut ves,	一定挂在活枝上,
Gangb pid bel lait niangs,	蚂蚁不爬进饭里,
Ob neux sax leel niangs,	我俩吃了把心放,
Ob dangx sax loul dis."	结伴就能到终生。"
Wix ghangb bel hmangt gos,	耙田已经到傍晚,
Bangx dlaol diangd haot khab,	阿妹就对阿哥讲,
Laol neux geed hvat nios,	阿哥快来把饭吃,
Dieel wad ib pat gangs,	阿哥就抢半边碗,
Nil wad ib pat gangs,	阿妹也抢半边碗,
Dieel wad nil diek dais,	阿哥抢了妹大笑,
Nil wad dieel diek dais.	阿妹抢了哥也笑。
Neux jangx bel daot khab?	吃好了没,好哥郎?
Neux jangx ghal dleet doub,	吃好了就把碗放,
Diongs xongt mel qet doul,	阿哥就去捡柴火,
Diongs mait mel liangb liol.	阿妹也去把菜掐。
Xongt diot diub vangx laol,	阿哥从那山岭下,
Xongt haot diongs bangx dlaol:	急忙来问阿妹说:
"Ongx dot vob bel mait?"	"你打得菜没,阿妹?"

231

Wil haot diongs dail xongt:	妹也回答阿哥说：
"Wil dot ib wil hot."	"打得可煮一大锅。"
Mait haot diongs dail xongt:	阿妹又问阿哥说：
"Ongx dot doul bel xongt?"	"你砍得柴没有啊？"
Dieel haot diongs dail mait:	阿哥回答阿妹说：
"Wil dot ib dangl ghangt,	"我已砍得一大头，
Ob vux diot dieel ghangt .	我俩合来给哥抬，
Ghaok ob vux diot nil ghangt,	我俩合来给妹挑，
Nil mel ghad ghail diot,	阿妹你先把家回，
Dieel laol saod laol vit,	我来早晚没关系，
Nil mel nil gees sot,	妹先回去点枞膏，
Hfangx laib sad xongs dongt,	七柱房内要照亮，
Jex qongd sad bees hliat."	九间房子全照完。"
Wil laol wil bes vangt,	我来就把娃儿抱，
Ib jel bel bes vangt,	一手在把孩儿抱，
Ib jel bel yis beet,	一手喂猪舀猪潲，
Wil niangb bel gees sot,	我还没把枞膏点，
Dliangx khab diangd laol lait.	阿哥很快就来到。
Dlaingx khab dial lial haot:	阿哥急忙把话说：
"Ongx laol xangf nend lait,	"你是很早就来到，
Ongx bab bel gees sot?"	怎么还没点枞膏？"
Niangx xenb dial lial haot:	阿妹也忙把话说：
"Wil laol xangf nend lait,	"我虽早已回来到，

Ib jel bel bes vangt,	一手要去把娃抱，
Ib jel bel yis beet,	一手喂猪舀猪潲，
Wil niangb bel gees sot,	所以还没点枞膏，
Ongx laol ongx gees diot!"	你回来了就点啊！"
Laix naib ged vangl haot:	寨上父老开口讲：
"Dail niangb nongd ngail wat,	"这个媳妇懒得很，
Max gheub ngail mal at,	有活儿也懒得干，
Max hmongb ngail mal bangt,	有花她也懒得绣，
Ongx eud at xil xongt?"	你还要她做哪样？"
Dliangx khab dail gees hxut,	阿哥心里真明智，
Max dieeb boub haot dlongl,	不打要说阿哥蠢，
Dieeb jangx at pot bel,	手打起泡也很疼，
Meex ghab penb diot dlaol,	只好伴打拍灰尘，
Soux ghab penb bet dleul,	拍得灰尘在飞扬，
Ongx ob nongs vut mel,	你我恩爱万年长，
Max hongb hxoub liuk bul.	不像别人在惆怅。

Dieel:	男：
Daol mongl hab daol hmangt,	夜已深了人已静，
Jul doul hab jul sot,	柴火烧完松脂尽，
Dangx niangb sal wal sait,	游方场上全散尽，
Jox fangb sail sal hsait.	四面八方都寂静。
Laf liex hab dail mait,	只剩阿哥和阿妹，

Ongx ob jel dal hxet,	你我还在场上玩，
Ob youx lob mel hvat,	我俩快快把路赶，
Lait liex naib dlangl qout.	去到父母的祖房。
Hfangx wix beb fal deet,	等到明早天一亮，
Niangx xenb mel jel bet,	阿妹春米碓声响，
Dliangx khab wil mel pangt,	阿哥也忙把坡上，
Vux bab doul laol lait,	搂把柴火回到家，
Niangx xenb dangf jel dait,	阿妹急忙停碓响，
Laix neus geel weel sait.	阿妹忙得团团转。
Yax eub yil mangl mait,	打水来洗妹面庞，
Beex dlioub niongl yal yit,	头发黑如青丝般，
Niangx xenb dial lial haot:	阿妹急忙把话讲：
"Ongx yenb niangb mal xongt,	"你烟在那，好哥郎，
Haok yenb dangl wil yat,	抽杆烟来等阿妹，
Xent xangb hsaid laol lait,	我也刚把米春完，
Eub bab bel diangl jet,	水也还没挑入缸，
Vob bab bel diangl wit,	青菜还没去掰来，
Geed bab bel diangl hot,	饭也没煮，好哥郎，
Wil mel ghab diongl ment,	我还要去沟边井，
Ghenx eub liangb liol yat,	打菜担水把家还，
Geed hangb diangd laol hot."	这才安锅来煮饭。"
Dliangx khab dab dail mait:	阿哥我对阿妹讲：
"Ongx ghenx eub laol yat,	"你去井边把水担，

Ongx ngaob laox wil diot,	回来安锅架鼎罐，
Wil nios vob laol hot."	我去打菜来煮汤。"
Niangx xenb dab dail xongt:	阿妹急忙对哥讲：
"Ongx nongs niangb nal hxet,	"你去休息，我的郎，
Eub nongs wil mel jet,	井水我自己去担，
Vob nongs wil mel wit."	青菜我掰来煮汤。"
Niangx xenb dail gangt git,	阿妹确实很利落，
Ghenx eub laol lait qout,	妹把井水挑到家，
Liub bel dleul diot ongt,	乒乒乓乓倒进缸，
Niux qeb jel kent sait,	阿妹急忙捡竹篮，
Vangs wangx vob mel wit.	欲找菜园把菜掰。
Dliangx khab haot dail mait:	阿哥我对阿妹讲：
"Wangx vob niangb daol wat!	"菜园离家还远呢！
Liex deus xenb mel wit."	我跟你去把菜掰。"
Dot laol ib dangl kent,	青菜掰来了半篮，
Seed laol ib wil hot,	清洗好了拿煮汤，
Hxangd yangx ob ghal jat,	菜煮熟了就进餐，
Neux jangx ib dangl dent,	我俩吃到半顿饭，
Dliangx khab nas dail mait:	阿哥我问阿妹你：
"Ghangb max ghangb dail seet?"	"好不好吃，我的伴？"
Niangx xenb dial lial hot:	阿妹赶忙来搭腔：
"Jus daix ghangb dail xongt."	"这些饭菜都很香。"
Vob ghax at nal hot,	菜就这么来煮汤，

235

Dinb ghax at nal ghaot,

Bangs yangx hxangt liangl hxut,

Ob max hxat xil not.

夫妻就这样成双，

结成夫妻把心放，

我俩还有啥忧伤。

Gef:

Bangx dlaol dot khab hxet,

Dlab wil vut nangs dot,

Xol laol at bens ghaot,

Yangl mel lait khab qout,

Gheub dangx mel jus bet,

Diangd sad dlaol deus sait,

Max bib dal ib hxot.

At diot bul ghenb xongt,

At diot bul ghenb mait,

Hent hent mel hsangb hniut.

女：

阿妹得哥你来玩，

要是命好得到你，

得到你来配成双，

把妹接到哥家房，

干活同去一地方，

回家阿妹紧跟郎，

不落下阿哥一步。

别人看到羡慕哥，

别人见到羡慕妹，

夸奖我俩到千载。

Dieel:

Dot niangx xenb at bul,

Lait daix hnaib hniut bal,

Xik dongx lob jet bel,

Diot jux hab diot menl,

Xik dongx lob daod ghol,

Xik dongx wangb hseud menl,

男：

得阿妹来做侣伴，

到了歉年闹灾荒，

我俩一起把坡上，

种上荞麦和杂粮，

两个一起舂小米，

同一簸箕来簸麦，

But dax ghenb hlaod liel, 别人见到羡哥郎,

Dot vix dinb nongd laol, 娶的侣伴真能干,

At neux hab at nangl, 不愁吃来不愁穿,

Vut mel wangs hniut mel. 幸福生活万年长。

Gef: 女:

Senl mel hvat dliangx khab, 快把我娶去,哥郎,

Senl mel at ongx dinb, 把我娶做你侣伴,

Xik yangl jet liex gheub, 两个一起把坡上,

Xik yangl taot wangx vob, 同去菜园把草铲,

Ghangt ghad diot liex hlangb, 挑粪给郎浇菜忙,

Dlaol ngangt dieel max hvib, 妹看阿哥心舒畅,

Dieel ngangt dlaol max hvib, 哥看阿妹心舒畅,

At al yes jangx dinb, 这样才成好伴侣,

Yes jangx sad naix jub. 成一家人多恩爱。

Dieel: 男:

Niangx al yut jangx jub, 当年哥细如根针,

Niongl al vangt jangx vob, 悠然菜心一样嫩,

Nal hxed pat wix dloub, 娘看天空出太阳,

Nal laod deut dax xab, 娘折树枝来遮挡,

Nal hxed pat wix dlaib, 娘看天阴要下雨,

Nal deed hsangt dax xab, 娘开大伞来遮盖,

237

Niongl al xongt max boub,	那时阿哥不知道,
Niongl al mait max boub,	那时阿妹不知晓,
Niongl nongd xongt sax hlieb,	现在阿哥已长大,
Niongl nongd mait sax hlieb,	现在阿妹也长大,
Ob xol xek lox job,	我俩成婚莫折腾,
Xek daod tak laix naib,	不要折腾爹和娘,
At nongd xis jox hvib.	不让爹娘俩心伤。

Gef:	女:
Dliangx khab geed qit laol,	阿哥起头发脾气,
Niangx xenb yud qit mel,	阿妹会忍气吞声,
Niangx xenb laib hxut leel,	阿妹的心很善良,
Qeb diux yenb diot bel:	去捡烟斗给哥郎:
"Diux yenb nongd xongt liel."	"烟斗在这，我的郎。"
Diux yenb haok bol bol,	阿哥抽烟噗噗响,
Dliangx khab diek genl ninl,	阿哥微笑在面庞,
Laix naib daot bal liul.	父母就不把心伤。

Dieel:	男:
Dieel tiet liod hab geed keeb kak,	阿哥牵牛扛犁耙,
Dlaol deus ghangb liod hak,	妹跟在后把牛赶,
Mel diub sangt keeb kak,	到田坝去把田耙,
Dieel wees kak wees kak,	阿哥旋转着耙田,

Dlaol boub hak boub hak!	妹无目的乱捞虾！
Dieel buf gangb med diangk,	阿哥看见水虿了，
Liex dieel haot dail pak:	急忙开口把妹喊：
"Gangb med niangb mal pak!"	"注意水虿在这里！"
Dlaol wex bel vad venk hak,	妹转手就把虿捞，
Wex mangl vad venk diek,	脸却偏着在微笑，
Liex dieel at ib enk,	阿哥故意把妹碰，
Bangx dlaol gos dab diek,	阿妹倒地哈哈笑，
Daot hxab naix loul diek,	不怕老人在窃笑，
Sax hxab hxex yel diek,	只怕小孩去搞笑，
Hxex yeb diangd mel cangk,	小孩回家乱编唱，
Dangx laib sad sail diek.	弄得全家哄堂笑。

Gef:	女：
Bangx dlaol hxat nangs wat,	阿妹的命实在苦，
Dlab wil vut nangs sangt,	假如命好得婚配，
Dot dieel at bens ghaot,	得到阿哥成双对，
Xik yangl jet ghab gongt,	相伴同上刺蓬隙，
Lax las ghol hniub hnit,	拓荒来把小米种，
Nongs dlas laol boub xongt.	会富起来，好阿哥。

Dieel:	男：
Niux jox hvib senl sangt,	阿妹有心把婚配，

Liex jox hvib senl sangt,	阿哥有心把婚配,
Senl bab sax senl dot,	我俩可以成双对,
Xek dangl daib wangx laol sangt,	莫等王子来婚配,
Daib wangx niangb daol wat,	王子住在皇宫殿,
Hvab laix hvab dail sangt,	很少有人和他配,
Tab max saos dail xongt,	还轮不到阿哥我,
Tab max saos dail mait,	也轮不到阿妹你,
Mees nenx niangb nend yat.	这话放这不讲了。
Dongf niox diongs dail xongt,	现在来摆阿哥我,
Dongf niox diongs dail mait,	也来摆摆阿妹你,
Dongf jox dob hsaid vut,	谈到那布染得青,
Senf vangx tongb laol hsaot,	捞出染缸拿来洗,
Sab niox ghab denl hseet,	晾晒在那河滩上,
Jul hmub jul diel fat,	苗汉众人都走过,
Jul ghab lail laol hent,	他们全部都称赞,
Hent jox dob mal vut,	称赞这布染得好,
Niangx xenb dail gangt git,	阿妹手脚很麻利,
Youk jox dob laol yat,	把这条布收来了,
Xenb deed laol ghout ghait,	阿妹拿木槌敲打,
Vangx pangb oud diot xongt,	缝件衣服给哥郎,
Doub niox nal bongt git,	放进父母衣柜底,
Nal gib nongl pat saot[3].	柜角黑暗的地方。
Daid dongd daid out lait,	正好季节来到了,

Daid dongd bul souk out,	闹热别人踩鼓玩,
Bul yangd niel hlat diet,	别人踩鼓在六月,
Souk gix ghab denl hseet,	踩芦笙在河沙坝,
Waf niangx ghangb vangl Hliot,	赛龙舟在六河④下,
Hveb loul max vut haot,	大人不好开口讲,
Hfeb hxex yel haot hlat.	小弟传话跟娘说。
Mel dlioux oud diot xongt,	去捡衣服给哥郎,
Mel dlioux oud diot mait,	去捡衣服给姑娘,
Khab dlioux wangb laol qet,	哥取衣服来打扮,
Xenb dlioux hlinb laol diot.	妹取银饰来戴上。
Ongx nangl wil ngangt hongt,	你戴银饰我瞧瞧,
Wil nangl ongx ngangt hongt,	我穿衣服你看看,
Max dongx maib bel qet,	穿戴不齐手修整,
Jel gib oud mal hxet,	那只衣角有点斜,
Deed gib oud wil qet,	拿衣角来我整理,
Dongx gib oud gal gent,	衣角理得很整齐,
Niangx xenb bel diangl hlongt,	阿妹还没有出发,
Dliangx khab ghal mel lait.	阿哥却早已到达。
Maix daib ged bel ngangt,	别人站在上面看,
Maix daib dial lial haot:	突然有人开口讲:
"Diongl ib diongl xil deut?	"那条冲是谁的林?
Liol ib liol xil xit?	那张白纸是谁的?
Dail ib dail xil seet?	那姑娘是谁侣伴?

Jox wangb niul nal not?	打扮得那么漂亮？
Niongx ghaib bel niul not,	锦鸡不如她漂亮，
Niangx xenb dal niul fat."	姑娘她十分漂亮。"
Dliangx khab hnangd bul haot,	阿哥听到别人讲，
Dliangx khab lind mangl ngangt,	阿哥转脸便去看，
Niangx xenb ghal laol lait,	只见阿妹到鼓场，
Dliangx khab dial lial haot:	阿哥急对他人讲：
"Diongl ib diongl wil deut,	"那条冲是我的林，
Liol ib liol wil xit,	那张白纸是我的，
Dail ib dail wil seet,	那姑娘是我伴侣，
Mangx maib houd mangl ngangt,	你们只能用眼看，
Xek maib dad bel tout,	不要用手去乱指，
At bal wil bangf hxangt,	不要弄脏我衣衫，
Hmub hmub sax xad xit,	刺绣的花难置呢，
Tiub tiub leex houd gut,	刺绣把指甲弄烂，
Jangx hseeb ghail xil vangt!"	来之不易啊，大家！"
Niangx xenb bel liangl hxut,	阿妹你不把心放，
Dliangx khab sail liangl hxut,	阿哥我全把心放，
Max vongb ghail xil hxat!	阿哥我有啥忧伤！
Gef:	女：
Sangt mel lab dliangx khab,	快点来娶，好哥郎，
Sangt mel saos ongx qangb,	把妹娶到哥家房，

Ghangt dieel diangb ghenx eub,　　去挑阿哥的扁担，

Ghangt diul saob ghab saob,　　挑得扁担悠悠颤，

Diot dieel ghab dliax hveeb,　　故意穿哥的破鞋，

Dait mel ghangb vangx dab,　　把它丢到山岭下，

Diot dieel nongs dax qeb,　　让阿哥自己去拿，

At al yes bab max hvib.　　这样逗哥也恩爱。

Dieel:　　男：

Liex dieel hxat nangs wat,　　阿哥我的命太苦，

Dlab wil vut nangs dot,　　要是命好得婚配，

Deet dlaol at bens ghaot,　　得到阿妹成双对，

Xik yangl jet eub ment,　　互相陪同去挑水，

Xik yangl wit vob hot,　　也随阿妹去掰菜，

Neux geed xik wees dit,　　进餐也要换饭碗，

Haok joud xik wees xet,　　喝酒也要互交杯，

At al hxangt mangs hxut.　　这样才是真恩爱。

Gef:　　女：

Daos dlaol daot dliangx khab?　　喜欢阿妹不，哥郎？

Daos ghal sangt niangx xenb,　　喜欢就快娶姑娘，

Yangl mel lait ongx qangb,　　把妹娶到你家房，

Hangd ongx nal daot daos jox hvib,　　要是爹娘不喜欢，

Ob yel mel Fangb Hxeeb,　　我俩就跑去榕江，

Xik yangl jet liex hveb,	相伴去把蕨根挖,
Khaob hveb liuk khaob khangd,	挖蕨就像挖洞涵,
Lioul hveb liuk daod hsaid,	槌打蕨根像舂碓,
Xeb hveb liuk xeb hxoud.	滤蕨犹如滤碱水[5]。
Dieel geed laib tongl tongb,	阿哥扛了只大桶,
Nil deed laib vel hveb,	妹扛滤窝跟哥去,
Mel had dees mel khab?	阿哥我们去哪里?
Mel ged niangs mal xenb,	就去里边把蕨滤,
Mel tod hveb laol xenb,	去把蕨粉倒出来,
Mel tod hveb laol geeb,	倒来蕨粉炒成粑,
Naif hveb gix jid jid,	压得蕨粑叫叽叽,
Dangf ghab dlioux meed khangd.	好像鬼神躲洞穴。
"Hxangd ghaok bel daib hlaod?"	"炒熟了没,好哥郎?"
Hxangd jangx dlaol qeb diud,	熟了阿妹急捡来,
Deus diot dieel ib had,	分给阿哥得一块,
Niangx xenb wil ib had,	阿妹我也得一份,
Ob max xil hxoub hlaod!	我俩有啥忧愁呢!

Dieel:	男:
Niel jel xongt youx lob,	陪伴完哥把路赶,
Niel jel mait youx lob,	陪伴完妹跟哥郎,
Yel yal yit dangx hlieb,	莫再逛这游方场,
Senl mel hvat niangx xenb,	快点成婚,好姑娘,

Senl mel lait liex qangb,	把妹娶到哥家房,
Tad oud saot liex qangb,	进哥房间脱衣衫,
Niul qongd saot wax wib.	配得房间真漂亮。
Beb fal deet hfangx aob,	到了明日天刚亮,
Jel hsaid lait liax lob,	阿妹舂米把碓舂,
Laib jel bet daox daob.	把碓舂得咚咚响。
Dieel nal haot niangx xenb:	阿哥亲娘跟妹讲:
"Xangb hsaid bel laix niangb?	"米舂成没,好儿媳?
Xangb hsaid laol bax dab,	米舂成就去扫地,
Eub sail lait vangx teub,	把水挑来倒进缸,
Vees diel xak beex dlioub,	汉梳来梳好鬓发,
Qoub diel hxangt vangx mas,	洗面庞用汉家帕,
Geed hxed diot diongx hmongb,	大碗热饭进肚肠,
Oud hsaid qet jox wangb."	穿上刚染好的衣。"
Dieel nal kot hxex nib:	阿哥娘把小妹喊:
"Yangl dlaol jet liex gheub."	"小妹带你去坡上。"
Jet lait dieel liex gheub,	上到阿哥的田里,
Tad oud saot liex gheub,	阿妹脱下新衣衫,
Niul ghad pat liex gheub.	点缀土头真美观。
Bul ngangt jus max ab,	别人见了起嫉妒,
Bul dangt jit dax ghaib,	别人用计把妹喊,
Ghaib dieel xek yongx dab,	喊哥不屑来搭腔,
Ghaib nil xek yongx dab,	喊妹不屑来搭腔,

At al yef jangx dinb, 这样才成好侣伴，

Yef jangx sad naix jub. 成为一家幸福长。

Gef: 女：

Yangl mel hvat daib xongt, 快接去吧，好哥郎，

Yangl mel lait khab qout, 把我接到哥家房，

Mel vud xik deus jet, 上坡挖土一起去，

Laol sad xik haib hxet, 回家我俩并排坐，

Neux geed gangf jus dit. 进餐同用一个碗。

Hak ib had bib xongt, 舀一小口给阿哥，

Xek ib had bib vangt, 嚼一口来喂儿郎，

Laix seub gol diongs mait, 孩儿哭了喊爹娘，

Dliangx khab ghal bes sait, 阿哥伸手来抱抱，

Niangx xenb wil hvib hfent, 阿妹见了把心放，

Dot liex dieel bens ghaot, 得阿哥来把婚配，

Bangl ongx mel hsangb hniut, 陪伴你到千年去，

Wangs niangx liangl laib hxut. 万载阿妹也放心。

Dieel: 男：

Dieel max hvib khangd liouf, 阿哥有情在暗处，

Dlaol max hvib khangd liouf, 阿妹有情在暗处，

Xek bib nenx dol buf, 不露给别人看见，

Ob bib nenx dol buf, 我俩露给别人见，

Bul daib deed mel dongf, 别人背后去议论，
Ongx ob qed yel gef. 你我恩爱会被毁。

Gef: 女：
Max hvib liuk diongs dieel, 有情有意如哥郎，
Max hvib liuk diongs dlaol, 有情有意如姑娘，
Max dios xongt jus dail, 世上不仅哥一个，
Max dios mait jus dail, 也不仅是妹一人，
Sax dios xongt jus dail, 如果只是哥一个，
Sax dios mait jus dail, 也只是阿妹一人，
Naix jub dat das jul. 别人都已经不在。

Dieel: 男：
Laol mel hvat niangx xenb, 快点去吧，好姑娘，
Senl mel lait liex qangb, 把你娶到阿哥房，
Dieel mel jet liex gheub, 上坡阿哥独自上，
Dieel mel wit daix vob, 菜园阿哥自己理，
Dieel mel ghangt daix eub, 井水阿哥自己挑，
Dlaol liangl liul at ongx hmub, 阿妹放心去刺绣，
Dal xil hxut nenx senb! 还有什么挂念的！

Gef: 女：
Niangb not niangb lax laol, 阿妹在家已久长，

247

Niangb not xis laix nal,	住久爹娘把心伤，
Xis hxut naib naix loul,	亲娘灰心面无光，
Xis hlat ghangb dlaox wil,	萧条到锅瓢碗盏，
Dief not diux hlieb gal,	跨多也会矮门槛，
Daif not hxix ghangb jel,	碓舂多了磨损完，
Mouf not hxix wangb jul,	簸箕簸多也会烂，
Ghangt not ghenx eub diul.	水挑多扁担也弯。
Naib sax bouf dangl diangl,	小时亲妈可呵护，
Naib max bouf dangl loul,	大来亲妈难呵护，
Max vangs dinb diot dieel,	不给阿哥找媳妇，
Max vangs dinb diot nil,	不给阿妹找丈夫，
Dlab dot gix jangb niel,	如果得笙伴木鼓，
Dlab dot ongx jangb wil,	如果得你来伴我，
Laix kot laix dab heul,	一个喊来一个应，
Liuk heuk diongx hlieb mel.	犹如木鼓出大门。
Ongx ghaib wil at xil?	你喊我来做什么？
Wil ghaib ongx qet doul,	我喊你快去烧火，
Laol taob ongx xit mangl,	热水拿来洗面庞，
Liex niangb dab qet doul,	阿哥坐起来烧火，
Niux niangb ib pat veel,	阿妹一边纺纱忙，
Veex gangb hxangb nenk mongl,	纺纱就要纺得细，
Max momgl maib at mongl,	不细也得要纺细，
Niuf jox dob nenk leel,	织成棉布紧又密，

Hseuk jox dob nongk niongl,	染这匹布要染青，
Xok jangx gangb niat nial,	红得犹如九香虫，
Liaf jangx gangb wuk wul,	闪亮就像绿壳虫，
Vangx ib pangb diot dlaol.	缝成一件给姑娘。
Dlaol niangb ghab khongt vangl,	阿妹我在村巷玩，
Meex ghab penb bet dleul,	拍拍衣衫尘飞扬，
Soux ghab penb wat jul,	尘土飞扬污衣裳，
Vangx ob pangb diot dieel,	缝两件给好哥郎，
Dieel hangb fangb hxangt dol,	阿哥爱走远地方，
Max ib dinb hent dieel,	有一群人赞哥郎，
Max ob dinb hent nil:	有两群人赞姑娘：
"Dail ghab daib mait mal,	"那个小小的姑娘，
Max hlieb dliangb not xil,	矮小得不像人样，
Hsoux hxangb wangb diot dieel."	却会打扮她侣伴。"
Dangx dob bab hent dlaol,	大家都在赞姑娘，
Hent ongx hab hent wil,	夸奖你来夸奖我，
Hent ob laix xik soul,	把你和我一起赞，
Dot ob laix saik bangl,	我俩能结成侣伴，
Ghaot bab sax nongf liangl,	结成双对把心放，
Daot hxoub youx liuk bul,	不像别人在飘荡，
Hangd mait hxoub youx liuk bul,	若妹飘荡像别人，
Mait bab sax nongf dlongl!	阿妹就蠢啊，哥郎！

Dieel:

Hangd xenb niangx daos xongt liel,

Ob ghax xob at bongl,

Xenb niangx saos xongt dlangl,

Khab dliangx ghab vud mel,

Xenb niangx niangb sad nal,

Nis nenx hab hneut mongl,

Dieeb linx diot xongt liel,

Yes jangx hmub diot mait nangl,

Lait daix hnaib ngouf niel,

Qet wangb soul ghaif ghail,

Xit dongx hab xik yangl,

Xit dongx lob souk niel,

Diot maix daib xenf dieel,

Diot maix daib xenf dlaol.

Jus vut daix yes gef liel!

Gef:

Xenb niangx daos dieel bongt,

Daos ongx vob ghal hot,

Daos ongx dinb ghal ghaot,

Gib niux saos dieel qout,

Mel lax hab mel not,

男：

如果阿妹爱哥郎，

我俩就快快成双，

阿妹到了哥家房，

阿哥我就把坡上，

阿妹你就留在家，

在家刺绣和纺纱，

织斜纹布给哥郎，

刺绣缝衣妹得穿，

到了闹热踩鼓玩，

打扮如改鸟[6]一样，

我俩齐心相跟着，

同步来把木鼓踩，

让别人羡慕哥郎，

让别人羡慕姑娘。

妹啊，真幸福美满！

女：

妹真喜欢好哥郎，

喜欢这菜来煮汤，

喜欢和哥结成双，

娶妹去到哥家房，

去到哥家长久了，

恩爱歌

Yis jangx ib menl vangt,	生养一大群儿郎，
Gix hsab sad yal yit,	满屋哭啼又嚷嚷，
Khab dliangx niangb sad hlat,	阿哥你就在家里，
Xenb niangx mel vud gongt,	阿妹我把土坡上，
Saok wix hangb laol lait.	天黑我才把家还。
Jib dail houl houl kot,	孩儿在家叫嚷嚷，
Gix bak hab soul hlat,	在哭爸爸又喊娘，
Khab dliangx jus leel hxut,	阿哥真的很善良，
Mas dangx dlab lol vangt,	为诓娃儿去买糖，
Bib niux ib menl hmongt,	分给阿妹一半尝，
Hak geed diot dlaol jat,	又去舀饭给阿妹，
Khab dlaingx haot dail mait:	阿哥来对阿妹讲：
"Vob geeb niangb nongd mait,	"炒菜在这，好侣伴，
Ongx neux ib had hongt,	你吃一口来尝尝，
Ghangb diangx ghangb xed daot."	看看饭菜香不香。"
Niangx xenb dab hlaod haot:	阿妹回答我哥郎：
"Ghangb diangx ghangb xed bongt."	"饭菜可口真的香。"
Vob ghab at nongd hot,	好菜就这样煮汤，
Dinb ghax at nongd ghaot,	夫妻就这样陪伴，
Bangs jangx hxangt hxed hxut,	结成侣伴心窝暖，
Ob max hxat xid not!	我俩还有啥忧伤！

Dieel:

Deus liex mel bab mait,

Ob laix xol bens ghaot,

Lait hnaib dlaol yis vangt,

Oud qoub dieel nongs hsaot,

Vob geed dieel nongs hot,

Daot bib dlaol hnab nent,

Hxat diel xil diongs mait?

Gef:

Senl mel hvat dliangx khab,

Senl mel lait ongx qangb,

Xik yangl jet liex gheub.

Liex dieel eek laix seub,

Bangx dlaol ghangt moux deus,

Jet lait dieel liex gheub,

At lait ghangb wix dlaib,

Ongx wil yes diex lob,

Diangd sad ngangt laix naib.

Ngangt nal jat max ghangb,

Bangx dlaol at dangx tinb,

Hangd nal bet max daob,

Vangs xangs ngangt laix naib,

男：

来和哥吧，好阿妹，

我俩结婚成双对，

到了阿妹有小孩，

衣服尿片哥来洗，

阿哥自己煮饭菜，

不让阿妹来动手，

你还忧愁什么，妹？

女：

快来娶吧，好哥郎，

娶妹到了你家房，

相随一起去坡上。

阿哥你就背娃儿，

阿妹我去挑圈肥，

去到阿哥的土头，

活路干到天黑尽，

你我收工把家回，

回家来看爹和娘。

见娘晚饭吃不香，

阿妹急忙添红糖，

如果爹娘睡不着，

去请郎中把娘看，

Nal nongs vut dax boub.

Dol bul hent niangx xenb,

Hent dlaol vut jox hvib,

Vut liul ngangt laix naib.

Dieel:

Niangx xenb bend vut liul,

Max hongb qit diot nal,

Hangd niangx xenb qit diot nal,

Liex niangb ib pat houl,

Liex bab yud qit mel,

Max hongb tat mait liel,

Hangb jangx laib khangd qout leel.

Gef:

liex haot xenb vut houl,

Bab max hongb vut liuk bul,

Dliangx khab geed qit laol,

Niux bab yud qit mel,

Baix laib nend lait laol,

Gox laib nend sait mel,

Dongx hvib diud jet bel,

Hangb jangx laib khangd qout leel.

娘的身体会好转。

大家听了赞阿妹，

夸奖阿妹心善良，

赞妹心好照顾娘。

男：

阿妹的心真善良，

不发脾气给爹娘，

妹发脾气给爹娘，

阿哥我若在一旁，

哥也忍着好姑娘，

我也不会把妹骂，

和睦相处万年长。

女：

阿哥夸妹心善良，

我也不比别人强，

阿哥起头发脾气，

妹也忍着不出声，

若是摆到这些啊，

把这些话扔一旁，

齐心一起上坡去，

和睦相处万年长。

注释：

①此处苗寨以水田居多，田里常年养鱼，故说"阿哥跟在牛后面耙地，阿妹则跟在牛后面捞鱼"。

②巫化沟：今剑河县革东寨村对面的一条小沟。

③ saot：为 saok 的转音换调词，即黑暗。

④六河：指施秉县马号镇六河村，位于清水江边。

⑤滤碱水：苗族农村妇女常将烧开的清水倒在装满草木灰的、可以漏水的器物内进行过滤，得到的碱可以用来染布。

⑥改鸟：鸟名，苗语音译。全名为"改改鸟（ghaif ghail）"，这是一种美丽的小鸟。

HXAK DAOL DIUT
疏远失恋歌

Dieel:

Niangx daix laib niongl hniut,

Niangx daix khab longl dout,

Niangx daix xenb longl hxet,

Niuf niox laib dlangl hxet,

Niuf jangx dob deul jangt,

Haot niuf jangx ob ghal sangt,

Dangl niangx ghangb laol lait,

Saib niux nal hvongt hvit,

Tangb nenx dol not khout,

Hlib bul dol gheut tiet,

Hlib bul geed laot xit,

Hlib bul joud laot ongt,

Hangb jab dlaol ghaot but,

Dlius liex dieel dlangt out,

Khab dlaingx wil hxat wat!

男：

在那过去的岁月，

哥来到这游方场，

妹到这里陪哥郎，

紧紧相恋在歌场，

亲密像布拿胶浆，

说好相爱即成伴，

哪知拖到后来啊，

恨妹爹娘太贪婪，

贪别人家多银两，

贪恋别人的大房，

贪图别家甑子饭，

贪恋别的大酒坛，

才逼妹和他人伴，

抛弃哥成单身汉，

阿哥我啊好惆怅！

255

Gef:

Niangx daix hnaib hniut al,

Niangx daix khab hlongt laol,

Niangx daix xenb hxet niel,

Niangx daix ob haot senl,

Dangl ghangb niangx lait laol,

Dliangx khab ngangt mait liel,

Dliangx khab ngangt but niongl,

Liex hangb ghaot but mel,

Dlius niux niangb qout nal,

Dlius niux hangb ot jel,

Das daix yes xongt liel!

Dieel:

Eub hmeed deus gox leel,

Jus hxot hxoub youx jul,

Xenb xoud boub dax niel,

Laib laot dlab liex dieel,

Ib hxot dob jex longl,

Nongs sangt dob jex mel,

Dlius xongt niangb dangx nal,

Senb dongb daot jangx dliangl.

女：

在那过去的岁月，

往年哥到游方场，

往年阿妹来陪伴，

说好我俩要成双，

等到岁月又回转，

哥看妹穿得破烂，

看到别人很漂亮，

阿哥去把别人伴，

把妹丢在这地方，

妹单身成老姑娘，

真愁死了，好哥郎！

男：

泡沫顺河往下淌，

一会儿就全消散，

阿妹假装陪哥玩，

甜言蜜语把哥诓，

心上人儿一会来，

你就跟他结成伴，

丢下阿哥在歌场，

阿哥疯癫不成样。

Gef:

Vob hveb diangl houd gongt,

Dax hsab jel yad yit,

Sangb vob dail xid hot,

Sangb dinb dail xid ghaot?

Sangb hveb laol qangd mait,

Mub hvib diel nend wat.

Dieel:

Niangb dab xik dangf gal,

Hxoud wix xik dangf yongl,

Ghangb ngail nongt hof bongl,

At xil daot hof bongl?

Nongs dol but bangf mel,

Hveet dail xongt naf liul.

Gef:

Dliex doul ghab but las,

Dliex doul vak vak jis,

Ongx nal vak vak sens,

Vak vak senl khait dlas.

女：

蕨菜生在山林上，

长得密且很粗壮，

好菜谁人来煮汤，

帅的阿哥谁来伴？

冷言冷语讽姑娘，

真叫阿妹我心伤。

男：

我俩坐着一样矮，

站起高挑头平齐，

看样就要成双对，

为何却不成侣伴？

你却成为他人妻，

害得哥哥空着想。

女：

火把放在大土旁，

火把偷偷在烧燃，

你娘偷偷把人问，

偷偷娶富家姑娘。

Dieel: 男：

Dliex doul ghab but ged,   火把放在大路边，

Dliex doul vak vak diod,   就把火把偷点燃，

Ongx nal vak vak eud,   你娘悄悄问别人，

Vak vak senl khait hxed.   悄悄去伴富家郎。

Gef: 女：

Xenb naib jus hxut dlongl,   阿妹妈妈真愚蠢，

Boub ongx ob vut bul,   知道我俩在相恋，

Xenb niangx deus xongt niel,   妹和阿哥在谈情，

Naib max bib mait daol.   母亲不准妹疏远。

Dangl niangx ghangb lait laol,   待到岁月转来到，

Saib ongx naib hxut bal,   可恨你娘太绝情，

Jab liex deus mait daol,   逼哥和阿妹疏远，

Hangb xob maix at bongl,   你才变心娶他人，

Dlius niux niangb had nal,   抛弃阿妹在此地，

Das daix yes xongt liel!   阿妹要死了，哥郎！

Dieel: 男：

Gangb saik yel saik yel,   好鸣蝉啊好鸣蝉，

Gangb saik yel guf vangl,   鸣蝉它在寨子上，

Hlat dlob nenx yef diangl,   四月它才生出来，

Hlat sab nenx yef gol.   五月它就可鸣唱。

疏远失恋歌

Jet diub vangx buf bel,	上到山梁望坡坂，
Ngangt eub lix liaf liongl,	见到坂田水汪汪，
Ngangt xenb niangx bangf vangl,	看见阿妹的寨上，
Mait jus hsoux daok deul.	阿妹正在织布忙。
Mait dieeb linx yaf liol,	妹织斜纹布八匹，
Hmub hsab max yaf jel,	绣花衣片有八件，
Ghab tiub max yaf bongl,	绑腿也织有八对，
Hlinb bab max yaf jel.	八只手镯戴手上。
Sangb wangb bul bangf bongl,	漂亮是别人侣伴，
Sangb hveb dieel dlouf gol,	留妹嘴甜得念想，
Hveet khab dliangx naf liul,	想得阿哥魂魄断，
Hxat das daix gef liel!	真忧愁啊好姑娘！

Gef:	女：
Deut waif gox eub leel,	木排绕滩往下淌，
Mait buf liex hvib jul,	阿哥的心妹看穿，
Xongt buf maix daib niul,	阿哥见别人漂亮，
Xongt niuf naix jub mel,	就去和别人陪伴，
Daot niuf niangx xenb yel,	才不去和阿妹玩，
Ghaot deef niux niangb dlangl,	留得妹在游方场，
Hxat youf daix ghab moul.	真的忧愁，好哥郎。

Dieel:

Wil hxed dlaol liaf hliat,

Soul hxed bongl yof yangt,

Bongl dlangd yel gouf deut,

Dail hsoux hxed yef dot,

Max hsoux hxed dlouf dlangt,

Dleeb dlinl mel yaf qout,

Sab jex nangl bouf mait,

Dliangb ghaix xil bouf xongt,

Das daix bul bangf seet.

Gef:

Liex hlib liaf liongl hxut,

Niux hlib youf bel wat,

Jangx ghab vef vel get,

Ghab vef vel dot get,

Xenb niuf dieel dot hxat,

Boub saod dlaol xek hxet,

Diangd niel diangd dot hxat,

Diangd xol xad diot hxut.

Dieel:

Deut jent ghangb vangx bel,

男：

我看阿妹心一闪，

像对鹞鸟在翱翔，

双鹰翱翔树梢上，

会陪的人得侣伴，

不会就成单身汉，

走遍四面和八方，

各地来和妹相伴，

哪样鬼来伴哥郎，

哥真的会死，好阿妹。

女：

阿哥三心又二意，

阿妹却是真的想，

好像母鸡在蹲窝，

母鸡蹲窝蛋生出，

阿妹恋哥得忧愁，

早知阿妹莫陪伴，

越陪阿哥妹越愁，

反而得愁人心头。

男：

培植的树在山上，

Deut jent jef jex bongl,	植了树木十九双,
Mait dangt jef jex niongl,	阿妹出生十九年,
Jef diut hniut wangx yel,	十六岁了仍打单,
Xangf dlangt xenb sax niel,	单身那时也陪伴,
Xangf dlangt xenb max senl,	那时没有将成双,
Max haot ob ongx wil.	没有讲到我们俩。
Dangl lait ghangb niangx laol,	等到岁月来到了,
Ghangb out xenb dangx bongl,	年末阿妹已成双,
Xenb dot xenb dax lol,	妹结伴了才来诓,
Hangb haot ob ongx senl.	才讲你我把婚完。
Diongs xongt hxab ongx bongl,	阿哥我怕你侣伴,
Ghaib dongt dongs dax jul,	家族大伙都来完,
Dloub deut dlinf dax lioul,	棍棒闪闪齐击郎,
Dloub hxongt dlinf dax jel,	鸟枪支支来抵挡,
Dloub hleet dlinf dax venl,	绳索条条来捆绑,
Diongs xongt hxab max niel,	阿哥我不敢陪伴,
Hxab daot bangs bangx dlaol,	不敢来陪好姑娘,
Daol ghad sangs naix mel,	我俩疏远一辈子,
Daol ad hveet liex dieel.	疏远阿妹苦了郎。
Gef:	女:
Maf deut ghad bongx jangb,	砍生松树出脂浆,
Dongf at sad naix jub,	谈到成家把婚完,

261

Dongf at nend ongx hxab, 讲到这里你害怕，
Dongf at sangd ghax niob. 只是摆摆做玩罢。

Dieel: 男：
Niux ngangt liex ib mangl, 阿妹见哥很容易，
Liex ngangt niux ib mangl, 阿哥见妹真是难，
Dangf ngangt jox dob deul, 想见布在缸里染，
Dliof hliat vangx teub laol, 突然把布捞出缸，
Nongt dliet sax hxab bal, 要想撕也怕布烂，
Nongt sangt sax hxab daol, 想婚配又怕离散，
Faf deut naix jub jil, 打脱①好树他人栽，
Faf kheut naix jub nangl, 打脱好裤他人穿，
Faf seet naix jub senl, 打脱情侣他人伴，
Laf xongt hxongx ghangb gol, 剩下阿哥跟随喊，
Nongf ngangt niux hseeb lial, 得看阿妹也枉然，
Youf wat daix ghab moul. 真的累啊，好情妹。

Gef: 女：
Daot max nangs senl khab, 命苦难与哥结缘，
At diux ghab bul deus, 交个朋友好常见，
Diot hxangx hangb nangl jes, 南来北往去赶场，
Saok wix hangb laol saos, 天黑路过我门前，
Haok diux yenb mel bas. 请哥歇脚抽支烟。

Haok diux yenb ghal langl,　　给你烟叶抽一杆，
Haok jangx hangb diangd mel.　　抽完你再回家转。

Dieel:　　男：
Niangb dab haot wil seet,　　坐着说是我侣伴，
Hxoud wix hleet bel hliat,　　站起撒手妹回房，
Jangx ghaob hleet jel deut,　　像斑鸠离树飞翔，
Jangx diob hleet wangl ment,　　犹如螃蟹离池塘，
Hxongx hseeb hveet dieel wat,　　只是陪伴害哥郎，
Hveet dliangx khab jel out.　　可怜哥成单身汉。

Gef:　　女：
Eub hlieb diot jes laol,　　滔滔洪水从东来，
Hlieb eub leel ghais nel,　　一条大鱼往下游，
Gib lib mel pat nangl,　　接着就要下险滩，
Dieeb laib xol laot vongl.　　要筑籪来把鱼拦。
Saib naib bel dot liangl,　　可惜父母无银两，
Saos gik max saos nangl,　　布虽剪了无衣穿，
Saos hxet max saos senl,　　虽游方了不成双，
Gik diot dol jub nangl,　　剪布缝衣他人穿，
Niuf diot dol jub senl,　　玩了却和他人伴，
Nongf hveet ongx ob niel,　　你我一心来游方，
At vut dol jub mel,　　促成人家来成双，

263

Hxat wat yel ghab moul. 愁死我了，好哥郎。

Dieel: 男：
Liangf daot max vob liol, 阿哥无菜来氽汤，
Liangf daot max dinb bangl, 阿哥没妻来陪伴，
Gef hmeet daix hveb nal, 阿妹说的这些话，
Jenk haot daix hveb daol. 净把疏远这话讲。
Diongs xongt longx lob laol, 阿哥快步把路赶，
Dot buf niux ib mangl, 得阿妹你望一望，
Dot gangf niux ib bel, 牵住你手握一握，
Dak liuk ongx ob senl, 也像你我已成双，
Hfent diuf lax eeb mel. 阿哥我也就心甘。

Gef: 女：
Ongx vob ongx mel laif, 你菜你自己煮汤，
Ongx dinb ongx mel bouf, 你妻你自己陪伴，
Bib liex jel bel gangf, 送阿哥手握一握，
Bab daot deus ongx bongl louf. 我也不和你伴抢。

Dieel: 男：
Hmangt sos dieel longx lob, 傍晚阿哥把路赶，
Seuk saos nil dax niangb, 天黑尽妹才来玩，
Hxet diot nal diux gib, 我俩玩在屋角旁，

Gheut tiet leel lax naib,	庭院干净真舒坦,
Bend xend haot ongx ob,	明说你我要成双,
Bel xend diot naix jub,	不讲和别人结伴,
Saib dail wouk Sangx Seub,	可恨展苏②老太婆,
Daod bel yaf vix hseub,	砍八层刺来堵拦,
Bul dlenl saik ghax tongb,	别人要进可以通,
Bul xol saik ghax xob,	别人想娶就成伴,
Dieel dlenl dak max tongb,	为何哥进却堵拦,
Xieel xol dak max xob,	要想成伴难上难,
Dieel ngangt saik niox hseeb.	空看一眼把家还。

Gef:	女:
Doux ongx at mais niul,	若要给你做二房,
Max hsoux taot las ghol,	不如挖土种杂粮,
Neux jul diod las ghol,	吃完土中杂粮后,
Youx mel ged dees houl.	任凭漂泊去何方。

Dieel:	男:
Hmangt hmangt khab longx laol,	每晚阿哥都来玩,
Hmangt hmangt xenb dax niel,	每晚阿妹也陪伴,
Hxet diot laib dangx nal,	我俩玩在游方场,
Hxet nongt dous dangx mel,	坐得场地要塌陷,
Tout dot eub niux ngangl,	吐的口水可吞咽,

Haot diot ob ongx wil, 说是我俩要成双,

Dangl lait ghangb niangx laol, 等到岁月转来到,

Mait ngangt dol jub niul, 妹看别人长得帅,

Diongs mait yes wex liul, 阿妹的心就反悔,

Hangb hxoud deus nenx niel, 就去和他人陪伴,

Dlius xongt niangb dangx nal, 抛弃哥在游方场,

Hxoub wat lab bangx dlaol! 妹啊,阿哥好惆怅!

Gef: 女:

Hmangt gos khab longx laol, 傍晚阿哥来游方,

Saok saos xenb dax niel, 天黑阿妹来陪伴,

Niuf diot laib dangx nal, 陪伴在这游方场,

Ngouf liuk diub hxangx diel, 热闹就像在赶场,

Hlinb xik waif lax jel, 手圈各互换一只,

Qoub xik waif lax liol, 手帕也互换一方,

Haot diot ob ongx wil, 都讲你我要成双,

Dangl lait ghangb niangx laol, 等到来年又回转,

Ghangb out khab wex liul, 年末阿哥却反悔,

Khab hxet dob jex mel, 阿哥去和他人玩,

Dlius mait diub dangx nal, 抛弃妹在游方场,

Saos ghaot jus daix daol, 情侣真的要疏远,

Xangb wat lab liex dieel! 真的伤心,好哥郎!

疏远失恋歌

Dieel:

Ongx sad khab doul dlent,

Ongx sad hlib dail vut,

Hlib dail sangb soul hsot,

Hlib dail dloub soul pet,

Neux geed eub jil pot,

Eub diangx yangb yal yit,

Xenb niangx hangb mel ghaot,

Dlius dliangx khab jel out,

Das daix yes bul seet.

Gef:

Jox eub dlouf dlenl diongl,

Ongx naib dlouf dlaol dlangl,

Ongx naib buf dlaol liel,

Sax bib liangf laol niel,

Max bib liangf laol senl,

Ongx ob yef daol jel,

Daol vob diot bul liol,

Daol dinb diot bul bangl,

Dal hvet diot dlaol gol,

Youx hxoub wat dail dieel!

男：

你家净选好柴捆，

你家净想选美郎，

美如白鹤在飞翔，

就像白雪从天降，

吃饭用茶水当汤，

油多炒菜往外淌，

这些阿妹才去伴，

丢下哥成单身汉，

真愁死了，好侣伴。

女：

溪水随沟往下淌，

你妈来到妹家房，

见阿妹家很贫寒，

允许阿哥来陪玩，

不准阿哥陪成双，

你我才疏远离散，

弃菜别人拿氽汤，

弃妹成别人侣伴，

留话阿妹得念想，

哥啊，阿妹真忧伤！

Dieel:

Jox eub dlouf dlenl pout,

Ongx naib dlouf dieel qout,

Ongx naib buf dieel hxat,

Sax bib gef laol hxet,

Max bib gef laol sangt,

Ongx ob yef daol diut,

Daol vob diot bul hot,

Daol dinb diot bul ghaot,

Dal hveb diot dieel hsent,

Dieel hlib hveet dieel wat.

Gef:

Dot bens ongx hvib liangl,

Hfent hvib lax eeb mel,

Daot hlib niangx xenb yel,

Xongt dlius niangx xenb dail,

Liuk dlius nangx dlius doul,

Liuk dlius jox vob bal,

Wit sas niox ghangb vangl,

Beet bab max qeb ngangl,

Hxat das daix ghab moul!

男：

长流河水入险滩，

你妈看见我家房，

见阿哥家太贫寒，

允许阿妹和我玩，

不准阿妹来成双，

你我才疏远离散，

菜拿给别人煮汤，

妹和别人去结伴，

只留话给哥念想，

哥甚思念愁哥郎。

女：

得了侣伴把心放，

安安心心搞生产，

不把阿妹来念想，

阿哥你把妹抛弃，

如弃青草和柴火，

像弃枯黄的菜叶，

把它掰弃寨脚下，

瘦猪也不爱去尝，

真是忧愁，好情郎！

Dieel:

Vut jus niongl jib daib,

Xik yangl mel diub eub,

Ghab but wangl hlioub diob,

Khab lix soul nios vob,

Ib hxot max bib dlius,

Max bib dal daib khab,

Max bib dal daib xenb.

Dangl lait dieel hlieb hlieb,

Dangl lait dlaol hlieb hlieb,

Dail dlaol hsoux hxangb wangb,

Qet yes niongl bongb yongb,

Soul vongx fal diub eub,

Dlaol lait dieel ghangb qangb,

Buf liex dieel haok xis,

Ghab hfeet loul hsangb vob,

Oud kheut sail nous nais,

At mait liel xis sees.

Hangb souk deus dol daib dlas,

Deus bul nangl dob dens,

Ngangl geed ngangl laib dloub,

At nend yes daol daib khab,

Dlius xongt liel niangb qangb,

男：

好在幼儿那一段，

互相领引去沙滩，

河边掀石找蟹玩，

河边修田打菜忙，

一会都不能离散，

不让丢了好哥郎，

不让失去好妹娘。

等到阿哥渐渐长，

等到阿妹渐渐大，

阿妹已经会梳妆，

浓妆艳玉真漂亮，

就像龙女出水潭，

阿妹来到哥家房，

见阿哥家很贫寒，

吃的粗糠把菜掺，

衣裤穿得很破烂，

心中念妹暗羞愧。

你才跑去伴富人，

和富人去穿绸缎，

吃的尽是白米饭，

这样才疏远哥郎，

抛弃阿哥游方场，

269

Ved wul diot xenb niangb,　　守护天下给妹住，
Hxat wat yel daib xenb.　　妹啊，阿哥真忧伤。

Gef:　　女：
Niangx daix khab at doul,　　以前阿哥把柴砍，
Niangx daix xenb ghangt wangl,　　以前阿妹把水担，
Dlangt out jef jex niongl,　　已经单身十九年，
Jef diet hniut wangx yel,　　十六岁仍在打单，
Xangf dlangt khab longx laol,　　单身那时哥来玩，
Xangf dlangt xenb dax niel,　　单身那时妹陪伴，
Niuf diot laib dangx nal,　　我俩玩在游方场，
Niuf nongt dous dangx mel,　　坐得场地要塌陷，
Tout dot eub niux ngangl,　　吐的口水可吞燕，
Haot diot ob ongx senl.　　我俩讲要把婚完。
Dangl lait ghangb niangx laol,　　等到岁月转来到，
Ghangb out khab dangx bongl,　　年末阿哥已成双，
Khab dot khab dangx mel,　　阿哥得了把心放，
Khab daot hlib niux yel,　　哥再不把阿妹想，
Ghaob at dees jangx vel,　　斑鸠很难筑成窝，
Xenb at dees jangx dail,　　阿妹怎能成人样，
Xangb wat laob liex dieel!　　真的伤心，好哥郎！

Dieel:

Ghaob nenk mas neux menl,

Ghab dat das max fal,

Xenb dot xenb max weel,

Xenb dot xenb dangx mel,

Xenb daot hlib liex yel.

Ghaob at dees jangx vel,

Khab at dees jangx dail!

Dieel deus dot deus yongx mel,

Deus yat hangb neux leel,

Hangb daot hxoub youx yel.

Gef:

Dliangx khab dongf ged senl,

Wil bongx hvib dangf yangd niel,

Hangd dliangx khab dongf ged daol,

Tat wenf lax ged mel,

Daot xenf daix xid yel!

Dieel:

Laot out laib niangx niul,

Hmangt hmangt khab longx laol,

Hmangt hmangt xenb dax niel,

男：

斑鸠扭头啄麦粒，

公鸡杀死不再起，

阿妹成家难离异，

妹已心安随人去，

不把阿哥再惦记。

斑鸠难筑窝巢居，

阿哥还成啥人呢！

无奈阿哥从军去，

他乡去求好生活，

求个安心不焦虑。

女：

阿哥讲到要成双，

我高兴如踩鼓样，

若是摆到要离散，

互相疏远把家还，

这还值得个哪样！

男：

就在开初那时光，

每夜哥到游方场，

每夜妹也来陪玩，

Hxet diot laib dangx nal,	我俩玩在游方场，
Hxet nongt dous dangx mel,	坐得场地将要陷，
Bend haot diot ob ongx wil,	本说我俩把婚完，
Dlaol hlouk hliongt bib liex dieel,	妹脱手圈给哥郎，
Dieel hlouk hxangt bib bangx dlaol,	哥脱衣裳送姑娘，
Haot diot hxub nax liel,	说在秋季把谷收，
Hxub nax saos sad jul,	要把稻谷收获完，
Hxub jangx khab diangd longl,	收完阿哥又回返，
Khab dax xenb houd vangl,	来到阿妹寨头上，
Hvouk jit ghaib bangx dlaol,	打个口哨把妹喊，
Mais hnangd jus diex laol,	阿妹听了出门来，
Deus xongt ob diex mel,	跟着阿哥把路赶，
Saos qout ob ghax liangl,	到家我俩把心放，
Dangl lait ghangb niangx laol,	等到来年又回返，
Dieel kheud hxat vangs neux mel,	哥因贫穷找吃穿，
Mel lait ib niangx dangl,	已经去了一年半，
Hlat diet mais neux mol,	六月父母要吃卯③，
Xangt hsent ghaib liex dieel,	父母带话把哥喊，
Diongs xongt yes diex laol,	阿哥我才把家还，
Laol ngangt naib naix loul.	回家来看父母俩。
Xit deet neux laib mol,	上午过个吃新节，
Xit hmangt diex lob laol,	夜晚阿哥把路赶，
Hlib ngangt niangx xenb dail,	想把阿妹望一望，

疏远失恋歌

Hlongt lait niux fangb dlangl,	走到你们游方场，
Hfad jit dax ghaib dlaol,	打个口哨喊姑娘，
Xenb bab hlongt lax eeb laol,	妹也来到游方场，
Xongt ngangt diongs bangx dlaol,	阿哥看到妹面庞，
Haok vut dloub dax dongl,	脸面白净真好看，
Dangf pet los wix laol,	就像白雪从天降，
Dliangx khab laib hxut dlongl,	阿哥确实也太憨，
Dliangx khab nas mait liel:	哥我开口问阿妹：
"Dios ongx ghaok daot dlaol?	"是不是你，阿妹啊？
Dios ongx ob sangt mel."	是你我俩把婚完。"
Niangx xenb jus lind mangl,	阿妹把脸稍一转，
Buf liex pangb oud liel,	见哥衣衫淡且烂，
Liuk dlieb liax houd bel,	就像坡上黄鼠狼，
Liuk daix laib houd vongl,	犹如猴在悬崖上，
Xenb max dab xongt yel,	妹不应答哥郎我，
Xenb yax lob souk mel,	阿妹赶快跑回房，
Dlius liex niangb nongd gol,	丢下阿哥拼命喊，
Jus daix at nongd daol,	这样真的疏远啦，
Hxoub youx ged nongd dlaol.	妹啊！我只好飘荡。

Gef:	女：
Bul ngangt ob vut bongl wat,	别人见我俩相好，
Naix jub daot ful qit,	不服阿妹和你伴，

Naix jub longl doul diot, 故意怂恿好哥郎,
Ongx ob jef daol sait, 为此你我才离散,
Daol vob diot bul hot, 弃了菜她来煮汤,
Daol dinb diot bul ghaot, 离开哥她就来伴,
Dal hveb diot dlaol hsent, 留话阿妹得念想,
Dlaol hlib hveet dlaol wat. 念想害苦了姑娘。

Dieel: 男:
Nix dieeb liaf liongl ghait, 打造银饰铁锤闪,
Niangx xenb liaf liongl hxut, 阿妹的心不稳当,
Dax niangb liaf liongl laot, 来和哥玩也说谎,
Dlax eub dlouf dlenl seet, 滴水能把岩蚀穿,
Dlax hveb dlouf dlaol hlat, 话也泄露给爹娘,
Niux naib buf dieel hxat, 你母见我太贫寒,
Niux naib senf bel sait, 阿妹妈妈手一扬,
Max bib gef laol hxet, 摆手不给妹来玩,
Ongx ob jef daol diut. 为此你我才离散。
Daol vob diot bul hot, 白菜他人来煮汤,
Daol dinb diot bul ghaot, 阿妹去和他人伴,
Linl hveb diot dieel hsent, 留你话儿我念想,
Dieel hlib hveet dieel wat. 哥想太甚苦哥郎。

Gef:

Hfangx hlat dangf hfangx doul,

Dangf sot yif hfangx nangl,

Sot yif hfangx ghangb nangl,

Mait buf ongx hvib jul,

Nent ghaif max haib dlaol,

Hxat youf daix ghab moul.

Dieel:

Wil ngangt dail daib xenb,

Dak liuk dail hxab eub,

Buf dail nel eub hniangb,

Ghab dak niongl bongb yongb,

Hxab diak mel diub eub,

Wel dot laol lees qoub,

Dail bangx dlaol vas mas,

Buf nenx dol sangb wangb,

Soul vongx fal diub eub,

Bangx dlaol jus hfid laib hvib,

Hfid liul mel deus niangb,

Dlius liex dieel niangb fangb,

Did diel diot xenb niangb,

Hxat wat yel daib xenb!

女：

月儿朗朗如火亮，

就好像点松脂膏，

照得大地亮堂堂，

阿妹已见你心房，

一定也没想姑娘，

可怜极了，好哥郎。

男：

我看你这好姑娘，

像个水獭站河旁，

见鱼游玩在大江，

鱼鳍长得很漂亮，

水獭潜水捉鱼忙，

捉到鱼得顿美餐，

阿妹你真有眼光，

见别人长得帅气，

像龙公子出水潭，

阿妹变心弃哥郎，

变心去和他人玩，

抛弃哥在这地方，

抵挡土匪给妹玩，

我真忧愁，好姑娘！

Gef:

Maf deut bongx jangb niul,

Dongf diot ongx ob wil,

Gef hxangt max hvib niel,

Dongf diot nenx jub senl,

Gef daot max hvib niel,

Dongf diot niux xangb liul,

Dongf at daix dlaingb xil!

Dieel:

Buf bangx niangb jel deut,

Bangx wab pud niongl bongt,

Hlib ghob bangx laol deut,

Dak hxab bangx bal wot,

Buf niux niangb dlangl hxet,

Liuk laib bangx diangl wot,

Hlib ghob niux laol sangt,

Boub hxab niux nal tat,

Dlius khab dliangx jel out,

Jus das daix yel mait.

Gef:

Ob hniut denx ob niel,

女：

砍斫松树溢树浆，

讲到你我来游方，

阿妹喜欢来陪伴，

要是说到他人去，

妹不喜欢去陪伴，

说到这里妹伤心，

还讲这些做哪样！

男：

看见花开树枝上，

樱花鲜艳正开放，

想采花来插发上，

怕毁嫩薹不再长，

见阿妹你在闺房，

就像花蕾在萌发，

想和阿妹来成双，

也怕阿妹爹娘骂，

抛弃哥成单身汉，

真会死了啊姑娘。

女：

前几年我俩陪伴，

Ob hxet jangx ib niongl,	已玩了一段时间，
Vob nouk doux saos liol,	菜都快要煮汤了，
Dinb nouk doux saos bangl,	我俩也快成侣伴，
Saib mait jox nangs gal,	恨妹命苦家贫寒，
Nangs yut jangx jub mel,	命苦人小如粟样，
Hangb pait max gos dieel,	才配不上好哥郎，
Vob vut maix daib liol,	好菜别人得氽汤，
Dinb vut maix daib bangl,	好郎别人得成双，
Nongs vut maix daib mel,	可惜哥找别人去，
Dlius mait niox laib dlangl,	抛弃阿妹在闺房，
Xangb wat daix ghab moul.	情妹我真是忧伤。

Dieel:	男：
Deut yel niangb vangx hvib,	栎树生在山岭上，
Deut yel ob vix gox,	栎树橡皮④两层长，
Beet gangl niangb ngaox qib,	老母猪在圈舍关，
Beet gangl ob vix dlioub,	两层毛遍身长满，
Mait dail niangb diux qangb,	阿妹住在父母房，
Mait leel hveb lax eeb,	阿妹嘴巴真会讲，
Dlot dail diongs dliangx khab,	嘴巴似蜜把哥骗，
Ghangt ghoul hvib ngax ngaob,	骗得阿哥心飘荡，
Hxut dal niangb mangx fangb,	心失落在你地方，
Daot xol diongs niangx xenb,	没娶得妹作陪伴，

277

Hveet dail diongs dliangx khab, 真是可怜了哥郎，
Hxat liul wat bangx gangb. 阿妹令我好忧伤。

Gef: 女：
Ngangt dail diongs dliangx khab, 我看你这好哥郎，
Xongt liel ob ghox hvib, 阿哥你有两心脏，
Hlongt laol haot hlib niangx xenb, 来了讲是把妹想，
Diangd mel lait maix fangb, 回头转去别地方，
Nongs mel vut nenx jub, 又去爱别的姑娘，
Hlib xol bul at ongx dinb, 想娶别人为侣伴，
Hangb daol diongs niangx xenb, 才疏远我这姑娘，
Dlius nil niangb dangx hlieb, 抛弃妹在游方场，
Bangx dlaol hangb wangx yeb, 妹才成单身姑娘，
Xangb liul wat dliangx khab! 阿哥令我好忧伤！

Dieel: 男：
Xangf dlangt dieel longx lob, 单身时来游方场，
Xangf dlangt nil dax niangb, 阿妹也来陪哥玩，
Niuf diot nal diux hlieb, 玩在父母大门旁，
Niuf not leel wax wib, 玩多场地净光光，
Sax gheud diot ongx ob, 议定我俩要成双，
Max gheud diot maix daib, 不和别人结侣伴，
Dangl laol lait niangx ghangb, 等到岁月转来到，

278

疏远失恋歌

Dail nal dak wex hvib,	你父母太偏心了，
Daod bel yaf vix hseub,	砍了八层刺来拦，
Bul dlenl saik ghax tongb,	别人进去很通畅，
Bul xol saik ghax xob,	别人想娶就成双，
Dieel dlenl dak max tongb,	阿哥进去不通畅，
Dieel xol dak max xob,	哥娶阿妹难上难，
Dieel ngangt dlinf niox hvib.	只看一眼把家还。

Gef:	女：
Gangf ib bel sax hlib,	牵手一次永难忘，
Buf ib mangl sax ghenb,	相见一面久思量，
Faf diot bul gix seub,	哥娶别人没痛哭，
Laf mait laol vux hveb,	独自嗟叹我神伤，
Dongf hsent dail dliangx khab,	时时夸哥人品好，
Dongf hent dieel sax hseeb,	夸赞也是白开腔，
Youf wat yel dliangx khab!	哥啊，阿妹欲断肠！

Dieel:	男：
Niangx qid khab at doul,	从前阿哥去砍柴，
Niangx qid xenb ghangt wangl,	阿妹也去把水担，
Niangx qid khab hlongt laol,	从前阿哥去游方，
Niangx qid xenb hxet niel,	阿妹你也来陪伴，
Niangx qid daib haot senl,	我俩都说要成双，

279

Niangx ged ghangb lait laol,	等到岁月又回转，
Ongx hxed khab haok bal,	你看哥家太贫寒，
Neux geed ghab hfeet loul,	吃饭还用粗糠掺，
Nangl oud hxeeb lieex liol,	衣裤棕片来做穿，
Ongx sad nongs hxet niel,	你只是来陪哥郎，
Ongx ged dees qet senl,	你哪敢和哥成双，
Senl ged dees lait dieel,	婚配轮不到哥郎，
Dieel sad jus ot jel.	阿哥才成单身汉。

Gef:	女：
Hveet dees ongx ob niel,	可怜我俩相陪伴，
Hxet gos dlongx gos jel,	东倒西歪游方场，
Hxet bab max saos senl,	虽玩轮不到成双，
Nongs but nenx jub mel,	好了别人把婚完，
At hveet niangx xenb niel,	可怜阿妹来陪伴，
Hxat wat daix ghab moul.	忧愁得很，好情郎。

Dieel:	男：
Boub dlaol hlib max hlib,	不知阿妹想不想，
Daib dieel jus daix hlib,	阿哥我真想姑娘，
Hlib laol eub niux yangb,	想得鼻涕口水淌，
Eub mangl yangb jex vongb,	泪水流淌成九行，
Geed[5] diot dab max qeb,	谷掉地上不捡放，

Geed diot dab jangx yib,	任随它再长成秧，
Jangx bongl deut mangx dloub,	长成一对白枫树，
Yangs gol yol wix yab,	直挺挺到半空上，
Daid dongd hlat niangx ib,	恰好正月开春到，
Daid dongd hlat niangx ob,	二月春天早回返，
Bul daod ghat jux hangb,	别人砍去架桥梁，
Yub jux Ghangb Nangl Hseet.	把桥架在干南社⑥。
Jux hlieb fangd yal yit,	木桥宽大而且长，
Jul hmub jul diel fat,	苗汉官民全过完，
Nangx keb jangd lal tait,	走得大桥悠悠颤，
Bul hlieb nix liangl sangt,	别人他家多银两，
Bul ghob niux mel ghaot,	别人娶妹做侣伴，
Dieel xous nix liangl fat,	阿哥家里太贫寒，
Dieel maib dad bel ghat,	哥用手指勾妹娘，
Dieel dleeb dad bel hliat,	指勾不稳即打滑，
Dleeb vob diot bul hot,	菜落别人去煮汤，
Dleeb dinb diot bul hxet,	妹和他人成侣伴，
Dal hveb diot dieel hsent,	留话给哥得念想，
Dieel hlib hveet dieel wat.	哥想太甚苦哥郎。
Gef:	女：
Max longl khab hsout longl,	不来阿哥已错来，
Max niel xenb hsout niel,	不陪阿妹已错陪，

281

Niel laol bus hxut dlinl,	陪来魂钻妹心里，
Jangx box bus laot wangl,	好像浮萍进池塘，
Jangx lix bus hseet mongl,	好像细沙入田里，
Niangx kangx veb hvat bal,	大船触礁快损坏，
Dif dlax eub hvat loul,	木桶漏水快老化，
Sangx Dangx bus jit sail,	展党⑦山高进风寒，
Sangx Yongx max vut ghol,	展勇⑧小米不饱满，
Gangb dleuk gangb dleux dleul,	水案板呀水案板⑨，
Gangb dleuk bus lix wul,	水案板在田中长，
Xangf not daib max jul,	繁殖太甚田长满，
Keeb kak wangs ghax sangl.	千犁万耙灭绝完。
Ob hxet diub dangx nal,	我俩玩在游方场，
Hxet not hvib bongx benl,	玩多心里很高兴，
Hxut yangt haib liex dieel,	魂魄飞去黏哥郎，
Bend haot ob ongx wil,	本说我俩要成双，
Hsangb hniut bab max daol,	千年万载不离散，
Dangl lait ghangb niangx laol,	谁知已等到年底，
Xongt hsent hveb maix dol,	阿哥信了他人话，
Hsent not jus daix daol,	听信多了真疏远，
Khab sangt dob jex mel,	阿哥去把他人娶，
Khab dot khab ghax liangl,	得了侣伴把心放，
Khab at dees nenx dlaol,	阿哥没把妹来想，
Xangb wat laib liex dieel.	我真忧伤，好哥郎。

Dieel:

Longx dlinf dlinf longx laol,

Dax dlinf dlinf dax niel,

Bul niel mais bet senl,

Ob niel mais bet daol,

Liuk dleet nangx dleet doul,

Nangx leex ghab gongt houl,

Dak liuk gangb xix xol,

Bus hsat gangb max laol.

Houd qid niangb dangx nal,

Dax niangb xangt bel dlial,

Jangx hxab xangt bel nel,

Xangt neuf souk max daol,

Neuf souk bus gox loul,

Dees at dees max laol.

Gef at niangs dangx bongl,

Dot niouf dleet liex dieel,

Ghangt dies dliof max laol,

At daos dongf ghax houl,

Diongs xongt hvib max liangl,

Xongt hlongt ghangb vangx dangl,

Xongt hxab ghab dlioux laol,

Liangf liouk nangx ib liol,

男：

阿哥匆匆赶来到，

阿妹急忙来陪伴，

别人陪伴叫成双，

我俩陪伴叫离散，

像留柴草在坡上，

任随柴草在腐烂，

好像虫鱼进玉箐，

进了鱼笱难回返。

刚才玩在游方场，

突然就放手离散，

好像水獭放鱼还，

放鱼逃走不去远，

鱼儿逃进大礁藏，

如何赶也不回返。

阿妹偷偷嫁成双，

得了伴侣丢哥郎，

抬轿去拉不回还，

作为情侣来摆谈，

阿哥我可不心甘，

哥到山岭等姑娘，

哥怕有鬼来追赶，

哥摘茅草叶一片，⑩

Liangf liouk nangx ob lioul,	两片茅草在手上，
Beet saik ghangb jux dangl.	睡在桥下等姑娘。
Hangd mait fat diongb jux mel,	如果妹从桥上过，
Xongt kot diongs bangx dlaol,	阿哥我就把妹喊，
Kot mait dax ob niel,	叫妹停步和我玩，
Hxet ib gangx hangb mel.	玩一会才把路赶。
Hxex yeb wax wib longl,	小妹急忙赶过来，
Hxex yeb dax xangs dieel:	小妹来跟阿哥讲：
"Hxex hlieb nenx gos bongl,	"大姐已经配成双，
Nenx xob nenx nongs mel,	结成侣伴已前往，
Max hongb dax deus niel."	不会来和你陪伴。"
Dliangx khab wil hxoud liul,	阿哥听了很忧伤，
Niangb dab lax ghaif gol,	瘫坐地上拼命喊，
Gol hveb soul saik yol,	叫声朗朗如蝉鸣，
Gangb saik yol saik yol,	好蝉鸣啊好蝉鸣，
Gangb saik yol guf vangl,	知了在树上鸣唱，
Hlat sab nenx yef laol,	五月蜕变才成蝉，
Hmangt sos nenx yef gol,	到了傍晚才鸣唱，
Deut mangx niangb guf vangl,	枫树长在寨子上，
Jit dax hsaob yaf yel,	风吹枝叶在飘荡，
Hlib xenb dail naf liul,	想妹想得心慌乱，
Khab heub yal yenf mel.	阿哥晕倒在地上。
Tongb hsenb mel yaf vangl,	投生去八方他乡，

Sangs ghangb wil yef laol,　　下辈阿哥又回返，

Hangb xob dail gef liel,　　才得阿妹结成伴，

Sangs nongd bul bangf mel,　　这辈你是他人的，

Hveet dees dieel dlouf gol,　　可怜阿哥直在喊，

Hxat das daix gef liel!　　忧愁死了，好姑娘！

Gef:　　女：

Xit hmangt khab longx laol,　　晚上哥到游方场，

Xit hamngt xenb dax niel,　　晚上阿妹来陪伴，

Niuf diot laix dangx nal,　　谈情说爱在这里，

Niuf nongt dous dangx mel,　　快把游方场坐穿，

Sax haot ob ongx wil,　　都讲成双是我俩，

Max haot bib nenx dol,　　不准和别人成伴，

Dangl lait ghangb niangx laol,　　等到来年又回转，

Xongt jet diub hsenx diel,　　哥上省城去当官，

Haok vut dloub dax dongl,　　吃好喝好脸白胖，

Dangf pet los wix laol.　　犹如白雪从天降。

Diongs mait deus laix nal,　　阿妹和娘搞生产，

Haok hliek dlaib niax nioul,　　吃糠喝汤不成样，

Sot liuk gangb gux goul.　　瘦像长蚂蚱稻蝗。

Xongt ngangt dob jex niul,　　哥看别人长漂亮，

Dak liuk neus niongx bongl,　　就像锦鸡披美装，

Xongt hangb ghaot dob jex mel,　　才娶别人为侣伴，

Dlius mait diub dangx nal,

Saos ghaot jus daix daol,

Hxoub wat lab liex dieel!

Dieel:

Mel mel at dees mel,

Daol daol at dees daol,

Mel jas gheut hsenb yenl,

Hsangk bab laix diot bel.

Mait dot bab laix leel,

Mait jet diub hsenx mel,

Haok vut dloub dax dongl,

Dangf pet los wix laol.

Xongt dot bab laix bal,

Xongt jet ghangb vangx bel,

Xongt ngangt laib mangx vangl,

Ngouf liuk laib hxangx diel,

Dangf liuk laib box wangl.

Sab diet dail ghab lail,

Sab diet dail hxeeb diel,

Ngax wab xik dangf leel,

Beex dlioub xik dangf niul.

Ngangt laol nongt houf bongl,

丢下妹在游方场，

情侣真的要离散，

阿哥啊，我好忧伤！

男：

要说走啊怎回返，

要说疏远怎离散，

回去遇见老神仙，

分一把签给姑娘。

阿妹得的是好签，

没上省城当文官，

吃好穿好脸白胖，

犹如白雪从天降。

阿哥得的是丑签，

阿哥天天把坡上，

看到你们寨子上，

热闹拥挤如赶场，

就像浮萍挤大塘。

五六个像当官的，

五六个如差役样，

面庞都白白胖胖，

鬓发也一样漂亮。

看来应该为一双，

At xil daot houf bongl? 为何不能成侣伴？

Nongs dol but bangf mel, 各是别人去成双，

Hveet dail xongt dlouf gol. 可怜阿哥在念想。

Gef: 女：

Laot out dieel longx lob, 从前哥到游方场，

Laot out nil dax niangb, 从前阿妹来陪伴，

Hxet diot nal diux gib, 谈情说爱大门旁，

Gheut tiet leel lax naib, 庭院门前净光光，

Gheut tiet gol daix hveb, 院门讲的那些话，

Sax gheud diot ongx ob, 都说我俩要成双，

Max gheud diot maix daib. 从不谈及另一方。

Dangl laol lait niangx ghangb, 谁知后来岁月长，

Dol bul daot yongx xenb, 别人嫉妒姑娘我，

Soul dail xongt dangx dinb, 来和阿哥陪成双，

Yes longl doul diot ongx naib. 才进谗言怂恿娘。

Dail nal tat dliangx khab, 你娘才把阿哥骂，

Dieel yes daot longx lob, 哥才不敢来游方，

Max laol sangt niangx xenb, 不敢来娶姑娘我，

Ongx wil yes sax wab. 为此我俩才离散。

Daol jel hveet niangx xenb, 疏远可怜了姑娘，

Hveet dail mait wangx yeb, 可怜阿妹我打单，

Hxat liul wat dliangx khab! 阿哥啊，我好忧伤！

287

Dieel:	男：
Laot out dieel longx lob,	从前哥到你家乡，
Laot out nil dax niangb,	从前阿妹也来玩，
Hxet diot nal diux hlieb,	谈情说爱寨门旁，
Gheut tiet leel lax naib,	庭院门前净光光，
Sax gheud diot ongx ob,	都说你我要成双，
Max gheud diot maix daib.	从不谈及另一方。
Dangl laol lait niangx ghangb,	谁知后来岁月长，
Saib dail songb nongx songb,	可恨心生妒忌人，
Songb nongl diot niux naib,	谗言怂恿妹爹娘，
Niux nal xenl dliangx khab.	你妈才把阿哥嫌。
Xenl dail xongt neux ib,	嫌哥家贫吃杂粮，
Ngangl bal diot diangx hmongb,	吃的粗糠喝淡汤，
Oud hsaid haot max dlaib,	嫌哥衣服染不黑，
Nangl liel diot jox diub.	而且衣裤很破烂。
Houd mil haot max sangb,	嫌哥发辫不漂亮，
Vak mel sab jex sab,	把妹远嫁到他乡，
Sab nangl ghaot maix daib,	他人来娶阿妹去，
Hangb dal dail xongt yex fangb.	剩哥独自来游方。
Jel dlangl diot mangx veeb,	游方场上遭人怨，
At nongd daot jangx daib,	阿哥再无人模样，
Hxat liul wat niangx xenb!	妹呀，阿哥苦无边！

疏远失恋歌

Gef:

Laot out laib niangx niul,

Laot out khab longx laol,

Laot out xenb dax niel,

Hxet diot laib dangx nal,

Hxet nongt dous dangx mel,

Sax haot ob ongx wil,

Max haot dob jex bangl.

Dangl lait ghangb niangx laol,

Xongt ngangt dob jex niul,

Vut fat xenb niangx mel,

Diongs xongt yes wex liul,

Hangb ghaot dob jex mel,

Dlius mait diub dangx gol,

Ghaib at dees max laol,

Hxoub wat laob liex dieel!

Dieel:

Ongx khaib bul khaib not,

Ongx khab dieel ib laot!

Ongx khaib wil ob dot,

Ghaok khaib wil ob dlangt?

Hangd khaib wil ob dot,

女：

从前开初的年代，

阿哥来到游方场，

阿妹来和哥陪伴，

就玩在这游方场，

快把场地要坐穿，

谈到我俩要成双，

妹谈及到另一方。

等到岁月又回转，

阿哥见别人漂亮，

比阿妹我强万倍，

阿哥你才偏了心，

去娶别人做侣伴，

抛弃妹在游方场，

阿妹怎叫不回返，

阿哥，妹妹好忧伤！

男：

你劝别人劝得多，

你劝阿哥一句啊！

你劝我俩来成双，

还是劝我俩打单？

若劝我俩来成双，

Ongx ob xol bens ghaot, 你我快快把婚完,

Dangx ob ghal nongs hfent. 成双我俩把心放。

Hangd ongx khaib wil ob diut, 莫劝我俩要离散,

Wil nongs neux yenb mel yes mait, 妹啊！我就服鸦片,

Doux dlob liol bis beet, 睡在四块木板上,

Neux dab mel jus diut, 去吃泥巴永不还,

Max hongb laol jas hxet. 不再相遇一起玩。

Gef: 女：

Niangx denx hnab hniut al, 在那以往的岁月,

Xenb niangx deus xongt niel, 阿妹和哥来陪伴,

Ghab hxit wangx pat nangl, 在那菜园栅栏旁,

Hveb hveb sax haot senl, 每句都说要成双,

Ob max bib xik daol. 我俩都不许离散。

Dangl niangx ghangb lait laol, 等到岁月又回转,

Khab dliangx ngangt but niul, 哥见别人长漂亮,

Khab dliangx wees hxut dlial, 突然变心就离散,

Xob maix daib at bongl, 去娶别人为侣伴,

Ongx ob hangb xik daol, 你我才疏远离散,

Dlius niangx xenb ot jel, 抛弃阿妹我打单,

Das daix yes xongt liel! 我会死的,好哥郎！

疏远失恋歌

Dieel:　　　　　　　　　　　　　　　　男：

Hmangt wax wib daol mongl,　　　　　夜已深了人已静，

Sot hxix hab jul doul,　　　　　　　　松脂点完柴烧尽，

Bak max bib jul doul,　　　　　　　　父亲不许柴烧尽，

Mais max bib daol mongl.　　　　　　娘不准玩到夜深。

Hlat dax ghab deel gol,　　　　　　　父母来到游方场，

Kot dongx hveb wenl wenl,　　　　　异口同声把妹喊，

Haot niangx xenb laol mel.　　　　　叫妹快快把家还。

Gangb max daos jit lil,　　　　　　　虫不喜欢计力鸟⑪，

Xenb max daos xongt liel,　　　　　妹不喜欢哥郎我，

Xenb niangx deus hlat mel,　　　　　阿妹跟娘把家还，

Dlius dliangx khab diot dlangl,　　　 丢阿哥在游方场，

Khab jenx niangb nongd gol,　　　　阿哥在此拼命喊，

Xenb max hongb hlongt yel,　　　　　阿妹不会再回返，

Das daix yes xongt liel.　　　　　　　哥会死的，好姑娘。

Gef:　　　　　　　　　　　　　　　　女：

Daol mongl hmangt wax wib,　　　　夜深人寂静悄悄，

Jul doul sot hxix hxangb,　　　　　　松脂燃尽柴火完，

Jul vangl beet dangx daob,　　　　　全村入睡无声响，

Dal dieel diot gux niangb,　　　　　　还剩哥在游方场，

Dal dlaol diot gux niangb,　　　　　　妹也还在游方场，

Yel yal yit dangx hlieb.　　　　　　　都还在歌场游逛。

Dail dieel haot niangx xenb,	阿哥就跟阿妹讲，
Ongx mel yat bangx gangb,	你先回去好姑娘，
Dieel hangb vut yax lob,	阿哥我才好回返，
Max boub dieel dlot xenb,	哪知哥把阿妹诓，
Dlab dlaol beet dangx daob,	哄阿妹我入梦乡，
Dieel hangb ghaot maix daib,	哥去娶别人为伴，
Dal diongs mait youx hxoub,	剩妹我四处飘荡，
Jud dis ghaot niox hseeb.	妹这辈子就算完。
Dieel:	男：
Niux jox hvib nongt senl,	阿妹有心要成双，
Liex jox hvib nongt senl,	阿哥有心要成双，
Niux dlioux jens xid laol?	妹拿什么来交换？
Liex dlioux jens xid laol?	哥拿什么来交换？
Niux dlioux ghab dad bel,	妹拿戒指来交换，
Liex dlioux qoub ghad liol.	阿哥拿出帕一方。
Daot max qoub ghad liol,	阿哥手帕拿不出，
Tak niux ghab dad mel,	退回阿妹的指环，
Gib diongx vob hvid diel,	刻根蒿秆破成半，
Doub niox ghab houd nongl,	各拿一半放仓上，
Gib jangx xenb diangd mel,	刻完阿妹把家还，
Gib jangx khab diangd mel.	刻完阿哥把家还。
Hlongt wax wib sad nal,	阿哥回到父母房，

Haot laix naib hseud ghol,	叫母把米簸去糠，
Hlat bex laib joud dangl,	母亲即来把酒酿，
Dent ngoux hab said senl,	约定子午把婚完，
Hmangt ngoux khab saod longl,	午夜阿哥赶快来，
Hmangt ngoux xenb saod mel.	午夜妹跟哥成双。
Lait ngoux hab said laol,	到了子午这两日，
Hnangd laib diongx lail gol,	听到蒿秆在移节，
Hnangd xenb niangx lail liul,	听到阿妹在悔翻，
Xenb max daos dieel yel,	妹已不喜欢哥郎，
Xenb niangx deus bul mel,	妹同他人去成双，
Dleet dliangx khab jel yel,	抛弃哥成单身汉，
Hxat daix yes dail dlaol.	真的忧愁，好姑娘。

Gef:	女：
Niangx denx khab longl dout,	以前哥到游方场，
Niangx denx xenb longl hxet,	以前阿妹来陪伴，
Niuf niox laib dlangl hxet,	谈情说爱游方场，
Niuf jangx dob deul jangt,	紧密像布拿豆浆，
Eub gheud ghad beet ongt,	泉水挑满上百缸，
Hveb gheud ghad beet laot,	盟誓也立上百趟，
Ghad hsangb hsad haot dot,	千言万语说成双，
Hsangb hsad max haot diut.	没有说到要离散。
Dangl laol ghangb out lait,	等到岁月转来到，

Ghangb niangx dieel wees hxut,	年末阿哥就变心，
Soul nix diel wees hleet,	好像水牛离缰绳，
Neus weel khangd dlongs deut,	雀儿离开山坳林，
Diob weel houd jes ment,	螃蟹要离开井泉，
Ghab weel vel nas get,	鸡儿换窝去生蛋，
Khab weel dlaol yes hxat.	哥离阿妹才忧伤。
Hlib bangl dol dinb vut,	哥想去娶好侣伴，
Ongx ob yef daol diut,	你我才疏远离散，
Daol vob diot bul hot,	弃菜他人去煮汤，
Daol dinb diot bul ghaot,	弃伴他人去成双，
Dal hveb diot dlaol hsent,	留话阿妹得念想，
Dlaol hlib hveet dlaol wat!	妹想太甚苦姑娘！

Dieel:	男：
Hmangt wax wib daol mongl,	夜深人静无声响，
Ngax dab beet sail diongl,	沟谷野猪全睡完，
Dangx dob beet sail vangl,	全村人都入梦乡，
Laf liex hab dail dlaol,	只剩阿哥和姑娘，
Hxet niox ghangb dlangl nal,	还在游方场上玩，
Hmeet daix hveb mongl xol,	悄悄话也全都讲，
Haot niux deus dieel mel.	说妹跟哥把婚完。
Hlat max bib daol mongl,	妈不许玩到夜深，
Hlat yax denb doul laol,	提着灯笼到歌场，

Kot niangx xneb mel dlangl,	喊阿妹你快回房，
Hlat max bib dlaol niel,	不许来和哥陪伴，
Diees nongd jus daol yel,	这次真疏远离散，
Hxat daix yes dail dlaol.	忧愁得很，好姑娘。

Gef: 女：

Hxet niox ghab deel mal,	阿妹站在河坝上，
Ngangt yox eub leel nangl,	看那河水往下淌，
Lait niox hnaib yangl al,	到了接妹的时日，
Mait dax ghangb vangl dangl,	妹到寨脚等哥郎，
Buf dliangx khab yangl bul,	却见哥把他人引，
Fat niangx xenb laol mel,	在妹面前匆匆过，
Mait niox hvib dlinl dlinl,	阿妹的心好惆怅，
Hxat daix ghab moul loul.	真忧愁啊，老情人。

Dieel: 男：

Mel mel at dees mel,	走啊走啊怎回去，
Daol daol at dees daol,	疏远离散不舍弃，
Mel jas gheut hsenb yenl,	回去遇见老神仙，
Hsangk bens laix diot bel.	分给阿妹一把签。
Mait dot bab laix leel,	阿妹得的是好签，
Mait dot dinb dangx bongl,	妹得好郎就成亲，
Mait at gheub neux mel,	阿妹干活有兴趣，

Mait daot hxoub youx yel.	阿妹不会再担心。
Xongt dot bab laix bal,	阿哥得的是坏签,
Daot daot dinb dangx bongl,	没得妻子来做伴,
Xongt liuk ghab dlioux yel,	哥像野鬼在飘荡,
Hmangt hmangt bab longx laol.	每夜都到游方场。
Daot dot ib laix senl,	没得一个把婚完,
Sax dot ib laix niel,	也没一个来陪伴,
Bab daot dot ib laix niel,	就连侣伴也没有,
Hxat wat laob bangx dlaol!	妹啊,哥哥好忧伤!

Gef:	女:
Laot out laib niangx niul,	在那起初的时日,
Laot out ob sax niel,	起初我俩来陪伴,
Hxet diot laib dangx nal,	相陪在这游方场,
Bend haot ob ongx wil,	本说我俩要成双,
Dangl lait ghangb niangx laol,	等到年底来到了,
Xongt hsent hveb naix loul,	阿哥信了爹娘讲,
Diongs xongt hxab max senl,	阿哥不敢来成双,
Hxab daot bangs bangx dlaol.	不敢来娶姑娘我。
Saos ghaot jus daix daol,	情侣真疏远离散,
Xangb wat lab liex dieel!	哥啊,阿妹真忧伤!

Dieel:

Dius deut niangb niux vangl,

Dous ot beb dliangx dangl,

But vut lis dax mal,

Sangt deut ghab niux vongl,

Deut at jus beex leel,

Leel lait hxib wangx nangl,

Dait hleet mob nex venl,

Dliouf jet jes max laol,

Max lait ghab sangx yel.

Dieel hnangd xenb wex liul,

Xenb hlongt sais doux bul,

Deus but xenb neux leel,

Ghab dat das max fal,

Xenb dot xenb max weel,

Xenb dot xenb dangx mel,

Xenb daot hlib liex yel,

Ghaob at dees jangx vel,

Khab at dees jangx dail,

Xangb wat lab bangx dlaol.

Gef:

Ghangb vangx dlaol hlongt lait,

男：

好树生在悬崖上，

树梢萌发三庹半，

别人银多把它买，

砍树在那悬崖上，

树子捆成一排放，

淌到帝王的东方，

扯根青藤来捆绑，

拉回西方来不了，

不会回到场坪上。

哥闻阿妹已变心，

阿妹跑去跟别人，

嫁给他人妹吃香，

杀死的鸡不复活，

阿妹有伴不离散，

已有侣伴把心放，

妹就不会把哥想，

斑鸠难把窝巢筑，

阿哥难成人模样，

真是令我很忧伤。

女：

山梁阿妹也到过，

Dius mangx loul not ot,　　看见老枫多树梢，

Deus liex dieel hxet not,　　我和阿哥玩得多，

Boub liex dieel not hxut,　　知道阿哥心多个，

Ib laib laol dlot mait,　　一个来把阿妹诓，

Dlab bangx dlaol haot sangt,　　哄妹一定要成双，

Ib laib mel vut but,　　一个又和别人好，

Deus nenx dol xik hseet,　　悄悄话儿说不尽，

Dlius bangx dlaol dlouf hsent,　　丢妹一直在思念，

Das daix bul bangf seet.　　真会死啊，别人郎。

Dieel:　　男：

Gangb liax lil hxet deut,　　站在树上的鸣蝉，

Gangb liax lil haot xongt:　　鸣蝉告诉了哥郎：

"Wil niangb mangx loul guf deut.　　"我在老枫树梢上，

Boub ongx ghab moul not hxut,　　知你情妹心多个，

Ib laib laol dlot xongt,　　一个来把哥心骗，

Dlab liex dieel dlouf hxet,　　诓哥和她多玩玩，

Ib laib mel vut but,　　一个去和别人好，

Hlib deus bul at seet."　　想和别人结侣伴。"

Hangd daix gangb lil haot xongt,　　听到鸣蝉这么讲，

Ob jus daol saik mait,　　我俩真疏远离散，

Dlius niux wil hxat wat.　　丢妹我真的忧伤。

Gef:	女：
Xek jet eub lix niel,	莫挑水完田干旱，
Xek hsent gangb liax gol,	莫信鸣蝉在乱讲，
Gangb liat dlab liex dieel,	知了在骗好哥郎，
Bab daid xenb max xol,	巴不得妹莫成双，
Hsent not jus daix daol.	信多我俩真离散。
Dieel:	男：
Laot out laib niangx niul,	在那往年的开端，
Laot out khab longx laol,	起初哥到游方场，
Laot out xenb dax niel,	起初阿妹来陪伴，
Hxet diot naib diux gil⑫,	玩在父母院角旁，
Gheut tiet ngouf lax wenl,	庭院热闹真非凡，
Ngouf liuk laib hxangx diel,	热闹好像在赶场，
Laot dongf nouk doux senl,	山盟海誓将成双，
Saib xongt jox nangs gal,	可恨哥的命运苦，
Nangs hxut max gos dlaol,	阿哥命苦无福享，
Faf kheut nenx jub nangl,	打脱裤子别人穿，
Faf seet nenx jub bangl,	打脱情侣别人伴，
Nongf vut nenx jub mel,	各自好了他人去，
Nongf hveet liex jeb liul,	可怜阿哥还在望，
Jeb hxut lax eeb dangl,	痴心在等好姑娘，
Dangf deed kut maix qeb nel,	像人从笼捉鱼去，

Hseut hseut sax hseeb lial, 每次空手把家还，

Daot dot ongx vob liol, 不得好菜来氽汤，

Daot dot ongx dinb bangl, 不得情妹做侣伴，

Hxat wat daix ghab moul! 真的忧愁，情妹啊！

Gef: 女：

Laot out dieel longx lob, 当初哥到游方场，

Laot out nil dax niangb, 当初阿妹来陪伴，

Hxet diot nal diux gib, 玩在父母院角旁，

Gheut tiet leel lax naib, 玩得庭院净光光，

Hmeet jul xek loux hveb, 话也讲完几箩筐，

Sax gheud diot ongx ob, 决定我俩成侣伴，

Max gheud diot maix daib. 没有谈及到他人。

Dangl laol lait niangx ghangb, 等到年末来到了，

Dail dieel hsent maix hveb, 阿哥信了别人话，

Hsent dol but dax dlab, 听信别人哄哥郎，

Lol dail xongt wex hvib, 诓得阿哥变了心，

Wex liul deus maix niangb. 变心去和他人玩。

Dangl dieel lait dangx hlieb, 等阿哥到游方场，

Dail dlaol kot dliangx khab, 阿妹就把阿哥喊，

Gol dieel daot yongx dab, 阿哥不屑来搭腔，

Dlaol wil ngangt gax ngaob, 阿妹只好来观望，

Soul lid ngangt wangx vob, 好像羊把菜园看，

Dlaol wil daot max mas,	阿妹脸面全丢光，
Wil tak ob diex dab,	妹即后退两步远，
Diangd sad saik niox hseeb.	只好悄悄把家还。

Dieel:　　　　　　　　　　　　　　男：

Max longl khab hsout longl,	不来阿哥也错来，
Max niel xenb hsout niel,	不陪阿妹也错陪，
Niel laol bus hxut dlinl,	陪来魄钻哥心房，
Jangx box bus laot wangl,	好像浮萍进池塘，
Jangx lix bus hseet mongl,	犹如细沙进田里，
Bus hseet youf sax laol,	细沙入田可撮完，
Bus hxut dliof max laol.	魂入心房难拉还。
Dangf dlout jib vangx bel,	好像扯杉在山梁，
Dlout not jib xix xal,	扯多树根磨损完，
Jib dait ghab jongx laol,	杉根也会被扯断，
Gos deut hlieb wangx diongl,	树倒横跨沟两旁，
Dait hleet mob nex venl,	扯根青藤来捆绑，
Dliof jet jes max laol,	拉上西来很是难，
Max lait ghab sangx leel,	难得拉到草坪上，
Xangt diot eub gix ghail,	放到河里哗哗淌，
Hangb lait ghab sangx leel,	树才来到草坪上，
Hseet saf at jex liol,	拿来砍成了九张，
At diaf diot niux dlenl.	建成房屋给姑娘。

Buf niux niangb sad nal, 看见阿妹在闺房，

Gangf deux dloub seed mangl, 白铜脸盆洗面庞，

Liaf gongx hlinb dliad dlinl, 穿戴银饰闪闪亮，

Kheut dens buf niux nangl, 妹来穿上绸缎衣，

Seet vas seet dlas buf niux bangl, 聪明富郎妹去伴，

Daot dios bangf jangx yel, 已经不是哥的了，

At saos dongf sax houl, 只做情侣来摆谈，

At saos dongf sax liangl. 得到摆谈也心甘。

Gef: 女：

Eud dail sangb soul hsot, 娶个美人像白鹤，

Eud dail dloub soul pet, 面庞洁白如雪样，

Diangd mel ob dangl ngangt, 你可回去两边看，

Eud dail dlaib soul mait, 娶个黑妞如姑娘，

Diangd laol bib vangb hxet, 回来我们寨子玩，

Deus niangx xenb niel hongt, 来和阿妹我陪伴，

Daid laol ob ghal dot, 合适我俩就成双，

Max daid hangb daol diut, 如不合适就离散，

Liex hxat dliangb xil not! 阿哥你忧愁哪样！

Dieel: 男：

Laot out laib niangx niul, 想想以前的日子，

Laot out khab longx laol, 当初哥到游方场，

Laot out xenb dax niel,	阿妹你也来陪伴，
Hxet diot laib dangx nal,	我俩玩在游方场，
Hxet nongt dous dangx mel,	玩得场地要塌陷，
Xenb hlouk hlinb lax jel,	阿妹脱手镯一只，
Khab hlouk qoub lax liol,	阿哥拿手帕一方，
Xik khab diot dangx nal,	互换在这游方场，
Xik haot ob jangx bongl.	山盟海誓要成双。
Dangl lait ghangb niangx laol,	等到年底来到了，
Xenb ngangt khab neux bal,	妹见哥家太贫寒，
Heuk[13] hfeet hab neux menl,	吃的是荞麦和糠，
Diongs mait jus wex liul,	阿妹你才变了心，
Souk sait deus maix mel,	跑去和他人成双，
Laf xongt niangb dangx nal,	剩哥在这游方场，
Vangs daot jas laix bangl,	再找不到妹陪伴，
Xangb wat lab bangx dlaol!	妹啊，阿哥好忧伤！

Gef:	女：
Hmangt denx khab longl laol,	前夜哥到游方场，
Hmangt denx xenb laol niel,	前夜阿妹来陪伴，
Hxet niox laib cangl nal,	我俩玩在游方场，
Hxet bongx hvib benl benl,	兴致勃勃很欢畅，
Haot ongx ob senl yel,	说好我俩来成双，
Saib maix daib bal liul,	可恨他人心不善，

303

Ghox niox ob daol jel,	捣乱我俩才离散,
Deus nenx jub niel mel,	你才和别人陪伴,
Daot dax deus dlaol yel,	不和阿妹我来玩,
Liuk ghab dloub daol vel,	好像白鸡愿离巢,
Liuk hxab eub daol nel,	好像水獭离鱼儿,
Liuk diob veb daol wangl,	好像螃蟹离池塘,
Ongx ob yef daol jel,	这样我俩才离散,
Daol vob diot bul liol,	菜拿给别人汆汤,
Daol dinb diot bul bangl,	离了情侣别人伴,
Linl hveb diot dlaol gol,	留话阿妹得念想,
Xangb xenb wat dail dieel!	我真伤心,好哥郎!
Dieel:	男:
Gouf nangx tait ghal tait,	名山大川美名扬,
Gouf nangx lait Nangl Kangt,	美名已传到南亢⑭,
Yox eub dal nel jet,	江里有鱼上滩玩,
Gouf nangx lait Bel Hseet,	已经扬名到白社⑮,
Vangx hvib dal doul not,	名树布满了高山,
Gouf nangx lait nil qout,	美名传到妹家乡,
Niux qangb dal dail mait,	妹家有个好姑娘,
Dal dail xenb leel laot,	嘴巴甜甜如蜜糖,
Niangb qangb dangf niel bet,	在家好像铜锣响,
Fangt gux dangf dail veet,	外出像一只鸣蝉,

Dangf gangb liax jel deut,	如蝉站在枫树上，
Dax bob dieel houd hxut.	飞来围在哥心房。
Dieel niangb dieel max dot,	哥得玩难成侣伴，
Dieel hxab max laol vet,	阿哥不敢近姑娘，
Dieel ghaix lob bel hliat,	只好快步把家还，
Daif vangx hvib gal hseut,	踩踏高山矮一半，
Mouf sangx ghaib sangl hxot,	抽打茅草灭绝完，
Liangf wex laib mangl ngangt,	阿哥斜脸把妹看，
Buf ongx ib mangl vut,	见你一面也欢畅，
Liouf liex hangb mel hsent,	离开过后哥念想，
Dlouf max hniub dail mait.	一直不把阿妹忘。

Gef:	女：
Max bal keeb bal tiangt,	犁不坏牛千斤⑯坏，
Max daol khab daol mait.	妹不疏远哥疏远。
Daol xenb at nend at,	疏远阿妹无所谓，
Daol khab xit hnent wat!	疏远可惜苦了妹！

Dieel:	男：
Daol nongs daol dol but,	疏远只是别人啊，
Max hongb daol dail mait,	不会疏远你阿妹，
Ongx ob nangl nangl vut,	你我仍然在相爱，
Max hvib ghal laol sangt,	有心就来把婚配，

Dangx ob ghal liangl hxut,　　我俩成婚把心安，

Max dliangb ghail xil hxat!　　还有什么忧愁呢！

Gef:　　　　　　　　　　　　女：

Daol nongs daol but mel,　　疏远只是他人去，

Max hong daol xongt liel,　　不会疏远哥郎你，

Ongx ob nangl vut bongl,　　你我仍然在相爱，

Max hvib ghal sangt mel,　　有心你就把妹娶，

Dangx ob ghal hfent liul,　　我俩婚配把心安，

Max dliangb xil hxat yel!　　还有什么忧愁啊！

注释：

①打脱：方言，意思是即将得到却因种种原因未得到。如本已上钩的鱼又脱钩而去，就是"鱼打脱了"。

②展苏：地名，苗语音译，所指何处不详。

③吃卯：苗语音译，即吃新节，在农历六月第一个卯日过。

④这句指的是橡皮青枫树。

⑤ geed：直译为"饭"，这里指稻谷。

⑥干南社：地名，苗语音译，所指何处不详。

⑦展党：今剑河县岑松镇巫门村背面一座高山，当地又称其为"平塘坡"。

⑧展勇：村名，苗语音译，今剑河县岑松镇马山村。

⑨水案板：水生植物，可入药。

⑩此句表达的是苗族的一种传统观念，传统认为芭茅草是一把利剑，只要有它，妖魔鬼怪就不敢靠近。

⑪计力鸟：鸟名，苗语音译。

⑫ gil：为 gib（角）的转音换调词。

⑬ heuk：直译为"喝"，这里指吃。

⑭南亢：地名，苗语音译，在今剑河县岑松镇。

⑮白社：地名，苗语音译，所指何处不详。

⑯牛千斤：套在犁和横杆间的一个小圈。

HXAK JEL OT
单身歌

Dieel:	男：
Xangf dlangt khab longx laol,	哥单身时来游方，
Xangf dlangt xenb dax niel,	妹单身时来陪伴，
Niuf diot laib dangx nal,	我俩玩在游方场，
Niuf nongt dous dangx mel,	要把场地快坐穿，
Tout dot eub niux ngangl,	吐得口水一大堆，
Haot diot ob ongx wil.	都说我俩要成双。
Dangl lait ghangb niangx laol,	谁知等到岁月转，
Ghangb out xenb wex liul,	年末阿妹就悔翻，
Xenb sangt diub dangx mel,	游方场上和别人，
Naib hsongt ghangb wangx nangl,	娘送妹到园脚东，
Jas xongt keeb lix wul,	遇见哥在犁田忙，
Naib hseet diongs bangx dlaol:	母亲悄悄问姑娘：
"Dail daib at mal loul,	"这位男子这么老，
Dail hmub ghaok dail diel,	是苗还是汉家郎，
Dail lias ghaok dail niul,	熟人还是陌生人，

Max dinb ghaok bel xol?"	有妻还是没侣伴？"
Niangx xenb hseet dail nal:	阿妹悄悄答亲娘：
"Dail dliangb ghent mal loul,	"这位男子老苍苍，
Dongx bib at niel jel,	我们相伴在一起，
Bib max daib kot nal,	我们有娃叫亲娘，
Nenx dal niangb at mal loul,	他单身还这么老，
Max hongb dot yel nal."	不可能再得老伴。"
Wil hnangd niux xangs nal,	我听阿妹这样讲，
Wil laib dlioud bix dab benl,	我心落地魂魄散，
Jus daot jangx daib yel.	再不成个人模样。
Gef:	女：
Niangx denx laib niul hniut,	在那过去的岁月，
Niangx den khab longl dout,	过去哥到游方场，
Niangx denx xenb longl hxet,	过去阿妹来陪伴，
Niangb dab hxix jangd deut,	坐得木头磨损完，
Hxix dab mel ghad dlaot,	地下塌陷一拃深，
Liex sax dab heul haot,	阿哥口头也答应，
Niuf jangx ob ghal sangt.	陪伴以后就结婚。
Dangl niangx ghangb laol lait,	谁知等到了年底，
Liex jox hvib bal wat,	阿哥的心坏得很，
Liex sax nongs hfid hxut,	阿哥你就变了心，
Deus maix daib mel ghaot,	你和别人去成婚，

Dlius niangx xenb jel out. 抛弃阿妹我单身。

Hmangt nongd khab longl dout, 今晚阿哥你来到,

Nangl dax dlab dail mait, 还把阿妹我哄骗,

Xek dax dlab yel xongt, 阿哥不要把我骗,

Nangl dlab niux bal hxut, 欺骗阿妹我伤心,

Niux xangs yongx diel diot, 我要告诉官家兵,

Laol khab ongx yel xongt, 他们来把阿哥捆,

Laol toub ongx mel bet, 把你拖进牢房里,

Qib niox laib longl hleut, 关在铁牢受重刑,

Ongx das saik yel xongt. 阿哥你真会死的。

Dieel: 男:

Dongd nongd jet niangx ob, 这季节已上二月,

Dongd nongd jet niangx beb, 已经来到了三月,

Daid dongd at daix gheub, 正是干活的季节,

Bul liod deus bul keeb, 别人有牛帮他犁,

Bul wed deus bul ghangb, 别人有妻跟他去,

Dail xid deus dliangx khab? 哪个来跟阿哥呢?

Dail liod yangl dliangx khab, 哥有黄牛引哥去,

Yangl dieel jet liex gheub, 带着阿哥上工地,

Dliax bel hsaik diux yenb, 哥伸手摸烟杆吸,

Dail liod songb nongx songb, 黄牛它呀真不慎,

Liod daod daif liax keeb, 偶尔践踏犁板底,

单身歌

Qed gees saik niox dab,	碰到饭食洒在地，
Bel get vef dax qeb,	阿哥用手来捡起，
Mangl get vef bix eub.	眼里流泪悄悄泣。
Dal geed yes at daix gheub,	有饭可以把田犁，
Jul geed yut jangx jub,	无饭力小如针细，
Diangd sad saik niox hseeb,	阿哥只好回家里，
Diangd sad bouk diux gob,	开杉皮门回家去，
Geed mal daot naix taob,	饭在那儿冷兮兮，
Nel mal daot naix geeb,	鱼儿无人去煸炒，
Neux geed liuk neux jab,	吃饭像吃药一样，
Neux nel liuk neux nangb,	吃鱼如吃蛇一般，
Hfangx mangl dangf hfangx jangb,	面庞就像蜡黄样，
Liex dieel daot max ves,	阿哥已经无力气，
Nangl dees jet liex gheub.	但我仍然上工地。
Jit ged nangl dax ab,	东风欲把人吹倒，
Jit ged bel dax hsaob,	西风飕飕也刮倒，
Liex dieel daot max ves,	阿哥已无力气了，
Diol wol diot sangx ghaib,	在草坪上就晕倒，
Dliangd ghad beet dliangx dab,	滚到坪下上百庹，
Lind mangl ngangt wix dloub,	翻脸来把天上看，
Yangb nangl ghaok max yangb,	看看洪水滔天不，
Bangb bel ghaok max bangb,	山崩地陷了没有，
Bangb bel xek jox fangb,	山崩地陷别个地，

Yangb nangl yes senx hvib.	洪水滔天才公平。
Wil ngangt dlaol jox fangb,	我看阿妹的地方，
Ib pat vangl dax hnaib,	半边寨子出太阳，
Ib pat vangl youx haob,	半边寨子雾茫茫，
Vut pat vangl dax hnaib,	好的半寨出太阳，
Hxat pat vangl youx haob.	可怜半寨雾茫茫。
At xil daot dax nongs,	为何不下大暴雨，
Yangb nangl saik dax dab,	洪水滔天淹天下，
At al yes senx hvib.	那才公道无偏袒。

Gef:	女：
khab hlongt khab dangx bongl,	阿哥来了得侣伴，
Khab dot dins jox liul,	得了侣伴把心放，
Xenb hxet xenb wangx yel,	妹来陪你却打单，
Wangx yeb at nongd mel,	永远成单身姑娘，
Jangx daib at xid yel.	阿妹不像人模样。

Dieel:	男：
Bet daix haob qid al,	春雷隆隆第一响，
Dait mongs ghab neux diangl,	兰花开放树叶长，
Ghab gongt liangs gongx liongl,	树丛里也生虎杖，
Laot longs liangs nangx mil.	山坳茅草齐生长。
Xongt dangt ghangb linx ghongl,	哥铸一把弯弯镰，

单身歌

Hlak pangt yis nix diel,	割草喂牛才肥壮,
Niak xok mas jangx doul,	满面红光如火样,
Tiet niak keeb lix wul,	拉牛犁田在坝上,
Leeb lix mees ged gongl,	犁田还要留田沟,
Mees ged eub dlod nangl.	留口让水下东方。
Mait naib dak hsoux lil,	阿妹父母知黄历,
Hvouk diot hnaib yenx mol,	选在寅卯好吉日,
Hvouk dot hnaib daix leel,	选好吉日下种子,
Daf ghait dieeb diux nongl,	木槌敲打粮仓门,①
Xouk dot bab nax laol,	选得一把好谷种,
Daf diot lob hxix yil.	拿来用脚齐搓揉。②
Daf diot wangb bongx bol,	用簸箕来把种簸,
Laib mout nongs youx mel,	秕壳自然被簸出,
Laib dais mais vux laol,	好谷母亲收拢来,
Vux diaot mais seux bal,	收齐放回圆背篓,
Beb deet mel eub wangl,	三早拿在水里泡,
Beb deet laol ghab bel,	三早提到岸上来,
Dous laot dax dloub dlinl,	稻谷萌芽白生生,
Laot at niux ghaob gheul,	稻谷开裂如鸽口,
Hvouk dot hnaib daix leel,	选得吉日好时辰,
Ghangt venk venk hxongx diongl,	悠然挑着进沟谷,
Ghangt lait mais lix wul,	挑到娘的秧田里,
Sas jex hxeeb mel nangl,	往东撒了九排去,

313

Sas jex hxeeb mel bel.	往西又撒九排回。
Mais dax hvangb bel gol:	母亲来到对面喊：
"Sas jangx yib bel dieel?	"撒完秧没，我的儿？
Sas jangx jet bel laol."	撒完爬上田坎来。"
Beb deet hfangx beb fal,	秧子撒完第三天，
Yib nex hxangb ghad ghail.	秧苗将要齐田坎。
Hlat dlob wix ib dangl,	已经到了四月半，
Hlat sab deux yib yel,	五月就要拔秧苗，
Deux yib diot bel jil,	秧苗拿在手上插，
Dius vut sax beb dail,	好秧就要插三棵，
Dius yangf sax beb dail,	坏的三棵少不了，
Gangb geek nenx hangb bal,	有虫蛀了它才坏，
Gangb geek ghax dlius mel.	虫蛀坏苗须丢掉。
Dangt liex sab jel bel,	阿哥生有五手指，
Dangt sax dlob jel ghongl,	薅耙铸有弯四齿，
Gat soux eub benl benl.	薅秧水声乒乓响。
Hlat diet mais neux mol,	六月母亲吃卯节，
Xangt hsent ghaib bangx dlaol,	带信叫妹把家回，
Dlout dot hniangb nax leel,	拔得一根稻苞来，
Ghas diot guf yex doul.	挂在炕的上边晾。
Mait naib dak nenx daol,	阿妹母亲想得远，
Mait naib jenk vangx diongl,	阿妹娘敬保户神，
Gheut niongs diek niax nioul,	祖宗神灵笑盈盈，

单身歌

Gheut niongs xongt bangx dlaol,	祖宗神灵保佑妹，
Xongt diongs mait dangx bongl.	保佑阿妹得伴侣。
Hlat diet mais neux mol,	六月母亲吃卯节，
Xongt diot fangb maix laol,	阿哥我从他乡回，
Dlout dot hniangb nax leel,	拔得一根稻苞来，
Ghas diot guf yex doul.	挂在自家炕边晾。
Xongt mais daot nenx daol,	阿哥母亲太愚钝，
Hniub ghangb jenk vangx diongl.	忘了敬祭保户神。
Gheut niongs qit niax nioul,	祖宗神灵生气了，
Gheut niongs haot liex dieel:	祖宗神灵对哥讲：
"At nend ongx yes max xol,	"为此你才没成双，
Ib sangs bab wangx yel,	一辈子是单身汉，
Wangx yeb lait niangx nal."	光棍一直到今天。"
Xangb xenb wat bangx dlaol!	阿妹啊，我好忧伤！

Gef:	女：
Daid dongd hlat niangx dlob,	季节正是四月天，
Daid dongd hlat niangx sab,	五月也将要来临，
Dol bul dak max dinb,	别人命好有郎君，
Bul mel khait deux yib.	她去夫家把秧拔。
Dal dlaol daot max dinb,	阿妹命苦没郎君，
Niangb dieel dak wex hvib,	哥嫂确实太偏心，
Dieel hvouk hnaib hxenx seub[③],	哥选辰日天寒冷，

Hnaib sail④ hangb deux yib.	巳日冷才把秧拔。
Deux yib diot bel jangl,	秧子放在左手拿，
Bel daix hsait mel jil,	右手分秧去栽插，
Dius vut sax beb dail,	好秧就要栽三棵，
Dius yangf sax beb dail,	坏的三棵也要插，
Gangb geek nenx hangb bal,	有虫蛀了才坏啊，
Max geek nenx niangb nal.	没虫蛀的在此了。
Hlat diut neux laib mol,	六月来到就吃卯，
Hlat xongs wix ib dangl,	到了酷暑七月半，
Hlat yaf wix ib ngaol,	八月半也要来啦，
Niaf hfangx fangb yad yangl,	稻谷成熟黄艳艳，
Nongt nif nax dloub yel,	就要去摘白稻了，
Nif nax dloub gangt gol,	摘那节脆的稻谷，
Ghangt wax wib sad nal.	悠然挑着把家回。
Daf diot laib yex doul,	把稻放在炕边晾，
Daif diot lob hxix yil,	取来脚踩和搓揉，
Deed laol diot dlox hsab,	颗粒放在石碓舂，
Daod jel bet daox daob,	舂碓声音响咚咚，
Hseud laol dliangt lax nenb,	簸来米净白生生，
Deed laol khot dlaox jib,	拿来放在甑里蒸，
Lioul jed dlot hxex yeb,	打成糍粑诓娃儿，
Niangb dieel ghangb jox hvib,	哥嫂见了才高兴，
Niangb dieel hangb max veeb,	他俩才不把妹骂，

Nenx nend dlaol xis jox hvib,	想到这些妹伤心，
Hangd dieel tongb jox hvib,	如果阿哥想得通，
Mel ngangt laib mangx fangb,	回去看看你们村，
Max dail ghab dliax dinb,	是否还有丑男人，
Qangb laol diot niangx xenb,	介绍一个给姑娘，
Diot dail mait dangx dinb,	给阿妹我做侣伴，
Xik yangl jet liex gheub,	两个一道把坡上，
At al yes max hvib,	这样有情又有意，
Daot dal xil nenx senb!	还有什么牵挂呢！

Dieel:	男：
Niangx denx laib niul hniut,	在那以往的岁月，
Niangx denx dieel ghenb bul seet,	往年羡慕他人伴，
Ghenb bul vob bul hot,	他人的菜他人煮，
Ghenb bul din bul ghaot,	他人妻子他人伴，
Bul veeb naix khangd khongt,	只惹他人把哥骂，
Dangl niangx ghangb laol lait,	等到岁月又回转，
Ghangb niangx ghenb bul vangt,	年末羡慕他儿郎，
Ghenb bul jib doul dat.	想他火炕来取暖。
Lait daix hnaib hxoud bit,	到了下雪雾茫茫，
Dliuk nex ghab vud deut,	树林枝头冰结满，
Ghaok mox dongb yal yit,	冰压芭茅亮闪闪，
Jox nangx niangb bel pangt,	柴草生在山坡上，

Bul max daib mel at,	别人有儿上坡砍，
Jox nangx liangb laol lait,	柴草才放火炕旁，
Jef max jib doul dat.	才得烧火来取暖。
Dieel daot max daib mel at,	阿哥单身没儿郎，
Dieel yax lob loul diot,	迈起老腿就上山，
Dliangx khab tad oud sait,	阿哥忙脱下衣裳，
Dliangx khab longl lad hxit,	脚步缓缓向前行，
Mouf bix veb lil sait,	不慎摔倒大岩上，
Vef jangx ib niul hniut,	卧在床上大半年，
Seub dax daot doul dat,	冷了没火来取暖，
Mongb sax daot dail hveet,	病倒没人来探望，
Hlib neux daot dail hot.	想吃没人来煮饭。
Yib qix liuk dieel haot,	依阿哥我来讲讲，
Boub ongx hveet dieel daot,	不知是否怜哥郎，
Dios ongx hveet dail xongt,	如果可怜阿哥我，
Tongb laix diot dieel ghaot,	介绍一个给哥伴，
Eub xik deed mel jet,	河鱼一起游上滩，
Ob xik deed xol seet,	我俩一样都有伴，
Niangb nongd hveet dieel wat.	这样哥才不忧愁。

Gef:　　　　　　　　　　　　　女：

Vut daix naix xob dinb,　　　　好个有伴的哥郎，

Bet dangx dangx kangb kangb,　　睡觉打鼾入梦乡，

Hveet daix naix niangb hseeb, 可怜我单身姑娘,
Bet max dangx hfab jab, 睡不着觉在滚翻,
Liuk hsongx max gangb hmib, 像有跳蚤在床上,
Lat vangx hsongx daob daob. 拍在床沿咚咚响。

Dieel: 男:
Dongx niux diangl jus sangs, 我和阿妹是同班,
Niux jangx dail mais ghangs, 阿妹已成老妈妈,
Liex jel dal vangs bens, 阿哥还在找老伴,
Boub mel ged dees jas! 不知她在哪地方!

Gef: 女:
Eub hxab max dlenl pout, 汹涛也怕进险滩,
Xenb hxab liex nal tat, 阿妹害怕爹娘骂,
Xenb hangb max laol sangt, 不敢来和你成双,
Xenb hangb jenx jel out, 阿妹才成老姑娘,
Jenx niangb nongd sul hlat, 一直在陪我妈妈,
Jenx niangb nongd jel hxat! 老是在家受苦难!

Dieel: 男:
Hxux hxux hlib doul dat, 每冬想火来取暖,
Niangx niangx hlib jed jit, 每年想找粑来尝,
Hxux max boub doub dat, 寒冬没火来取暖,

Niangx max boub jed jit. 年节没粑来尝尝。

Laix laix hlib xol seet, 人人都想有侣伴，

Dail xid hlib jel out? 有哪个只想打单？

At ves max laol dlangt, 无奈才成单身汉，

Hxat hvib naix yal yit! 忧愁死了，好姑娘！

Gef: 女：

Dongx bul diangl jus deet, 同别人生一早上，

Buf dliangx khab bel bes vangt, 别人有娃抱手上，

Niux jel dal vangs seet, 阿妹还在找侣伴，

Nenx laol bal mis wat. 想起羞愧又忧心。

Dieel: 男：

Dongx niux jus deet diangl, 同妹生在一早上，

Niux max daib ghangt wangl, 妹有女儿把水担，

Mel ghenx eub diot nal, 她去挑水给亲娘，

Liex jangx ghais gheut loul, 阿哥已成鳏老汉，

Jel dal vangs seet bangl, 我还要找个老伴，

Nenx laol jous hxut dlinl. 想来烦恼又忧伤。

Gef: 女：

Houd bel jil dius deut, 高坡顶上栽棵树，

Jil said leul yongs ot, 栀子树梢细又长，

单身歌

Ngas jil max ngas hleet,	勤快去栽剔枝懒，
Ngas niel max ngas sangt,	勤快来陪懒成双，
Hsenx ghab jel das bit,	任意枝条冰冻死，
Hsenx xenb liel gos ot,	任随阿妹在打单，
At nongd bal mis wat.	这样害羞且忧伤。

Dieel: 男：

Wix dloub wix laol bit,	苍天发白天下雪，
Naix dloub naix leel laot,	白净美人嘴儿甜，
Leel hveb max leel hxut,	嘴巴甜蜜心不好，
Laol dlab liex dieel hxat,	诓骗阿哥多忧愁，
Wil jus daix dlongl wat!	阿哥真是大笨蛋！

Gef: 女：

Niangx ghad hlat ob laol,	一月二月来到了，
Box ghend daot niangs wangl,	浮萍管不住水潭，
Nal ghend daot niangs dieel,	爹妈管不住阿哥，
Nal ghend daot niangs nil,	父母管不住姑娘，
Jenx ad at dees houl,	任由阿妹嫁何处，
Jenx hlaod at dees houl.	任由阿哥娶何方。
Ob sangt diub dangx mel,	我俩离开游方场，
Ob dot ob ghax liangl,	心甘情愿配成双，
Ob daot hlib nenx dol,	不再去把他人想，

Ob at gheub neux mel, 犁田织布求生活，

Ob hxat dliangb ghaix xil. 我俩永远无忧伤。

Dieel: 男：

Niel jel dieel tak dout, 陪完阿哥把家还，

Niel jel dlaol tak dout, 陪完阿妹把家还，

Dlaol diangd ib diut lait, 阿妹回家一步到，

Ib diex mel lait qout, 一步就到妹闺房，

Dlaol mel dlaol hlouk hxangt, 阿妹回家脱衣裳，

Dlaol tad oud hniangt qout, 脱衣当枕头来垫，

Hvib houd dlaol vut bet, 枕头垫高睡得香，

Bet dangx kangb yal yit, 打鼾声声入梦乡，

Daot nenx saos dail xongt, 就没想到哥郎我，

Niel jel dieel tak dout, 阿哥陪完把家还，

Dieel diangd hsangb diut lait, 阿哥要走千步远，

Hsangb diex bel lait qout. 千步仍然不抵家。

Gangb beel veel beet veet, 好蜘蛛啊好蜘蛛，

Gangb beel veel gangt git, 蜘蛛手足真快捷，

Linx daol mongl tiet hleet, 半夜三更抽丝忙，

Tied laib sad diut ghot, 起了一栋六角房，

Bul mel bul fat sait, 别人去了都能过，

Wil mel daol hmangt wat, 阿哥我去夜太深，

Wil mel wil diut dait, 我去就把房碰断，

单身歌

Bal nenx sad diut ghot,	坏了他的六角房,
Gangb beel veel tat xongt,	蜘蛛就来骂哥郎,
Bul mel bul fat sait,	别人来了能过去,
Max bal wil diut ghot,	没有损坏六角房,
Ongx laol daol hmangt wat,	你来夜也太深了,
Ongx laol ongx diut dait,	你来就把房碰断,
Hangb bal wil diut ghot,	才坏我的六角房,
At xil ongx yef dlangt,	为此才成单身汉,
Jel yel ghad beet hniut,	光棍要到上百年,
Ghad hsangb xad diot xongt,	千般愁苦黏哥郎,
Nenx vongb nend laol lait,	每当哥把这些想,
Nenx vongb nend bal hxut,	想到这些很忧伤,
Mel dlongs ghaod yel deut,	我去山坳麻栎林,
Venl laib ghongd mal sait,	吊颈在那栎树上,
Dangx hniongb kheud mel mait,	这些愁苦才消完,
Hangb max xad soul but.	才不忧愁像人样。
Gef:	女:
Eub lix xik dangf gil,	坂坡的田同干旱,
Xenb sax liuk liangf deel,	阿妹也和哥一样,
Hxoub youx juf yaf niongl,	十八仍然在飘荡,
Hangd jus daix liuk gef liel,	如果真和妹一般,
Ob sax xik houf deel,	我俩命运都一样,

Daos niux daot liangf liel, 喜欢妹不，好哥郎，
Daos ghax ghaot gef mel, 喜欢就娶了姑娘，
Hangb max hxat liuk bul. 才不忧愁像人样。

Dieel: 男：
Deut vut niangb niux vongl, 好树生在悬崖边，
Vut ot naif dangx dol, 枝繁梢美冠四方，
Gangb geek gouf hfix jel, 虫蛀枝折梢也断，
Gos baif laif hxongx diongl, 树倒横卧山沟旁，
Gangb kuk hlieb meex nongl, 蜈蚣体大如穿枋，
Hlieb jit liaf dliax dlinl, 风吹日照光闪闪，
Liaf lax liaf not laol, 闪来闪去日子长，
Liaf not haob max ful, 闪多雷公心不爽，
Haob xangt xongs dax lioul, 雷公举锤往下砸，
Xangt ghait hlieb loux bal, 锤子大过破箩筐，
Xangt diot veb soux wenl, 砸得山石纷纷散，
Laib hlieb diel ghangt mel, 大的汉人抬去了，
Hsait jox jux Xenk Ninl, 打造镇远大石桥，
Dieeb jangx jex hniut dangl, 整整造了九年半，
Jex laib hxux dat doul, 九个寒冬和腊月，
Jex laib niangx fat dlinl, 九个年节过去了，
Jangx laib gox xangt nel, 造成渊塘放鱼苗，
Eub hlieb max daot leel, 洪水冲击不会垮，

单身歌

Haob dieeb max daot bal,	雷公轰劈不动摇，
Bul daib at sangt mal,	别人贩马做行商，
At sangt nix vouk nangl,	做牛生意下东方，
Daif daix eub ment niel,	踩踏清泉成浊水，
Daif daix veb ghak ghangl,	踩踏石板成凹凼，
Veb hxix soul qut mal,	石板磨损如马掌[5]，
Soul niux keeb hak doul,	如撮火子的铧口，
Niangx qid vob gat diangl,	年初青菜刚生长，
Niangx nongd vob gat loul,	此时蔬菜已老去，
Vob loul vob hsait jel,	菜老分蘖叶片长，
Xenb loul xenb ghaot bongl,	妹老妹有称心伴，
Khab loul khab ghangt ghoul,	哥老还是一鳏男，
Vangs max jas kheut nangl,	找不着裤拿啥穿，
Vangs max jas seet bangl,	找不着伴太忧伤，
Das daix yes mait liel.	妹呀，我要愁死了。

Gef:	女：
Niangx denx khab hlongt laol,	往年阿哥来游方，
Niangx denx xenb lait niel,	阿妹我也来陪伴，
Niuf niox ghab deut mal,	就在大树底下玩，
Khab hveb niox qout bal,	在这立山盟海誓，
Max bib ob xik daol.	不准我们俩离散。
Dangl niangx ghangb lait laol,	等到岁月又回转，

Khab jas daix vut mel,	哥见他人长漂亮，
Khab deus maix ghaot mel,	就和他人结侣伴，
Dlius xenb niangx ot jel,	丢妹成单身姑娘，
Jus das daix xongt liel.	哥呀，我真愁死了。

Dieel:	男：
Niangx denx khab hlongt laol,	往年阿哥来游方，
Niangx denx xenb qet niel,	阿妹你也来陪伴，
Niuf niox laib qout nal,	就玩在这游方场，
Niuf jangx khab diangd mel,	玩了阿哥把家还，
Niuf jangx xenb diangd mel,	玩了阿妹也回返，
Mait hangb hxangb lix jangl,	妹行弯曲的田坎，
Jus hxot saos niux dlangl,	一会就到你闺房，
Xongt hangb ghangb vangx bel,	阿哥走坡岭山梁，
Jas dail neus jit lil,	遇见一只计力鸟，
Gix weeb weeb laot vongl,	叽叽啼叫悬崖上，
Sangb soul dail mait liel,	和妹一样很漂亮，
Soul niux hveb kot dieel.	像妹声声喊哥郎。
Dliangx khab songd haot dlaol,	阿哥以为是姑娘，
Liex niangb dab saik dangl,	哥我坐着等阿妹，
Dangl niangx xenb hlongt laol,	等妹你来和哥玩，
Niangx xenb max daot laol,	谁知不见妹到来，
Liex niangb dab qit doul,	阿哥坐起把气叹，

单身歌

Meex gangb gek bet dongl,	阿哥拍了拍胸膛，
Mel beb diex pat nangl,	阿哥上行三步远，
Pab dliax laib gongt bel,	扒开刺蓬在寻找，
Pab dliax vangs jit lil,	寻找这只计力鸟，
Neus gix neus yangt mel,	雀儿啼叫后飞翔，
Neus max niangb gongt yel,	早已不在此地方，
Niangx nongd xenb hlongt laol,	现在妹来游方场，
Xenb sax nongs dot bongl,	已知阿妹已成双，
Khab dliangx nongs dlangt lial,	阿哥我却在打单，
Vangs max jas kheut nangl,	找不到裤子来穿，
Vangs max jas seet bangl,	找不到妻子来伴，
Das daix yes mait liul!	真会死的，好姑娘！
Gef:	女：
Ghad loul niangb vangx hvib,	老松生在高山上，
Ghad loul ob vix gob,	老松生有两层皮，
Xed loul niangb sangx ghaib,	老虎住在茅草坪，
Xed loul ob vix dlioub,	老虎也长两层毛，
Hlaod liel niangb mangx fangb,	阿哥在你们寨上，
Hlaod liel hxangt daix wangb,	哥长得帅又大方，
Hlaod liel hxangt hsoux hveb,	阿哥你可真会讲，
Xol bongl hxet ongx qangb,	已得伴侣在你房，
Bab laol dliot niangx xenb,	也来此地骗姑娘，

327

Lol dail mait wangx yeb,

Jul dis ghaot niox hseeb.

Dieel:

Niangx denx khab longl dout,

Niangx denx xenb longl hxet,

Niuf niox laib nal tiet,

Niuf jangx dob deul jangt,

Eub gheud ghad beet ongt,

Hveb gheud ghad beet laot,

Hsangb hsad sax haot dot,

Hsangb hsad max haot diut.

Dangl laol ghangb out lait,

Eub hxab max dlenl pout,

Xenb hxab max laol sangt,

Wad niangb wil wad dot,

Wad bongl dleeb bel hliat,

Jangx ghaob dleeb jel deut,

Jangx diob dleeb wangl ment,

Jangx ghab dleeb vel get,

Dliangx khab ghaot jel ot,

Wangx yeb hveet dieel wat.

哄得阿妹我打单,

这一辈子妹算完。

男:

从前哥来游方场,

阿妹也来陪哥玩,

就在父母庭院旁,

紧密像布兜豆浆,

井水挑了上百缸,

话也议定上百趟,

千言万语说成双,

不说我俩要分散。

等到岁月又回转,

河水不敢下险滩,

阿妹不敢配成双,

我拉来玩还可以,

拉来成双难上难,

像斑鸠离枝飞翔,

像螃蟹离开池塘,

像母鸡离抱巢蛋,

最后阿哥在打单,

单身可怜了哥郎。

单身歌

Gef:

Xit hmangt dieel longx lob,

Xit hmangt dlaol dax niangb,

Hxet diot nal diux gib,

Gheut tiet leel lax nenb.

Ongx yel not daix hveb,

Diangd sad xangs laix naib,

Laix nal jus max daos,

Longl laol veeb niangx xenb,

Veeb dlaol diot dangx hlieb.

Bangx dlaol hangb yax lob,

Ongx wil yes sax wab,

Dieel hangb mel bangs naix jub,

Deus bul daib jangx dinb,

Bangx dlaol yes wangx yeb,

Jel yel niangb dangx hlieb,

Hxat liul wat dliangx khab!

Dieel:

Dliangx khab bend loul wat,

Wil nongt dangl ghab ghad loul ghat,

Dangl naib ged vangl haot,

Ghab ghad loul daot ghat,

女：

晚上哥到游方场，

晚上阿妹来陪伴，

玩在父母门角旁，

玩得院门净光光。

你家小弟话太多，

回家告诉了爹娘，

你父母不喜欢妹，

你妈来把姑娘骂，

把妹骂在游方场。

阿妹移步把家还，

为此你我才离散，

阿哥才把别人伴，

去和他人成侣伴，

阿妹我才在打单，

独身在这游方场，

哥啊，阿妹真忧伤！

男：

我已经是老阿哥，

就等老公鸡鸣唱，

等别人来帮我讲，

老公鸡它不鸣唱，

Naib ged vangl daot haot,

Bab daid dieel dlangt ot,

Niangb nongd dieel hxat wat!

Gef:

Niangx xenb dal jel ot,

Ongx daos dail dlaol daot?

Ongx daos ghal laol sangt,

Max vongb ghail xil hxat.

Dieel:

Deut vut maf max liangl,

Seet vut bouf max laol,

Dleet diot yaf jex nangl,

Diet qout bouf niux mel,

Dleet xongt nongf wangx yel,

Wangx yeb at nongd mel,

Jangx daib at xid yel.

Gef:

Gangb saik yol saik yol,

Gangb saik yol guf vangl,

Jet diub vangx buf bel,

别人父母不帮讲，

巴不得阿哥打单，

阿哥在此好忧伤！

女：

阿妹我还在打单，

不知喜欢不喜欢？

喜欢我俩就成双，

我俩还有啥忧伤。

男：

坚实树木难砍断，

漂亮姑娘难得伴，

留给四面八方郎，

外地帅哥才来伴，

留下阿哥我打单，

这样一直单身着，

哪还成个人模样。

女：

好鸣蝉啊好鸣蝉，

鸣蝉在枫枝鸣唱，

爬上山岭看远方，

单身歌

Ngangt eub lix liaf liongl,	风吹田水在飘荡，
Ngnagt diub dangx ngouf niel,	望见鼓场踩鼓忙，
Jenk dob jex bangf mel,	全是他人的侣伴，
Daot xenb niangx bangf soul,	没有阿妹的在踩，
Hxat das daix liangf liel!	真的愁死，好哥郎！

Dieel:	男：
Jet laib vangx bel dad,	爬上高高长岭上，
Ngangt ghab sangx Nangl Teud,	眺望南突寨平坦，
Max beb dinb ngangl hxed,	三户人有吃有穿，
Max ob dinb ngangl xad,	两户人家很贫寒，
Laix laix bab xol hved,	人人都有侣和伴，
Xol mel dlas mel mel kheud,	穷人富人都成双，
Xol mel vas mel mel died,	愚人聪明都有伴，
Jel dal jus dail hlaod,	唯有阿哥还打单，
Vangs max jas dail wed,	找不到妻子陪伴，
Jous jox hvib nal ad.	妹啊，我无法可想。

Gef:	女：
Hmangt hmangt khab longx laol,	每晚阿哥来游方，
Hmangt hmangt xenb dax niel,	每晚阿妹也陪伴，
Hxet diot laib dangx nal,	就玩在这游方场，
Hxet nongt dous dangx mel,	快要把场地坐穿，

Sax haot ob ongx wil.	都说我俩要成双。
Dangl lait ghangb niangx laol,	等到岁月又回转,
Khab dot khab dax lol,	哥得妻子还来诓,
Hangb haot ob ongx wil,	说是我俩快成双,
Dlab mait hangb wangx yel,	妹被哄得在打单,
Wangx yeb at nongd mel,	长此这样单身去,
Jangx daib at xid yel.	阿妹还成啥人样。

Dieel: 男：

Vob jex vob dot diangl,	莴韭莴荙[6]在萌生,
Vob ngaox ghab but vangl,	马蓝[7]常栽在村边,
Vob jex ghab but diongl,	莴韭长在沟谷旁,
Bul dax liangb ot mel,	他人来把薹掐去,
Bul neux bul dot bongl,	他人吃了得侣伴,
Dal ghab ghab diot dieel,	只剩秃根给哥郎,
Dieel neux dieel ot jel,	阿哥吃了才打单,
Vangs max jas kheut nangl,	哥找不到裤子穿,
Vangs max jas seet bangl,	更找不到妻来伴,
Das daix yes mait liel.	愁死我了, 好姑娘。

Gef: 女：

Niangx ob laol yal yenf,	二月姗姗来到了,
Niangx beb laol yal yenf,	三月姗姗来到了,

Laol ib bongl jad faf, 飞来一对杜鹃鸟,

Bongl jab hfangx laol dlouf, 一对黄莺也飞来,

Gix tongb vangl jad jef, 叫声全村都听到,

Ongx gix dail dlangt langf, 你替光棍在悲鸣,

Ghaok gix dail dot niouf? 还是为的成家人?

Hangd gix dail dot niouf, 若是为的成家人,

Ongx diangd mel hvat ghaif. 你该快快转回程。

Hangd gix dail dlangt langf, 若是替光棍悲鸣,

Dail wangx yel liuk gef, 孤单如像妹妹我,

Dail wangx yel hxat naif. 实实在在苦愁深。

Dieel: 男:

Niangx denx khab hlongt laol, 从前阿哥来游方,

Niangx denx xenb hxet niel, 阿妹你也来陪伴,

Niuf niox ghab deut mal, 我俩玩在树脚下,

Veb bab hxix xek liol, 有些石板磨损完,

Hmub hsab hxix xek langl, 绣的花边也磨坏,

Xenb bab sax haot mel. 妹也同意跟哥郎。

Dangl ghangb niangx lait laol, 等到年月转来到,

Niux hxed khab haok bal, 妹看阿哥家贫寒,

Neux geed ghab hfeet loul, 吃的都是老粗糠,

Neux xoub tit oud nangl, 芭蕉叶当衣来穿,

Niangx xenb yes hfid liul, 阿妹的心才悔翻,

Hangb deus maix daib haok leel,	才和他人吃米饭,
Max jib daib tiet bel.	有了孩儿牵手上。
Niangx nongd xenb hlongt laol,	现在妹来游方场,
Dlab liex haot out jel,	骗哥说是在打单,
Liex boub ongx saik jul,	这些阿哥全知道,
Ongx dlab liex at xil!	你还哄哥做哪样!
Ongx dlab liex qit doul,	你哄阿哥生气了,
Liex toub ongx sait mel,	阿哥会把你拖走,
Ongx max yes feet dieel.	那时你莫怪哥郎。

Gef:　　　　　　　　　　　　女：

Niangx xenb niangb bel dot,	阿妹真的没成双,
Hangb dax laib dlangl hxet,	我才来和阿哥玩,
Hangd dliangx khab bel dot,	若哥真的没有伴,
Ongx dax ob ghal sangt,	你来我俩配成双,
Ob max dliangb xil hxat!	我俩还有啥忧伤!

Dieel:　　　　　　　　　　　男：

Ghab dlod vel nas get,	母鸡进窝要生蛋,
Xenb dlod laol xenb dot,	妹来游方已成双,
Khab dlod laol khab dlangt,	哥来哥却在打单,
Khab dlod bel deut jent,	阿哥走进森林里,
Mox dlod mox vak hvent,	梭草垂下可乘凉,

单身歌

Laol hxed dlaol bongt tiet,	来到阿妹庭院旁,
Dlaol ghab diux jil deut,	妹家门前植树木,
Jil jib niox dlangl hxet,	栽些青杉来乘凉,
Niul ghab diux yal yit,	青衫长得绿油油,
Soul jab dangx leed xit,	好像神龛贴对联,
Niul jab dangx yad yit,	堂屋富丽富满屋,
Dlaol naib hsoux diangl mait,	阿妹母亲会养育,
Diangl xenb niangx xol seet.	阿妹长大得佳偶。
Dieel ghab diux jil deut,	阿哥门前也栽树,
Liel ghab diux yal yit,	门庭冷落树叶枯,
Dieel ghab diux diangl xongt,	父母把哥来养育,
Diangl khab dliangx jel out,	阿哥长大偶难求,
Dlaol nal dak gis hxut,	聪明要数妹父母,
Dlaol nal tieed xol deut,	他俩造簕用木头,
Xol ghab tiab xol jongt.	木质栅栏才坚固。
Niangx jex eub laol lait,	九月秋水也汹涌,
Sax dlax eub mel pout,	洪水一直往下流,
Sax dlax veb mel lit,	粗沙细沙都冲走,
Sax dlax xenb xol seet,	阿妹嫁人无阻拦,
Dieel nal dak dlongl hxut,	最愚蠢是哥父母,
Dieel nal tieed longl hleut,	造个鱼簕铁来铸,
Max dlax eub mel pout,	河水下滩流不走,
Max dlax veb mel lit,	细细沙石也被阻,

335

Max dlax khab xol seet,	哥要寻偶很难求，
Jex niangx niangb yal yit,	九年单身仍依旧，
Jef niangx niangb yal yit,	十年还是无配偶，
Dangf bangx niangb jel deut,	犹如花开在枝头，
Bangx max ghab jed sait,	花谢还能结果子，
Bangx veex laib yal yit,	花儿结果一串串，
Gouf jox eub mel hseet,	洪水冲来沙淘去，
Gouf jox nangx laol lait,	名声传到此地来，
Sab hsenx dlod diel dint.	五省宾客来住店。
Yib liongx dlod mal ghent,	依勇[8]来了匹斑马，
Dlod laol eub dlod dot,	下到河中来洗澡，
Gib bel niangs dad ghout,	长田边角多又多，
Soul lix ghab diongl gongt,	像田修在深山谷，
Souk gix ghab dail hseet,	河沙坝上踩芦笙，
Souk dongx lob jal qat.	舞步齐整又轻盈。
Dail hxed xob dail vut,	富人结个美人儿，
Dail xad xob dail hxat,	穷男丑女成双对，
Gangb med xob nel seut,	水蚕配个偷嘴鱼，
Xol dad daob mel ghaot,	一对一对配起来，
Liuk dous lix nel xangt,	好像分田放鱼仔，
Xik dous senx bel hliat.	分得均匀人人爱。
Diub dangx laf dail xongt,	游方场上剩哥郎，
Diub dangx laf dail mait,	游方场上剩阿妹，

单身歌

Hangd laf niangx xenb jel out,　　若剩阿妹还打单，
Liangf ghax jus longl dout,　　我就赶来游方场，
Niuf jangx ob ghal dot,　　玩了我俩就成双，
Naf daix hvib xil not,　　我俩还有啥忧伤，
Hangd laf niangx xenb xol seet,　　若是阿妹已成双，
Gef ghax nongs mel ghaot,　　阿妹自去把郎伴，
Xek dax dlab lol xongt,　　别来哄骗哥郎我，
Liangf sax nongs diangd dout,　　阿哥自己把家还，
Daot jenx niangb nongd hxat!　　不然在这多忧伤！

Gef:　　女：
Dangx bongl niangb diangd hxat,　　成双的人多忧愁，
Wangx yel niangb diangd vut,　　单身在家反舒坦，
Neux jul hangb diangd at,　　吃完再去把活干，
Max dail dlaingb xid hxa!　　阿妹还有啥忧伤！

Dieel:　　男：
Khab gongb diot lix gil,　　挖渠引水把田灌，
Jeb hvib diot mangx vangl,　　找伴指望你寨上，
Laib hveb haot mangx vangl,　　口头虽说你寨上，
Jeb hvib diot bangx dlaol,　　心中却是你姑娘，
Boub xob ghaok max xol,　　不知可否成侣伴，
Xob boub hxab ongx nal,　　要想婚配怕你娘，

Max xob hveet liex dieel,

Hveet diongs xongt wangx yel,

Dad dis wat daix yel.

Gef:

Niangx ob hlat beb laol,

Wangx vob xik dous liol,

Lix yib xik dous dail,

Bangx wab xik dous jel,

Naix jub xik dous bongl,

Dous max daot saos dlaol,

Das daix nongd ghab moul!

Dieel:

Neux nel hniub ghangb kut,

Dangx bongl hniub ghangb xongt,

Wangx yel hnaib hnaib hsent,

Nenx dlaol jus laib laot.

Gef:

Niangx xenb haot senl hvat,

Dliangx khab niut laol sangt,

Wex hvib ghaot dol but,

不接受哥哥可怜,

害哥成了单身汉,

过这一世实在长。

女：

二月三月春来临,

园里菜儿长纷纷,

田中秧苗在分蔸,

樱花开满树枝头,

别人得配成双对,

婚配不到单身妹,

真愁死了好情侣！

男：

吃了鱼儿把笼忘,

有了伴侣忘哥郎,

单身哥郎天天想,

只想阿妹嘴会讲。

女：

阿妹说快把婚完,

阿哥不肯来成双,

变心去和他人伴,

单身歌

Niangx xenb ghaot jel ot.　　　　　　阿妹够得在打单。

Dieel:　　　　　　　　　　　　　　　男：

Deut mangx niangb guf vangl,　　　　枫树长在村庄上，

Jit dax hsaob liaf liongl,　　　　　　风吹树叶在飘荡，

Lait daix hnaib ngouf niel,　　　　　到了踩鼓热闹时，

Ngangt naix jub bangf bongl,　　　　却见别人的侣伴，

Daot max khab bangf soul,　　　　　　阿哥孤单没有伴，

Hxat daix yes gef liel,　　　　　　　好忧伤啊我的妹，

Daot hsoux hxoub nongf dlongl.　　　我不忧伤才是憨。

Gef:　　　　　　　　　　　　　　　女：

Ghab diub vangl ngouf niel,　　　　　寨子中间踩鼓忙，

Niangb hab dieel bangf mel,　　　　　全是哥嫂在鼓场，

Daot max dlaol bangf soul,　　　　　没有阿妹的一个，

Wos ghangb wil yef laol,　　　　　　等下辈子再回转，

Vangs jas dail liangf bangl,　　　　找到一个哥陪伴，

Hangb max wil bangf bongl,　　　　　那时才有我的郎，

Yes max wil bangf niel.　　　　　　　才有我的踩鼓场。

Dieel:　　　　　　　　　　　　　　　男：

Ngangt yox eub dal niel,　　　　　　看这河滩还有鱼，

Ngangt mangx fangb dal nil,　　　　　你们地方多姑娘，

339

Teut laix deus dieel mel, 让出一个伴哥郎，

Ghaot jangx ob liangl liul, 结成侣伴把心放，

Daot nenx senb dol bul. 不再去把他人想。

Gef: 女：

Yox eub dal nel jet, 河里还有鱼上滩，

Niux fangb dal nil not, 妹村许多好姑娘，

Dax xob mel dail xongt, 阿哥快娶做侣伴，

Niangx xenb wil dal dlangt, 阿妹我仍在打单，

Xenl xenb wil loul wat, 若嫌阿妹太老了，

Niux bab dal dail yet, 我家还有小妹妹，

Xob nenx mel houl xongt! 娶她也好啊，哥郎！

Dieel: 男：

Bet daix haob qid al, 开春雷鸣第一响，

Dait mongs ghab neux diangl, 春兰树叶正开放，

Liet liangs dax hseub bel, 苔藓满坡满岭长，

Deut liangs dax hseub diongl, 山谷树木也长满，

Dail max vob mel liol, 有菜的人快氽汤，

Dail max dinb mel bangl, 有伴的人快去伴，

Dail wangx yeb soul dieel, 单身的人和哥郎，

Laol nenx laib cangl niel, 来把游方时回想，

Ninl nenx khab ninl liel. 越想当时越心伤。

单身歌

Gef:

Niangx ob beb laol lait,

Bangx vob gangb diangl ot,

Dail ghab daib dail xongt,

Dail ghab daib dail mait,

Dax niangb laib dlangl hxet,

Jenk baix hveb xol seet,

Max baix hveb daol diut.

Dangl niangx ghangb laol lait,

Saib hxex yeb gangb gangt laot,

Dlax hveb diot dieel hlat,

Ongx naib haot dlaol yut,

Max bib xongt laol ghaot,

Liex dieel yes tak hxut,

Khab hangb wex liul bouf but,

Dlius bangx dlaol dlouf dlangt,

Xenb jangx dail wouk hfat,

Das daix bul bangf seet!

Dieel:

Vut daix vob ghad liol,

Vut daix dinb ghad bongl,

Mel vud ob laix mel,

女：

二月三月姗姗来，

桑树花也起蓓蕾，

你这小小的哥郎，

我这小小的姑娘，

来到这个游方场，

讲的全是把婚完，

不摆离散的话茬。

等到岁月又回转，

恨小弟们嘴巴快，

话茬露给哥爹娘，

你的父母嫌妹小，

不许阿哥娶姑娘，

阿哥的心才回转，

变心娶其他姑娘，

丢下阿妹永打单，

妹成乞婆去讨饭，

真会死啊，别人伴！

男：

宽张菜叶味醇正，

幸福的是成双人，

上坡干活两个走，

Laol sad ob laix laol,	收工回家双人行,
Hxat daix dinb ghad dail,	最苦的是单身汉,
Mel vud jus laix mel,	上坡都是一个人,
Laol sad jus laix laol,	回家也是单人行,
Seuk wix ghab vud laol,	天黑才从坡上来,
Deut diux niangb jel bel,	钥匙拿在手上拎,
Ket coux cenb coul cenl,	钥匙抖动响叮当,
Bouk diux hlieb laol mel,	开了房门哥进屋,
Ngangt daix jib doul mal,	急忙去把火坑看,
Daot max hniub doul yel,	火种早已经燃尽,
Dliangx khab hangb mel vangl,	哥才急忙去近邻,
Dleet daix hniub doul laol,	讨得火种把家回,
Dieel hangb hangb qid doul,	阿哥慢慢把火生,
Ngangt daix teub sail mal,	去看那个小水缸,
Daot max eub sail yel,	水缸一滴水无存,
Xongt qeb bongl dif diel,	哥捡一对木水桶,
Ghenx ghat diot guf jel,	带钩扁担挑上肩,
Qeb khaob diot jel bel,	捡个水瓢手上拿,
Xongt diex vef vef mel,	阿哥匆匆往前行,
Lait ob diex pat nangl,	走到东面几步远,
Ghangt dot jex khaob bol,	挑得井水九瓢整,
Xongt diex vef vef laol,	又急匆匆把家回,
Xongt ghat dlaox senb dangl,	阿哥在架鼎罐等,

单身歌

Xongt lix ghab hsaid laol,	哥进房间把米量,
Xongt neux ib daod xil,	阿哥哪吃一斗米,
Xongt lix ib xangd bol,	阿哥只量一合整,
Xongt sail ves diod doul,	阿哥尽量把火添,
Ghangb dlaox nongt jis doul,	锅底饭糊快要燃,
Guf dlaox at mas nel,	面上的饭半生熟,
But dax ghangb sad gol:	别人来到屋脚喊:
"Dax bib at sangd mel."	"出去玩玩散散心。"
Dliangx khab dab haot heul:	阿哥急忙来搭腔:
"Mangx mel diot ob laix,	"你们几个先行吧,
Mangx bongl hot yis mangx,	你们有妻煮饭吃,
Dail xil hot yis liex."	无人煮给哥郎吃。"
Ghad dangl hmangt hangb dax,	半夜三更才出门,
Dlod laol lait diub dangx,	当我来到游方场,
Dangx dol hxet bees yangx,	大伙双双在谈情,
Dail xil daot deus yex,	没有一个理哥郎,
Nangl nangl hveet khab dliangx,	还是可怜阿哥我,
Hveet dail xongt jus laix,	唯独可怜哥一人,
Hveet dieel daot xenb niangx?	可怜我不,好姑娘?
Hangd hveet dail khab dliangx,	如果可怜阿哥我,
Vangs dail diot khab dangx,	找个给哥配成双,
Dot bongl at gheub neux,	得伴干活找吃穿,
Xongt liel daot hxoub youx.	哥才不这么飘荡。

343

Gef:

Diongs dliangx khab hlongt laol,

Xenb niangx bab hxet niel,

Ob laix bab ot jel,

Boub ongx daos daot dieel?

Daos ghax xob mait mel,

Ob max hxoub nongd yel.

Dieel:

Dail mait xenl khab dliangx,

Dlenl laib sad ghaib nangx,

Oud liel liuk dlieb liax,

Geed hliek soul vob nex,

Hangb daot laol deus liex.

Diongs xongt longl ib diex,

Mait tak mel hsangb dliangx,

Souk sait mel deus maix,

Haok vut liangl hvib naix,

Dlius xongt liel diongb dangx,

Jel yel ghad sangs naix,

Das saik yel xenb niangx.

女：

阿哥来到游方场，

阿妹我也来陪伴，

我们两个都打单，

阿哥喜欢不喜欢？

喜欢就娶了姑娘，

我俩再不去飘荡。

男：

阿妹嫌弃了哥郎，

嫌我建的茅草房，

衣服淡如黄鼠狼，

喝粥还把青菜掺，

才不肯和我哥郎。

阿哥向前走一步，

阿妹后退千庹远，

跑去和别的哥郎，

吃好穿好才心安，

抛弃哥在游方场，

一辈子成单身汉，

哥会死的，好姑娘。

单身歌

Gef:

Xenb niangx bab haot mel,

Khab dliangx nongs niut yangl,

Ongx deus nenx jub ghaot mel,

Xenb niangx hangb ot jel,

Das daix yes xongt liel.

Dieel:

Daot max oud nangl,

Nangl oud ghab neux xoub.

Daot max geed ngangl,

Ngangl geed ghab jongx hveb.

Daot max sad dlenl,

Dlenl sad ghab nangx ghaib.

Daot max hved bangl,

Bangl diel ghab vangx veb.

Ninl bangl xongt liel,

Wil ninl seub jox hvib.

At dees dot dlaol?

Laol bangl diongs dliangx khab.

At dees loul dieel?

Wil ib sangs naix jub.

女：

阿妹本讲和哥去，

哥哥你却不爱引，

你和他人去成婚，

丢下阿妹我单身，

妹会死啊，别人郎。

男：

没有衣穿，

就穿芭蕉叶。

没有饭吃，

就吃蕨菜根。

没有房住，

就住茅草房。

没有侣伴，

就把石墙伴。

越傍石墙，

哥就越凄凉。

怎么得妹？

来伴哥郎我。

怎么终老？

哥这一辈子。

Gef:

Max dlaib seuk max niel,

Max ghab guk ongx vongl,

Ongx dinb enk ongx dinl,

Hsenx xenb diot dangx nal,

Niangx xenb daot jangx dliangl.

女：

天不黑尽不陪伴，

有鸡在你竹笼关，

你有妻子陪伴你，

老让妹在这里等，

阿妹真的不成样。

Dieel:

Gil loul daot jangx lix,

Loul laol daot jangx naix,

Cul laol at naix leex,

At gheut hfat yex hxangx,

Dent dent dleet ngax neux,

Dot daot dot ghax niox.

男：

天干无雨不成田，

阿哥老来不成人，

还是出门当浪仔，

当乞沿街讨饭吃，

顿顿也去讨肉吃，

得不得也就算了。

Gef:

Saib bangx pud not jel,

Saib liex sad not nal,

Ib laix bend haot senl,

Ib laix diangd haot daol,

Nees daix nend dlangt yel,

Hxoub youx nongd xongt liel!

女：

恨那花开多枝头，

恨阿哥家多老娘，

一个本说要成婚，

一个又说要疏远，

为了这些才单身，

哥啊，飘荡苦愁深！

单身歌

Dieel:

Jangt max dlaib nangl liel,

Hxut max gos dail dlaol,

At naix hsenb yenl mel,

Daot nenx senb diel xil.

Gef:

Dongx liex jus deet diangl,

Liex max daib at doul,

Liex max daib xangt mal,

Xangt nix hlieb bet wangl,

Vangs dail niangb nongd yel,

Niux dal niangb at nal,

Vangs max jas kheut nangl,

Vangs max jas seet bangl,

Xangb daix yes xongt liel!

Dieel:

Mangx dax ib bongl mait,

Bib dax ob dail xongt,

Niangb laib dangx nal hxet,

Niangb dab hxix jangd deut,

Hxix veb mel ghad gut,

男：

染不成青就穿淡，

无福享受妹的爱，

只好出门当仙人，

不会有啥去念想。

女：

同哥生在一早上，

哥有娃儿把柴砍，

又有孩儿去放马，

放牛洗澡在池塘，

就要找儿媳妇了，

阿妹还在这打单，

还找不到裤子穿，

还找不到郎来伴，

哥啊，令妹好心伤！

男：

你们来对好姑娘，

我们来了两哥郎，

在这歌唱来游方，

坐的木头磨损完，

磨损指甲厚石板，

Hxix dab mel ghad dlaot,	磨掉一拃深土壤，
Eub hxab max dlenl pout,	溪水不敢进险滩，
Xenb hxab max laol sangt,	阿妹不敢配哥郎，
Bib hxab max laol tiet,	我们不敢拉姑娘，
Bib deus niux nal haot,	我们和你母商量，
Mees xenb niangx mel yat,	先让姑娘去成伴，
Xenb mel xenb ghangt ment,	阿妹去了把水担，
Ghenx eub sail diot hlat.	去挑泉水给亲娘。
Dieel niel ghab but tiet,	阿哥靠在院门旁，
Ghab gib sad hsent mait,	靠在屋角想姑娘，
Bet niox ib dangl hmangt,	半夜三更睡得香，
Dail ghab ghoul ghoul ghat,	公鸡喔喔在啼唱，
Dail ghab gol dail xongt,	公鸡它在喊哥郎，
Dliangx khab wil diangl sait,	阿哥突然被叫醒，
Diex lob mel dlangl qout,	匆匆忙忙把家还，
Dieel ghangt bongl dif kangt,	阿哥挑桶去井旁，
Dieel ghangt mel langf ment.	挑水回家倒进缸。
Xix xob dieel youf dot,	说哥命好已成双，
Max boub dieel nongf dlangt,	哪知阿哥还打单，
Nenx ghab moul youf wat.	想到情侣哥忧伤。
Gef:	女：
Dongd nongd jet niangx ib,	这个季节正月到，

单身歌

Dongd nongd jet niangx ob,	已经上到二月了,
Bul hved yangl bul dinb,	别人有妻引他郎,
Yangl bul jet liex gheub,	引领她郎把坡上,
Dail xid yangl dliangx khab?	谁人来引阿哥你?
Dail liod yangl dliangx khab,	黄牛来引阿哥啊,
Yangl hlaod liel longx gongb,	引哥走进水沟里,
Khaid geed saot liax keeb,	包饭放在犁板底,
Dail liod songb nongx songb,	黄牛有时也偶然,
Dail liod wenf niux taob,	它的脑壳稍一扬,
Qed geed benf niox dab,	嘴碰饭盒掉地上,
Bel vad vef dax qeb,	慢慢伸手来捡起,
Mangl vad vef bix eub,	眼泪簌簌往下淌,
Ongx xad daot dliangx khab?	你看困难不, 哥郎?
Ongx xad nongt diex lob,	可怜阿妹把路赶,
Longl laol bas dliangx khab,	快点来吧, 好哥郎,
Yangl mel at daix dinb,	接妹去做你侣伴,
Xik yangl jet liex gheub,	我俩一道把坡上,
Dieel sax hfent jox hvib,	阿哥你就把心放,
Nil sax hfent jox hvib,	阿妹也就把心放,
Dal xil hxut nenx senb.	有啥牵挂和忧伤。

Dieel:　　　　　　　　　　　　　　　　男:

Mel mel at dees mel?　　　　　　　　走啊, 如何舍得去?

Daol daol at dees daol,	疏远离散不舍弃，
Dliangx khab haot diongs nil,	阿哥我对阿妹讲，
Ob hniut denx ob niel,	两年前我俩陪伴，
Xenb hxet vix dinb leel,	阿妹玩的是美男，
Ghaok hxet vix dinb bal?	还是玩的丑哥郎？
Xenb hxet vix dinb leel,	若妹玩的是美男，
Nongt houf niux laib liul,	也要合妹的心愿，
Houf hxut ongx hangb mel,	合你心愿才成双，
Hangd hxet vix dinb bal,	如果玩的丑哥郎，
Daot houf niux laib liul,	不合阿妹的心愿，
Daot houf max yes mel,	不合心愿莫成双，
Daot houf niux bab mel,	不合心愿妹若去，
Dangf vit haib daix bel,	像黏膏沾手心上，
Dliof at dees max laol,	要想扯也扯不掉，
Senf at dees max mel.	要想扔啊实在难。
Dangl lait ghangb niangx laol,	等到岁月又回转，
Mait ngangt bul daib leel,	妹见他人长漂亮，
Mait wees bul qangb dlenl,	妹就进了他人房，
Mait deus nenx jub mel,	妹和他人配成双，
Ghaob nenx diot ghol ngangl,	斑鸠想得小米吃，
Ghaob ghax dot ghol ngangl,	这事并不是很难，
Hxab nenx diot nel ngangl,	水獭想得大鱼吃，
Hxab ghax dot nel ngangl,	水獭会得顿美餐，

单身歌

Xenb nenx diot hved bangl,	阿妹想得夫来伴,
Nenx ghax khat diud mel,	父母就把你嫁去,
Xenb ghax dot hved bangl,	阿妹你就得夫伴,
Xenb ghax hfent hnid mel,	得了丈夫把心放,
Max daib diot gangf bel,	有了孩子牵手上,
Hfix daib diot guf jel.	背着孩儿心欢畅。
Niangx nongd xenb hlongt laol,	现在妹到游方场,
Dlab khab dliangx haot weel,	哄哥说你要离散,
Xek dlab liex at xil,	你还哄哥做哪样,
Dieel boub ongx hxut jul,	你的内心哥知道,
Xenb max nins xongt yel,	你把阿哥我全忘,
Khab dal nins mait liel.	阿哥把你记心上。
Diongs liex dlens lait dlaol,	每当念到姑娘你,
Naib ghax qeb seet ghongl,	父亲就捡弯柴刀,
Qeb ghangb linx diot dieel,	一把镰刀给哥郎,
Khab dliangx jet vud mel,	阿哥我就把坡上,
Gongb nangx dak xad dlenl,	草丛莽莽难进山,
Ghaib senx ghab dlad laol,	茅草高齐腋窝下,
Vangs max jas ged dlenl,	很难找路把柴砍,
Khab dliangx nais oud jul,	哥的衣裤全挂破,
Vangx max jas kheut nangl,	哥找不到裤子穿,
Vangs max jas seet bangl,	找不到妻来陪伴,
Ghangb nangx jas seet yel,	要找妻子实在难,

351

Das daix yes mait liel!	忧愁死了，好姑娘！
Gef:	女：
Dlaol niangb lax jet yif mangl,	妹老脸起了黑斑，
Dlaib jangx deut dlief mel,	黑如雷公树⑨一般，
Hxab max fat guf vangl,	过寨上边都不敢，
Niangx xenb fat mel nangl,	阿妹走过村东面，
Daix niangb hseet houl houl:	嫂们纷纷在论谈：
"Nenx hlieb at mal loul,	"她的年纪在渐长，
Dangx dinb ghaok bel xol?"	是否已经把婚完？"
Niangx xenb fat mel bel,	阿妹走过村西面，
Daix mais hseet yul yul:	伯妈叔娘纷纷讲：
"Hsent nenx hnaib hniut laol,	"若算她的年纪啊，
Ghab yenx hab hniut mol."	寅年初和卯年生。"
Ghab hniut yis dangx dol,	年初生的是大伙，
Yis but yis dangx bongl,	生了大家都成双，
Gouf hniut yis bangx dlaol,	阿妹我生在岁末，
Yis mait yis wangx yel.	因此阿妹才打单。
Dlaol daot feet hxangb lix jangl,	不怪妹家田坎弯，
Daot feet ghab diux gal,	不怪妹家低门槛，
Nongs feet nangs hxix gal,	只怪妹的命运差，
Nangs hxat ghob max laol,	命苦难得哥成双，
Diongs mait hangb wangx yel,	妹才成单身姑娘，

单身歌

Gos out ghangb dangx niel,	独身在这游方场，
Gos not gos lax laol,	单身住得太久了，
Gos not dlaol sax hlib dangx bongl,	长久我也想成双，
Hlib at dees max xol,	无论怎想得不到，
Xangb wat lab liex dieel!	哥啊，阿妹好忧伤！

Dieel: 男：

Bangx dlaol jus hlongt saos,	阿妹一到游方场，
Ghal boub dlaol deet bens,	就知阿妹已成双，
Max yel bes ghout jous,	有了孩子抱膝上，
Ghaib bangx dlaol haot mais,	孩儿常常叫唤娘，
Liex jel dal dlangt langs,	阿哥我还在打单，
Liex xangb liul wat neus!	妹啊，阿哥好忧伤！

Gef: 女：

Doux dieel jus deet dangt,	和哥同生一早上，
Liex dieel nongs dot seet,	阿哥有妻在你房，
Max yel niangb gheut tiet,	有了孩儿庭院玩，
Niux nangl dees dlangt ot.	阿妹我还在打单。

Dieel: 男：

Bel hvat bel hvat dot,	阿哥我还没有伴，
Bel hvat nangl at kheut,	还找不到裤子穿，

Bel hvat xol dot seet,

Dal at yel at yit.

Gef:

Liex dieel xol dot bens,

Sax diex laol dlot xenb,

Dlab bangx dlaol dlangt langs,

Nenx laol jous bongt das.

Dieel:

Niangx denx hnaib hniut al,

Niangx denx khab hlongt laol,

Niangx denx ob hxet niel,

Niuf niox laib qout nal,

Niangx denx ob haot senl,

Niangx ghangb xenb hlongt laol,

Niux ngangt khab haok bal,

Neux geed ghab hfeet loul,

Khaob jongx hveb tit ghol,

Niux hangb souk deus but mel,

Deus maix daib haok leel,

Hangb dlies dliangx khab ot jel,

Niangx nongd xenb hlongt laol,

还没妻子来陪伴，

我还在四处飘荡。

女：

已知阿哥有侣伴，

你还来骗姑娘我，

哄得阿妹在打单，

想到这些气要断。

男：

在很久很久以前，

阿哥来到这地方，

我俩在此常相伴，

紧紧相依在这里，

山盟海誓结侣伴，

后来阿妹到我家，

妹见我在喝清汤，

饭里还在掺粗糠，

挖蕨根来当食粮，

妹才悔心与人伴，

和他人去吃米饭，

丢哥单身成这样，

今天妹妹又回转，

Ob xik jas qout nal,

Niux hangb nas xongt liel:

"Ongx daib hlieb ghaok bel?

Wil daib hlieb at nal,

Laol ob tieed khait dieel,

At diux hxub diot yel."

Dliangx khab dab mait liel:

"Wil dinb bel hvat diangl,

Jenx jenx niangb at nal."

Hnangd jangx khab hxut bal,

Wil diex lob pat bel,

Deus hleet hxeeb lieex at bongl,

Das jangx daot hxat yel.

Gef:

Hlat ob beb wix laol,

Bet laib haob gix hongl,

Deut liangs ghab neux jul,

But daib xob daix bongl,

Dot bens jus daix mel,

Dlout ghab yib bongx benl,

Dlangt langs niangb dangx nal.

Hveet daib xenb wangx yel,

我俩相逢这地方，

妹妹开口把话讲：

"你的孩子大了吗？

我儿已大成这样，

我俩来结亲家吧，

来联姻给娃儿俩。"

哥也急忙把话讲：

"我还没有妻子伴，

仍打单身在游荡。"

听了这话我悲伤，

快步跑到山坡上，

我和棕绳结侣伴，

死了才不再凄凉。

女：

二月三月姗姗来，

春雷声声彻天响，

山野树叶全生长，

别家姑娘已成双，

结成侣伴都去忙，

都去拔秧耕种了，

单身才留游方场。

可怜阿妹在打单，

Hveet daib khab wangx yel, 哥也单身也凄凉，

Soul beet wees hxangx diel, 好像猪儿逛市场，

Beet wees dot nix liangl, 猪逛市场得银两，

Mait wees dot wangx yel, 阿妹游方得打单，

Xongt wees dot wangx yel, 哥游方成单身汉，

Wangx yeb at nongd mel, 长久这样无人伴，

Jangx daib at xid yel. 我俩哪有人模样。

Dieel: 男：

Ngaol ghab daib hleut niul, 一节生铁小又小，

Diangb ghab daib seet ghongl, 一把弯弯砍柴刀，

Mel ghab bangs at doul, 我去坡上把柴砍，

Lax taob taob jet bel, 横着山坡往上砍，

Jas dail neus jit lil. 遇到一只计力鸟。

Neus jit lil jit lil, 计力鸟啊计力鸟，

Neus jit lil tat dieel, 计力鸟在骂哥郎，

Lax wil laib gongt bal, 你把树丛全砍坏，

Lox wil laib qout mel, 把我的窝拆烂完，

At xil yes dlangt yel, 为此才成单身汉，

Yes wangx yeb at nal. 你才单身成这样。

Gef: 女：

Bul daib jel dal vangt, 别家姑娘还年轻，

356

单身歌

Bul daib ghax xol seet,	她已成婚有侣伴，
Max daib gol dail hlat,	有了孩子喊亲娘，
Niangx xenb ghongl mal mout,	阿妹腰杆弯又弯，
Max dliangb xil laol ghaot,	哪有谁来娶姑娘，
Niux jenx niangb bangl ot.	阿妹老在此打单。

Dieel:	男：
Mel ngangt laib mangx vangl,	请去你们寨子看，
Dal xek hongb gix bal,	有无个把坏芦笙，
Dal xek ghais naix loul,	有无一两寡老奶，
Xek mas nenx diot diel,	不要卖给汉家人，
Xek lios nenx diot vongl,	别忙拉去悬崖扔，
Mas diot diel vut diel,	卖给汉人没好处，
Lios diot vongl hveet dieel,	你就把她留给我，
Mees diot dieel at bongl,	留给阿哥做侣伴，
Eub xik deed jet nel,	河里的鱼同上滩，
Beb xik deed ghaot bongl,	我们同样得侣伴，
Jenx at nongd hveet dieel.	老是这样害哥郎。

Gef:	女：
Vangs dail liuk vongx daib,	要找像个龙王女，
Beb vangl vangs max jas,	我们寨子找不到，
Eud dail liuk niangx xenb,	若要像我老姑娘，

Beb vangl wangt laox qenb,

Deed mel hsait hxangx hhaob,

Did diel diot maix niangb,

Haot dail dees dliangx khab,

Tout bel xangs niangx xenb,

Mait dail nees ongx vangs.

我们寨子千千万，

可以拿去砌围墙，

抵挡土匪保平安，

阿哥你说是哪个，

你可指手跟妹讲，

阿妹我才帮你找。

Dieel:

Daot eud dail daib vongx,

Eud dail liuk xenb niangx,

Mangl leel hfed daib vongx,

Jel bel liuk hsenb yenx,

Jil vob hxangt ghangb nangx,

Bangx dlaol beet yis jangx,

Ghad wangs dail diub ngaox,

Ob hxat xil xenb niangx!

男：

阿哥不要龙王女，

要个就像阿妹你，

聪明漂亮胜龙女，

手似神仙有灵气，

栽的蔬菜如有蜜，

妹养的猪多如蚁，

上万头猪关圈里，

我俩有啥忧愁呢！

Gef:

Ngangt jox eub mel nangl,

Laix laix bab xol bongl,

Daot max ib dail dlaol,

Liuk niux niangb nal loul,

Wix hxux seub sail laol,

女：

从这条河往下看，

男男女女都成双，

没有一个妹子啊，

像我成了老姑娘，

到了冬天雨雪降，

Dliuk ngees dleeb nenl nenl,	地冻冰滑天特寒,
Mait yax diub loul mel,	阿妹挪动老身往,
Ghangt daix eub sail laol,	到井泉去把水担,
Daot max hniub doul yel,	火炕里面没火种,
Hangb dleet maix hniub doul laol,	才去别家讨火来,
Diot niux pib jel bel,	把妹的手烘暖暖,
Hangd liuk niangx xenb wil nal,	若像阿妹我这样,
Das jangx hangb liangl liul,	死了以后才心安,
Daot hsoux hxoub yel dieel.	再也不会去飘荡。

Dieel:	男:
Dangt xongt gheub neux doul,	生哥砍柴找吃穿,
Dangt mait gib nix niel,	生妹牛角银饰配,
Dangt diot khab longx laol,	生哥来到游方场,
Dangt diot xenb dax niel,	生妹你也来陪伴,
Hxet diot naib diux gil,	玩在父母门角旁,
Gheut tiet ngouf lax ghail,	庭院拥挤不一般,
Ngouf liuk laib hxangx diel,	如赶场热闹非凡,
Seuf liuk laib box wangl,	好像浮萍挤池塘,
Lait gouf lait wix laol,	我俩玩到后头来,
Lait gouf bongx hveb niel,	一到季节鼓声起,
Sangt langf bongx gangb nil,	冷烂水田出蚂蟥,
Laot dif bongx eub sail,	桶里满水溢出来,

Bongx eub lait dangl diongl, 泉水冒出半山谷，

Bongx hveb lait dlaol nal, 话泄露给妹爹娘，

Sax bib mait laol niel, 妈送阿妹来陪伴，

Max bib mait laol senl, 不送阿妹来成双，

Hsenx diongs xongt jel yel, 任随阿哥我打单，

Loul das saik yel dlaol! 单身到死真悲惨！

Gef: 女：

Dliangx khab diangl jas vut, 阿哥生来真逢时，

Liex hangb xol bens ghaot, 阿哥才能成双对，

Niangx xenb diangl jas hxat, 阿妹生来不逢时，

Max hongb xol bens ghaot, 阿妹不能成双对，

Niux hangb nangl gos ot, 我仍然是单身妹，

Das daix yel saos ghaot! 真会死的，好情侣！

Dieel: 男：

Longx jox Eub Hsaid jet, 顺着巫赛[10]溪流上，

Longx jox Eub Hsaid ngangt, 顺着巫赛溪流望，

Jox nangx niangb heud seet, 芭茅长在山崖上，

Jox nangx leub yal yit, 芭茅倾斜真好看，

Bul max daib mel at, 别人有娃去割砍，

Jox nangx hangb laol lait, 芭茅才来到家房，

Wil daot max daib mel at, 我没娃儿去割砍，

Wil longx lob loul diot,	我迈老腿往上爬，
Jox nangx hangb laol lait,	芭茅才来到家房，
Yes max jib doul dat.	才得柴烧来取暖。
Daid dongd daid ob lait,	正逢佳节来到了，
Daid dongd bul souk out,	正逢时节踩鼓忙，
Bul yangd niel hlat diet,	六月吃新踩鼓节，
Souk gix ghab denl hseet,	跳芦笙在河沙坝，
Souk dongx lob yal yit,	舞步婀娜真整齐，
Gangb med xob nel seut,	水蚤去配偷嘴鱼，
Dail hxed xob dail vut,	富女选个好郎配，
Dail xad xob dail hait,	穷男丑女成双对，
Xol mel hlieb mel yet,	大大小小都得配，
Xol mel ghab heud tit,	配到剃发的小孩，
Jel dal ghab heud jent,	留发大人还没配，
Dal liex niangb nongd dlangt,	单身阿哥仍然在，
Jex niangx niangb yal yit,	九年依旧在打单，
Juf niangx niangb yal yit,	十年还是无配偶，
Dangl maix daib mel khait,	要等别人女嫁去，
Dot ngax ghab laol hmongt,	带回鸡肉来尝尝，
Hmongt jangx hangb xol seet.	尝了肉才娶爱侣。
Hxux hxux hlib doul dat,	每个寒冬想取暖，
Niangx niangx hlib jed jit,	每年过节想糍粑，
Hxux max boub doul dat,	寒冬无火来取暖，

Niangx max boub jed jit.

Laix laix hlib xol seet,

Dail xid hlib jel ot?

At ves max laol dlangt,

Ghaot ves naix yal yit!

Gef:

Jox jox eub nel jet,

Laix laix bab xol seet,

Bab max dail gol hlat,

Ghangb jox hvib yal yit.

Xenb niangx jus diangl jas hxat,

Vangs max jas bongl ghaot,

Xenb niangx yes jel ot,

Das daix ghab moul ghaot.

Dieel:

Ghab daib deut mongl xol,

Ghab daib seet leel mangl,

Niangb ghab bongt vangl diel,

Dloub lob liuk dail mal,

Sangb wangb liuk dail ghol,

Liuk dail hxab ngangl nel,

年节无粑来烤尝。

人人都想有侣伴，

哪个喜欢独打单？

无奈才成单身汉，

想尽办法也难办！

女：

条条河有鱼上滩，

每个人都有侣伴，

都有娃儿叫爹娘，

心里甜蜜多欢畅。

阿妹命苦家贫寒，

找不到伴来成双，

阿妹我才在打单，

真的要死了，哥郎。

男：

小小树木在坡上，

好个阿妹白面庞，

站在汉家的村旁，

两脚净如白马样，

洁白漂亮如鹅般，

像獭吃鱼在深潭，

单身歌

Hsot yex eub nangl laol, 　　白鹤遨游东方来，

Vut naix jub xol mel, 　　好的别人来娶去，

Hveet dliangx khab jel yel, 　　可怜阿哥在打单，

Hxat daix yes dail dlaol! 　　妹啊，阿哥好忧伤！

Gef: 　　女：

Ngangt jox eub mel nangl, 　　阿妹顺河往东看，

Xongt sax jus leel mangl, 　　阿哥长得最漂亮，

Ghaot maix daib mel bangl, 　　得了别人去陪伴，

Ghaot max hvib benl benl, 　　兴致勃勃真欢畅，

Daot nenx jens ghail xil, 　　再不去把其他想，

Mait laix laib mamgl bal, 　　阿妹脸庞不漂亮，

Liet niox laib goul mangl, 　　红色胎记生脸上，

Hangb daot max ib dail niel, 　　才没一个来陪伴，

Ghaot niangx xenb laol mel, 　　没娶阿妹去成双，

Mait laix hangb jel yel, 　　阿妹我才在打单，

Hxat daix yes dail dieel! 　　哥啊，阿妹好忧伤！

Dieel: 　　男：

Niangx denx laib niul hniut, 　　在那以往的岁月，

Niangx denx khab longl dout, 　　阿哥来到游方场，

Niangx denx xenb longl hxet, 　　阿妹也来陪哥玩，

Niuf niox laib nal tiet, 　　玩在父母庭院旁，

363

Niuf jangx dob deul jangt,	紧密如布兜豆浆，
Eub gheud ghad beet ongt,	泉水挑到上百缸，
Hveb gheud ghad beet laot,	山盟海誓上百次，
Gheud mel veb qout hxet,	盟誓就在大岩上，
Ghangb vangx bel vak hvent,	大树乘凉也在讲，
Sax dab heul diot laot,	满口应承说不忘，
Sax dab heul haot dot.	我俩一定要成双。
Dangl laol ghangb out lait,	等到岁月又回转，
Max dail dliangb xid vut,	有谁良心这么好，
Dlax eub dlouf dlenl pout,	戳缸漏水下险滩，
Dlax hveb dlouf dlaol hlat,	把话漏给妹爹娘，
Niux naib xenf① dail xongt,	妹家父母嫌哥郎，
Xenl dliangx khab wil hxat,	嫌阿哥家太贫寒，
Pail max gos dail mait,	配不上他好姑娘，
Fal lax eeb mel but,	强让妹和别人伴，
Bangl maix daib ngangl vut,	去伴别人吃米饭，
Laf wangx vob jel dat,	剩下蔬菜让霜打，
Laf dliangx khab jel out,	剩下阿哥我打单，
Dongf dax mongb liul wat,	一讲到此我悲痛，
Youf daix yes dail mait!	真是忧伤，好姑娘！

Gef: 女：

Niangx denx hnaib hniut al, 在那以往的岁月，

单身歌

Niangx denx khab hlongt laol,	以往哥到游方场，
Niangx denx ob hxet niel,	以往我俩在游方，
Niuf niox ghab deut mal,	谈情说爱大树旁，
Nongt hxix ghab deut mel,	大树脚下要坐穿，
Ob laix hveb hmeet jul,	我俩的话全都讲，
Dieel max bib mait senl,	哥不准妹嫁别人，
Dlaol max bib xongt daol.	妹不许哥离妹去。
Dangl niangx ghangb lait laol,	等到岁月又回转，
Diongs dliangx khab hfid liul,	阿哥的心要悔翻，
Hangb dax xob but mel,	去娶别人为侣伴，
Dlius niangx xenb ot jel,	丢下阿妹我打单，
Dlius lax dlius not laol,	丢下阿妹久远了，
Xenb niangx ghais wouk loul,	阿妹成了老大妈，
Niangb niox ghab khongt vangl,	经常坐在村巷上，
Max dongf daix vangt yel,	莫要说是年轻人，
Gheut nas hxab souk jul.	鳏老也都怕姑娘。
Nenx vongb nend lait laol,	阿妹每把这些想，
Nenx vongb nend hxat liul,	想到这些好忧伤，
Mel ghab vud pat bel,	我就想到树林里，
Venl ghab ghongd sait mel,	在大树上吊了颈，
Jenx niangb nongd at xil,	老在这里做哪样，
Jenx niangb nongd wat vangl.	老在这脏了寨上。

Dieel:

Dongx niux jus deet diangl,

Niux max daib kot nal,

Laix seub hlieb at doul,

Dal dliangx khab at nal,

Dal dliangx khab ot jel,

Vangs max jas kheut nangl,

Vangs max jas seet bangl,

Das daix yes mait liel!

Gef:

Xangf dlangt khab longx laol,

Xangf dlangt xenb dax niel,

Niuf diot ghab mangx loul,

Nongt wit ghab mangx mel,

Tout dot eub niux ngangl,

Haot diot ob ongx wil.

Dangl lait ghangb niangx laol,

Khab deed dob jex lol,

Hangb ghaot dob jex mel,

Diongs mait hangb wangx yel,

Gos ot ghangb dangx niel,

Gos not gos lax laol,

男：

和妹同生一早上，

阿妹有娃叫亲娘，

娃儿长大把柴砍，

还剩阿哥成这样，

阿哥成了单身汉，

裤子找不到来穿，

还找不到妻来伴，

真会死的，好姑娘！

女：

单身时哥迈步来，

阿妹我也来陪伴，

相陪相伴老枫旁，

快把树坐裂两半，

吐得口水一大堆，

都讲我俩要成双。

等到岁月要回转，

阿哥拿给别人诓，

才把别人娶为伴，

阿妹我才在打单，

单身在这游方场，

单身已日久天长，

Gos not xis jox liul,	太久灰心又忧伤，
Xis lait ghab diux nal,	父母门前也冷淡，
Diongs hlat veeb bangx dlaol,	父母经常把妹骂，
Xenb at dees jangx dail.	阿妹怎成人模样。

Dieel: 男：

Nongs at bongl nent mait,	你俩是对好阿妹，
Dlab at bongl deut jent,	若是一对培植树，
Jil diot nal gheut tiet,	栽在父母院门旁，
Diul ghab jel got wot,	树木葱茏枝垂下，
Ged xid dieel jet lait,	阿哥怎么能爬上，
Hxex ib jel vak hvent,	剔下一枝来乘凉，
Hxex ob jel vak hvent,	剔下两枝来乘凉，
Wix nex leel hlat diut,	酷暑六月天碧蓝，
Tab liax liel jet ot,	垂柳抽薹枝飞扬，
Tab bangx dlaol dot seet,	轮到阿妹你得伴，
Tab liex dieel dlangt out,	阿哥我却在打单，
Khab wangx yel hxat wat.	阿哥单身好忧伤。

Gef: 女：

Ngangt niangx xenb jel ot,	看到阿妹我打单，
Hveet ongx ghab moul daot?	可怜你的情妹吗？
Hveet mel fangb diel yat,	可怜就去别地方，

Vangs laix bib wil ghaot,	找个给我做侣伴，
Xenb max hlib dail vut,	阿妹不想漂亮的，
Vangs daib gheub soul hfat,	就要长工或叫化，
Hangd nenx hlib dail mait,	如果喜欢阿妹我，
Hlib vob ghal laol hot,	想菜就快来煮汤，
Hlib dinb ghal laol ghaot,	想伴就来娶姑娘，
Bangs jangx ghal liangl hxut,	我俩婚配把心放，
Daot jenx niangb nal hxat.	不老在这多忧伤。

Dieel:	男：
Gangf ongx bel hsent bel,	握手一次算一次，
Buf ongx mangl hsent mangl,	见你一面算一面，
Faf ongx dol but bangl,	总归你和别人伴，
Nongf nenx dol ghaot mel,	也是别人的侣伴，
Laf liex dieel ot jel,	剩下阿哥我打单，
Youf daix yel mait liel!	我真可怜，好姑娘！

Gef:	女：
Gangf bul dieel xob seet,	你握别人你成双，
Gangf dlaol wil gos ot,	你握阿妹我打单，
Wangx yel dlaol maist tat,	单身妹受爹娘骂，
Bangx dlaol wil hxoub wat!	阿妹我啊好忧伤！

Dieel:

Gangf niux ib hxot houl,

Xenf niox sab diut liangl,

Nongf nenx jub ghaot mel,

Laf dliangx khab ot jel,

Youf daix yes mait liel!

Gef:

Had nongd deus dlaol hxet,

Diangd sad bangl dail seet,

Hxed khangd niangs yal yit,

Ad sad nongs jel ot,

Seub khangd niangs lal hot,

At dees at dail xongt!

Dieel:

Gangf ongx ib bel hongt,

Xenf max hsangb liangl diut,

Nongf nenx jub mel ghaot,

Laf dliangx khab jel ot,

Youf daix yes bul seet!

男：

我握阿妹手一会，

已值白银五六两，

妹被别人娶为伴，

剩下哥成单身汉，

真是忧伤，好姑娘！

女：

在此你和阿妹玩，

回家把你妻子伴，

心里感到很温暖，

阿妹我却在打单，

心里感到很凄凉，

你说我该怎么办！

男：

阿哥牵你一次手，

值银千两又六钱，

到时别人把你娶，

剩下阿哥我打单，

真是忧愁，他人妻！

Gef:

Dongx yib dlout jus bel,

Dongx ghab yangt jus menl,

Nenx jub vut nangs xol,

Nenx jub dot bens jul,

Niangx xenb daot nangs xol,

Geex hveeb diot ghongs vangl,

Laix niangb tat ves bel,

Niux xangb wat laob dieel.

Dieel:

Buf niux niangb sad nal,

Gangf deux dloub seed mangl,

Yangf jenx hsab hmid leel,

Diek dax dloub hmid dlinl,

Nongf nenx jub eud mel,

Laf dliangx khab ved vangl,

Youf daix yes ad dlaol!

Gef:

Diut jaf[12] sax xob bongl,

Dot niouf lax ghab bongl,

Dleet gef geex ghangb cangl,

女：

和秧同是一手拔，

和鸡同是一群放，

他人命好得侣伴，

大家都已结成双，

阿妹命苦没得伴，

拖着鞋子村巷上，

大嫂在把阿妹骂，

妹好忧伤啊，哥郎。

男：

看见阿妹在闺房，

白铜脸盆洗面庞，

洋碱刷牙真洁亮，

笑来牙白如银样，

却被别人娶为伴，

剩下阿哥守村庄，

真是悲伤，好姑娘！

女：

所有人儿都有伴，

个个成家也心安，

剩妹单身老姑娘，

370

Liek laf jox vob loul,	如剩一张老菜叶，
Wangt daf niox ghangb wangl,	把它丢在塘坎边，
Beet mif max qeb ngangl,	母猪不屑捡来吃，
Ghaot youf daix ghab moul.	哥啊，妹妹真可怜。

Dieel:	男：
Jet niangx ib sad sangl,	阳春正月来姗姗，
Jet niangx ob sad sangl,	阳春二月来姗姗，
Jit hxux mouf jit sail,	冬风吹到刺骨寒，
Jit aot mouf bangx bel,	春风吹到百花绽，
Mouf bangx wab tad wenl,	樱花鲜艳正开放，
Diub lix dous dlot nel,	水田青波鱼鳞闪，
Guf lix dous ot bel,	刺薹生在上田坎，
Xenb dax liangb ot mel,	阿妹摘薹去煮汤，
Xenb neux xenb ghaot bongl,	阿妹吃了妹有伴，
Khab dax liangb hot ngangl,	阿哥也摘来煮汤，
Khab neux khab dlangt lial,	哥吃还是单身汉，
Vangs max jas kheut nangl,	哥找不到裤子穿，
Vangs max jas seet bangl,	哥找不到终身伴，
Das daix yes mait liel!	我要死了，好姑娘！

Gef:	女：
Vut hniut vut dangx dol,	年岁好来好大家，

Yangf hniut vut bangx dlaol,	年岁欠佳好姑娘，
Vut diongs mait wangx yel,	还是阿妹单身好，
Dot ib dit sax ngangl,	得了一碗当一餐，
Dot ob dit sax ngangl,	得了两碗也一餐，
Vut bab vut max jul,	好的方面讲不完，
Hxat bab hxat max daol!	阿妹还有啥忧伤！
Dieel:	男：
Gil loul hveet dangx dob,	旱年可怜了大家，
Hveet dol but youx lob,	可怜别人在漂泊，
Yel mel lait Guangx Dongb,	他们漂泊到广东，
Yel mel lait Guangx Xib,	他们漂泊到广西，
Vangs liangl yis hxex yeb,	去找银两养儿郎，
Diot yel dot neux ghangb.	儿郎才得到吃穿。
Gil loul vut dliangx khab,	干旱却好了哥郎，
Dail dieel daot laix dinb,	阿哥我没有侣伴，
Daot yel ghaib dliangx khab,	没有儿郎在哭喊，
Liex dieel jus laix jus,	阿哥我单身独汉，
Ngail mal at daix gheub,	懒得上山把活干，
Ghongs vangl jet maix qangb,	村巷挨门去讨饭，
Dleet geed lees liex qoub,	乞讨才得填饥肠，
Bib hfeet bab sax hxub,	即使送糠也收了，
Dot bid qoub ghax niob.	填饱肚肠就心安。

单身歌

Gef: 女：

Dongx khab dlouf dlangl hxet, 和哥一直在游方，

Ongx max daib gangf bel tiet, 你却有儿牵手玩，

Dax dlab gef jel out, 你来哄妹才打单，

Nenx saos youf liul wat! 想来阿妹好心伤！

Dieel: 男：

Vut daix vob ghad liol, 最好菜叶是宽张，

Vut daix dinb ghad bongl, 最好还是有侣伴，

Mel vud ob laix mel, 上坡两个一起去，

Laol sad ob laix laol, 回来一道把家还，

Hxat daix daib ghad dail, 可怜的是单身汉，

Mel vud jus laix mel, 上坡就他一人去，

Laol sad jus laix laol. 回家还是一人返。

Dangf dax haob houd bel, 就像坡上雾茫茫，

Haob dax haob hxoud mel, 雾罩不久就消散，

Khaib wix khaib ged laol, 太阳一出雾罩消，

Buf jox fangb ged nangl, 见那遥远的东方，

Niaf hfangx fangb yad yangl, 秋季稻熟黄灿灿，

Nax dongx bul maib mongd ghoul. 糯稻黄熟摘刀收，

Nax leex bul maib daod yil, 籼稻黄熟用斗打，

Niangx jex hlat juf, 九月十月稻谷熟，

Bul hxub nax saos sad jul, 所有稻谷收进仓，

373

Laf ghab neux jel sail, 剩下秸秆挨风寒，

Liuk liex niangb sad nal, 像阿哥在父母房，

Vangs max jas kheut nangl, 找不到裤子来穿，

Vangs max jas seet bangl, 找不到妻子来伴，

Liuk ghab nangx houd vongl, 如芭茅生山崖上，

Liangs dax bul maib mongd ghoul, 长来别人摘刀摘，

Das daix yes ad dlaol! 真会死的，好姑娘！

Gef: 女：

Loul loul nongt das mel, 老啊老得快死了，

Nangl nangl nongt vangs bongl, 虽老仍要寻哥夫，

Boub jas daot jas yel, 不知是否能找到，

Daot jas at hsenb yenl, 找不着去当仙姑，

At hsenb yenl diangd vut, 去当仙姑得逍遥，

Daot niangb dliangl nongd hxat. 不要在此多受苦。

Dieel: 男：

Nongs at dail daib khab, 我是一个小阿哥，

Dlab at dail ghaob dloub, 若是一只小白鸽，

Yangt gent mel Fangb Hxeeb, 飞到遥远榕江去，

Mas dot liol qoub dloub, 买张白帕就飞还，

Langf diot wangl vob doub, 浸到一个青苔塘，

Dail nel songb nongx songb, 一条鱼儿也偶然，

单身歌

Ngangl mel lait diongx hmongb,	把帕吞进鱼肚里，
Gud ngoul diot niangx qab,	把鱼放在公鹅船，
Leel mel lait Guangx Dongb,	鱼随船游到广东，
Leel mel lait Guangx Xib,	又随船行到广西，
Diot xol diot nenx niangb,	筑个鱼簏给它住，
Ghab jed xenf hsangx sab,	鱼身值银一钱五，
Ghab houd xenf jex fenb,	鱼头值银是九分，
Leel lait bul diux qangb,	倘到别人的家中，
Dieel geed gangs neux vob,	哥端大碗吃好菜，
Nil geed gangs neux vob,	妹端大碗吃佳肴，
Dieel mel ged dees sax hseeb,	阿哥到哪都扑空，
Sail khangd niangs lax eeb,	可怜阿哥空念想，
Loul hlaod dis niox hseeb!	终身打单真忧伤！

Gef: 女：

Eud ghal dot,	要就得，
Tind ghal dlangt.	剔就单。
Dieel sad nongs mal niut,	阿哥是你不愿娶，
Mal hangd yes mal dot.	你不愿娶才打单。

Dieel: 男：

Lix eub bul bangf sangt,	一坝水田他人管，
Naix sangb bul bangf seet,	漂亮姑娘他人伴，

Gangx hsangb liangl nongf khongt,

Sax nongs xol gef hxet,

Max hongb xol gef sangt,

Wangx yeb dieel youf wat.

Gef:

Doul ghouk boub vux diangb,

Ghongl xek nangs sax qeb,

Hangd dieel hvouk diangb daix sangb,

Leel liuk diangb ghenx eub,

Jul ib dis naix hseeb.

Dieel:

Doux maix jus deet diangl,

Maix jangx ghais gheut loul,

Max daix hlangb at doul,

Liex jenx niangb at nal,

Vangs max jas kheut nangl,

Vangs max jas seet bangl,

Jangx gheut nas khongt vangl,

Dleet laol hangb dot ngangl,

Das daix yes mait liel!

即使添加千万两，

也要得妹来陪伴，

不得阿妹配成双，

阿哥单身真惆怅。

女：

搂柴不要选好坏，

有节弯曲也要捡，

若哥净把直的选，

直像挑水的扁担，

终身也是单身汉。

男：

与人同生一早上，

别人已成老太爷，

已有孙儿把柴砍，

阿哥老是在打单，

还找不到裤子穿，

仍找不到妻来伴，

成了鳏夫村道上，

乞讨才得来用餐，

真会死的，好姑娘！

单身歌

Gef:

Dail dieel dot bens yangx,

Dot bongl xek dlab niux,

Lol dail mait hxoub youx,

Jel yel diot diub dangx,

Sangx ghangl but veeb niux,

Veeb dail mait jus laix,

Xad liul wat khab dliangx!

Dieel:

Dot seet niangb sad mel,

Dlangt ot yes dlod yel,

Jas ongx ob hxet niel,

Daos jox hvib daot dlaol,

Daos ghax deus xongt mel,

Bangs jangx ob hfent liul,

Ob max hongb hxat yel!

Gef:

Hmangt vut vut dangx dol,

Hmangt yangf yangf bangx dlaol,

Hmangt yangf bet max daol,

Bet max daob fal laol,

女：

阿哥已经成双对，

有双有对莫哄妹，

哄得阿妹在飘荡，

单身在这游方场，

阻挡别人骂姑娘，

单独责骂妹一人，

哥啊，阿妹好忧伤！

男：

没有侣伴在家里，

单身才来游方场，

遇见你我来游方，

不知喜欢不喜欢，

喜欢就来和哥郎，

成双我俩把心安，

我俩还有啥忧伤！

女：

良宵好来大家好，

不好夜晚是姑娘，

不好的夜睡不香，

睡不着觉就起床，

377

Ngangt dliangx khab yangl bongl, 见到阿哥引侣伴，

Fat niux ghangb vangl mel, 走过阿妹寨脚坎，

Hxat daix yes dail dieel! 真令阿妹好忧伤！

Dieel: 男：

Dangx bongl diangd sangk dangk, 成双成对是上当，

Wangx yel diangd zik zaik, 单身自在神仙样，

Neux jul diangd haok hliek, 吃光大米喝稀饭，

Max dail xid gak qenk. 谁也不必挂心上。

Gef: 女：

khab dangx bongl nongs vut, 阿哥成双真舒服，

Gheub max dail dinb at, 活路自有妻子做，

Hlib neux bongl nongs hot, 想吃自有侣伴煮，

Xenb wangx yel hxoub wat, 阿妹单身真辛苦，

Gheub bangx dlaol nongt at, 活路都是自己做，

Hlib neux dlaol nongs hot, 想吃也是自己煮，

Das daix yel saos ghaot! 真会死的，好情侣！

Dieel: 男：

Khab laol lait dangx hlieb, 阿哥来到游方场，

Xenb laol lait dangx hlieb, 阿妹也到游方场，

Dlaol xol ghaok wangx yeb? 妹成双还是打单？

单身歌

Hangd jel yel liuk dliangx khab,	若是单身像哥郎，
Longl laol ob jangx dinb,	你来我俩成侣伴，
Jangx bongl liuk naix jub,	成双成对像他人，
At al yef max hvib.	恩恩爱爱不离散。

Gef: 女：

Xongt jus daix leel mangl,	阿哥长得真漂亮，
Dot dob jex mel bangl,	得到他人成侣伴，
Ghaot dob jex ghal liangl,	娶得他人把心放，
Daot hlib bangx dlaol yel,	再不来把阿妹想，
Dleet xenb niangx jel yel,	任随阿妹我打单，
Hxat das daix yel dieel!	哥啊，阿妹好忧伤！

Dieel: 男：

Hmangt vut vut dob jex,	良宵吉夜好他人，
Dol bul dot bens yangx,	别人已经有侣伴，
Dol bul bet dab dangx,	无忧无虑睡得香，
Dal xil hxut hxoub youx,	哪有闲心去飘荡，
Hxat dail xongt jus laix,	忧愁还是哥一个，
Dail dieel hsat hxoub youx,	阿哥是最飘荡人，
Vangl vangl xongt bab bongx,	村村寨寨哥都到，
Dail xil daot deus yex,	没人陪坐来谈情，
Jel yel ghad wangs niangx,	阿哥单身到万年，

379

Ghad wangs niongl jus laix,　　万载阿哥独一人，
Hxat liul wat xenb niangx.　　妹啊，真令哥忧心。

Gef:　　女：
Niangx ghad ob laol lait,　　二月三月姗姗来，
Niangx diangd ghab wul lit,　　春天来到河湾湾，
Bangx pud ghab jel deut,　　鲜花开在树枝上，
Dail max vob mel hot,　　有菜的快去煮汤，
Dail max dinb mel ghaot,　　有伴的快去成双，
Dail wangx yeb soul mait,　　单身的来和姑娘，
Laol nenx laib cangl hxet,　　来把游方场回想，
Ninl nenx xenb ninl hxat.　　越想阿妹越忧伤。

Dieel:　　男：
Niangx jex hlat juf,　　九月十月，
Hxub nax saos sad jul.　　稻谷全收进粮仓。
Khab dliangx daib niux,　　阿哥阿妹，
Laix laix vangs seet bangl,　　个个都要找侣伴，
Xenb niangx nangs vut daol,　　阿妹的命是最好，
Xenb niangx nongs dot mel,　　阿妹自会找到伴，
Laf dliangx khab ot jel,　　剩下阿哥我打单，
Das daix yes mait liel!　　妹啊，阿哥好忧伤！

单身歌

Gef:

Niangx ob beb laol lait,

Laib haob diul liul bet,

Vob hveb ghal diangl ot,

Dail max vob mel hot,

Dail max dinb mel ghaot,

Dal niangx xenb jel ot,

Boub liex daos dlaol daot,

Daos ongx ob ghal sangt,

Bangs jangx ob liangl hxut,

Ob max dliangb xil hxat!

Dieel:

Jox jox eub nel jet,

Dangx jox fangb xol seet,

Xol mel hlieb mel yet,

Daot max ib dail dlangt,

Jel dail jus dail gheut,

Dail dliangx khab jel ot,

Hlib vangs laix laol ghaot,

Vangs max jas laol sangt,

Das daix yes bul seet!

女：

二月三月姗姗来，

天公隆隆在打雷，

坡上蕨菜正抽薹，

有菜的快去煮菜，

有伴的快去相陪，

还有单身的阿妹，

阿哥是否喜欢妹，

喜欢我俩就婚配，

成了侣伴把心放，

我俩还有啥忧伤！

男：

条条河水有鱼上，

四面八方有伴玩，

大大小小都有伴，

没有一个在打单，

独剩一个鳏老汉，

阿哥我仍在打单，

想找老伴来成双，

找不到伴把婚完，

忧愁死了，别人伴！

Gef:

Jox jox eub nel jet,

Dangx jox fangb xol seet,

Xol mel gangb nel seut,

Xol mel hlieb mel yet,

Xol mel ghab heud tit,

Bouf beex dlioub diangd dot,

Bul daib bouf beex dlioub mel khait.

Mel ib niangx mel mel lait,

Mel ob niangx mel lait,

Mel beb niangx xol vangt,

Hxex hlieb gix oud kheud,

Hxex nib gix geed bet,

Gix hsab sad yad yit,

At diangs nongs max nal,

Hsat diangs nongs max loul,

Nal hsat diangs ghal jul,

Loul hsat diangs ghax leel,

Laot out dongf nenx dol,

Dongf but daib wangx yel,

Dongf but pob lax penl.

Dlouf hliat ghangb niangx diel,

Ghangb out dongf bangx dlaol,

女：

条条河水有鱼上，

四面八方有伴玩，

连偷嘴鱼都成双，

大大小小都有伴，

刚剃头的也成双，

鬓发没齐反有伴，

他人女儿把婚完。

一个年头来到了，

两个年头来到了，

三年有娃背背上，

大孩哭闹把衣穿，

小儿哭着要饭团，

哭得满屋嗡嗡响，

闯祸有父母承担，

官司有理老评判，

祸事父母处理完，

官司理老断则安，

开始把大家议论，

谈论他人在打单，

议论他人沸沸扬。

哪知一过了大年，

年初就议论姑娘，

单身歌

Dongf mait daib wangx yel,	议论姑娘在打单,
Dongf mait pob lax wenl.	议论得沸沸扬扬。
Saos but vaf sax yenl,	到别人辩解能赢,
Saos mait vaf max yenl,	到妹词穷很难辩,
Mees but dongf sax houl,	就让他人随意论,
Dongf nait ghaif bex liul,	议论一点补心愿,
Bex nenk liuk niangx al,	补点往年摆他人,
Khab nent max gos nel,	上钩钓不到鱼尝,
Jeb hvib max xob dieel,	指望不到哥来伴,
Niangb dab vax vef gol,	只得坐在地上喊,
Eub mas vax vef laol,	泪水簌簌往下淌,
Jus heub yax yenf mel,	真的眩晕倒地上,
Das daix yel liangf liel!	我会死的,好哥郎!
Dieel:	男:
Liex dieel dal dlangt ot,	阿哥仍是单身汉,
Bangx dlaol dal dlangt ot,	阿妹你也在打单,
Niel jel niel hvat mait!	陪伴就快来,姑娘!
Niel jel jas juf diut,	十六岁时最好玩,
Xek dangl beet yaf lait,	莫等八十再陪伴,
Hangd dangl beet yaf lait,	若等八十才来玩,
Ghangb vangx bel bouf xongt,	坡坡岭岭围哥郎,
Ghangb vangx bel bouf mait,	坡坡岭岭围姑娘,⑬

383

Max jas laol xik hxet. 再也不相遇来玩。

Gef: 女：
Dail yab niel fat sait, 那个来陪像路过，
Dail nongd niel fat sait, 这个来陪像路过，
Soul dail nel fat pout, 如鱼上滩瞬间过，
Bangx dlaol hangb dlangt ot, 阿妹单身真难过，
Jel yel ghad beet hniut, 百年单身不好过，
Ghad hsangb xad diot hxut. 千辛万苦难躲过。

Dieel: 男：
Hnangd xenb dot niox bongl, 听说阿妹已成双，
Dot bens hfent jox liul, 成双成对把心放，
At dees at longx laol, 为何阿妹你还来，
Hlongt sais lait liex vangl, 来到阿哥的寨上，
Dliot diongs xongt wangx yel, 哄哥我成单身汉，
Wangx yeb at nongd mel, 阿哥一生也这样，
Jangx daib at xid yel! 我还成个啥人样！

Gef: 女：
Feet xenb niangx jel ot, 只怪妹是单身妹[14]，
At ves max laol hlongt, 无奈来到你们寨，
Hlib deus liex dieel hxet, 想找哥玩摆一摆，

Boub daos bangx dlaol daot?	不知可否喜欢妹？
Hangd daos bangx dlaol lait,	如果阿哥喜欢妹，
Daos vob ghax laol hot,	喜欢菜就来煮菜，
Daos dinb ghax laol ghaot,	喜欢妹就把婚配，
Ob max diel xil hxat!	我俩有啥忧愁呢！

Dieel: 男：

Dail khab daot max nios,	阿哥长得不漂亮，
Xol mal dot niangx xenb,	才娶不到姑娘你，
Hangd dlaol deus xongt diex lob,	如果阿妹跟哥走，
Nongt dangl laib hlat bix dab,	除非月亮从天降，
Lail los xek jox fangb,	挪动坍塌的地方，
Gil ngees xek jox eub,	等条河水干枯完，
Wil hangb dot niangx xenb,	我才得到姑娘你，
Loul das saik niox hseeb!	鳏老终身真凄凉！

Gef: 女：

Dail dangx bongl not daib,	成双的人多儿郎，
Dail dangx bongl hxat hvib,	最是忧愁最贫寒，
Daot nangl ib jed dlaib,	没得一件好衣穿，
Daot ngangl ib had ghangb,	没吃一口好米饭，
Dail wangx yel daot daib,	单身姑娘没儿郎，
Dail wangx yel hfent hvib,	打单的我没负担，

385

Nangl diod dees sax dlaib,	穿的件件好衣裳，
Ngangl had dees sax ghangb,	吃的都是好米饭，
Hangd wangx yel ghax niob.	我才愿意在打单。

Dieel:　　　　　　　　　　　　　　男：

Haot nal vangs niut vangs,	叫父母找不帮忙，
Liex dieel vangs daot jas,	阿哥去找很困难，
Nenx laol jous bongt das,	想来气断将要亡，
Hangd bangx dlaol hveet khab,	如果阿妹可怜我，
Vangs ib dail diot khab,	就找一个给哥郎，
Liex dieel yes dot bens.	阿哥才能得侣伴。

Gef:　　　　　　　　　　　　　　女：

Diongs liex dieel nongf vut,	阿哥帅气又善良，
Ongx niangb dieel hvouk khait,	哥嫂选亲选姑娘，
Mees wangx yel xek hniut,	让你单身过几年，
Wangx yel diangd hveet khab,	单身又可怜哥郎，
Hangd hlib dail liuk neus,	若想要个像姑娘，
Dax gib mel hvat bas.	就娶阿妹做侣伴。
Ongx niangb dieel daot daos,	如果哥嫂不喜欢，
Ob mel ib pat niangb,	我俩就住那偏房，
Hxat diel xil not khab!	还忧愁哪样，哥郎！

Dieel:

Ghab daib lix diongl gongt,

Ghab daib naix vangl yet,

Wangb bab max niul not,

Hveb bab max diangl hmeet,

Xenb niangb ghaix liul wat,

Xees taob doux bul hxet,

Dlius khab dliangx jel ot,

Dlius khab dliangx bal hxut!

Gef:

Dail dieel hxangt hsoux hveb,

Qeb laol dliot niangx xenb,

Lol dlaol diot dangx hlieb,

Dliot dail mait wangx yeb,

Xad liul wat dliangx khab!

Ghad dangl hniut max hniub.

Dieel:

Dail mait jus hsoux lol,

Lol xongt yes diex laol,

Ob hxet diub dangx nal,

Hxet nongt dous dangx mel,

男：

小小一丘沟谷田，

小小村庄一哥郎，

着装打扮不怎样，

言辞也不善于讲，

阿妹来坐太烦闷，

才跑去和他人玩，

丢下阿哥我打单，

阿哥我啊，好忧伤！

女：

好阿哥啊真会讲，

拿迷药来迷姑娘，

诓阿妹在游方场，

骗得阿妹我打单，

哥啊，阿妹好忧伤！

一年半载都难忘。

男：

阿妹你也真会诓，

把我骗来游方场，

我俩玩在游方场，

玩得场地要塌方，

387

Haot diot ob ongx wil,　　　都讲我俩成侣伴，

Max haot dob jex senl.　　　不和他人去成双。

Dangl lait ghangb niangx laol,　　　谁知岁月又回转，

Mait ngangt dob jex niul,　　　妹看他人长漂亮，

Mait sangt dob jex mel,　　　妹和他人结侣伴，

Diongs xongt yes wangx yel,　　　丢下哥成单身汉，

Wangx yeb at nongd mel,　　　终身娶不到侣伴，

Jangx yous at xid yel.　　　阿哥不成人模样。

Gef:　　　女：

Xek dliot yel dliangx khab,　　　不要骗了好哥郎，

Dliot diot dlaol wangx yeb,　　　骗得阿妹我打单，

Mait xangt loul dax vangs,　　　妹请理老找麻烦，

Ongx das saik yel dliangx khab!　　　你会死的，好哥郎！

Dieel:　　　男：

Dot seet dot ongx deel,　　　我娶的伴就是你，

Daot dot jus wangx yel,　　　不是你啊就打单，

Dlangt ot yes diex laol,　　　单身才来游方场，

Nees mait vangs laix bongl,　　　找你做伴陪哥郎，

Vangs at dees max xol,　　　怎么找也找不到，

Hxat wat lab bangx dlaol!　　　妹啊，令哥好忧伤！

单身歌

Gef:

Naix fangb hlieb leel laot,

Leel hveb max leel hxut,

Xol dinb niox dlangl hxet,

Bab xees dax lol mait,

Dlab xenb ninangx jel ot,

Jus das daix yel xongt!

Dieel:

Ghab dlot vongx jangx dlaol,

Dot seet hsoux dax lol,

Dliot diongs xongt wangx yel,

Ghab hseet nix jangx dieel,

Daif sait sax wab wenl,

At dees hsoux jas bongl,

Hxat das daix ghab moul!

Gef:

Ghab dlot nel jangx khab,

Khab dot mel jangx boub,

Dot seet nangl dax dlab,

Dlab mait liel youx hxoub,

Ghab hfeet loul jangx xenb,

女：

大地方人真会讲，

嘴巴似蜜坏心肠，

娶得侣伴住你房，

你还来骗姑娘我，

骗得阿妹我打单，

阿妹断气了，哥郎！

男：

龙的鳞甲变姑娘，

结成双了还来诓，

骗得阿哥我打单，

河边细沙是哥郎，

稍稍一踩沙即散，

我怎么才找到伴，

忧愁死了，好姑娘！

女：

龙的鳞甲变哥郎，

阿哥可能已有伴，

结成双了还来诓，

骗得阿妹心飘荡，

老粗糠是阿妹我，

389

Xenb dlangt liel ngax ngaob.　　　　　　　　找不到伴就打单。

注释：

①过去粮仓无门锁，只用一根长木块做内栓，关仓门时木块即在仓门内起反锁作用。开仓时，必须用木槌使劲敲打木栓，木栓落下，仓门才开。

②过去人们摘得糯谷，放在地上晾晒，晒干后用脚搓揉，使之脱粒。

③hxenx：指地支辰日，辰属龙。seub：意思是"寒冷"。这里的意思是：辰属龙，龙管水，水则冷。

④sail：指地支巳日，亦可译为"冷"。

⑤马掌：钉在马或驴蹄子上的马蹄铁，这里是"蹄铁"的通称。

⑥苪荙：一种野菜，苗语音译。

⑦马蓝：苗族妇女栽培的可制作染料的植物。

⑧依勇：地名，苗语音译，位于何处不详。

⑨这里指的是雷公树的果实，而不是指其树。

⑩巫赛：沟谷名，苗语音译，所指何处不详。

⑪xenf：为 xenl（嫌）的转音换调词。

⑫diut jaf：直译为"六甲"，此处指很多地方或很多户人家。

⑬上句及这句实指死亡。

⑭这句是姑娘出嫁的第二天，女方家姑娘送嫁妆到男方家时所唱，唱的地方一般在游方场。